21世纪高等学校规划教材│计算机应用

C语言程序设计教程

刘玲 主编

陈松 杨芳明 姚雪梅 副主编

周建丽 主审

清华大学出版社

北京

内 容 简 介

本书是为高等院校学生学习程序设计课程而编写的教材。本教材在内容安排上力求概念清楚、内容完整、难易适中、突出实用。全书共 8 章，主要内容包括：C 语言概述、C 语言程序设计基础知识、结构化程序设计基础、函数、数组、指针、构造数据类型、文件等，每章附有适量的习题。另外，为便于学生参加计算机等级考试，还提供了理论考试模拟题。

本书的配套教材《C 语言程序设计实验教程》为各章配套了相应的实验，详细讲解了实验的步骤与程序调试的方法。本书各章的习题参考答案也放在该教程中。

本书可以作为高等院校非计算机专业学生的教材，也可以作为计算机专业低年级学生学习计算机语言的入门教材，以及复习备考等级考试的参考书。

图书在版编目（CIP）数据

C 语言程序设计教程 / 刘玲主编. —北京：清华大学出版社，2011.3
（21 世纪高等学校规划教材·计算机应用）
ISBN 978-7-302-24594-0

Ⅰ. ①C… Ⅱ. ①刘… Ⅲ. ①C 语言-程序设计-高等学校-教材 Ⅳ. ①TP312

中国版本图书馆 CIP 数据核字（2011）第 012324 号

责任编辑：付弘宇 李 晔
责任校对：李建庄
责任印制：孟凡玉
出版发行：清华大学出版社   地   址：北京清华大学学研大厦 A 座
          http://www.tup.com.cn   邮   编：100084
          社   总   机：010-62770175   邮   购：010-62786544
          投稿与读者服务：010-62795954，jsjjc@tup.tsinghua.edu.cn
          质 量 反 馈：010-62772015，zhiliang@tup.tsinghua.edu.cn
印 装 者：北京国马印刷厂
经   销：全国新华书店
开   本：185×260   印 张：21   字 数：524 千字
版   次：2011 年 3 月第 1 版   印   次：2011 年 3 月第 1 次印刷
印   数：1～3000
定   价：33.00 元

产品编号：039129-01

编审委员会成员

扬州大学	李　云	教授
南京大学	骆　斌	教授
	黄　强	副教授
南京航空航天大学	黄志球	教授
	秦小麟	教授
南京理工大学	张功萱	教授
南京邮电学院	朱秀昌	教授
苏州大学	王宜怀	教授
	陈建明	副教授
江苏大学	鲍可进	教授
中国矿业大学	张　艳	副教授
	姜　薇	副教授
武汉大学	何炎祥	教授
华中科技大学	刘乐善	教授
中南财经政法大学	刘腾红	教授
华中师范大学	叶俊民	教授
	郑世珏	教授
	陈　利	教授
江汉大学	颜　彬	教授
国防科技大学	赵克佳	教授
	邹北骥	教授
中南大学	刘卫国	教授
湖南大学	林亚平	教授
西安交通大学	沈钧毅	教授
	齐　勇	教授
长安大学	巨永锋	教授
哈尔滨工业大学	郭茂祖	教授
吉林大学	徐一平	教授
	毕　强	教授
山东大学	孟祥旭	教授
	郝兴伟	教授
中山大学	潘小轰	教授
厦门大学	冯少荣	教授
仰恩大学	张思民	教授
云南大学	刘惟一	教授
电子科技大学	刘乃琦	教授
	罗　蕾	教授
成都理工大学	蔡　淮	教授
	于　春	讲师
西南交通大学	曾华燊	教授

出版说明

　　随着我国改革开放的进一步深化，高等教育也得到了快速发展，各地高校紧密结合地方经济建设发展需要，科学运用市场调节机制，加大了使用信息科学等现代科学技术提升、改造传统学科专业的投入力度，通过教育改革合理调整和配置了教育资源，优化了传统学科专业，积极为地方经济建设输送人才，为我国经济社会的快速、健康和可持续发展以及高等教育自身的改革发展做出了巨大贡献。但是，高等教育质量还需要进一步提高以适应经济社会发展的需要，不少高校的专业设置和结构不尽合理，教师队伍整体素质亟待提高，人才培养模式、教学内容和方法需要进一步转变，学生的实践能力和创新精神亟待加强。

　　教育部一直十分重视高等教育质量工作。2007年1月，教育部下发了《关于实施高等学校本科教学质量与教学改革工程的意见》，计划实施"高等学校本科教学质量与教学改革工程（简称'质量工程'）"，通过专业结构调整、课程教材建设、实践教学改革、教学团队建设等多项内容，进一步深化高等学校教学改革，提高人才培养的能力和水平，更好地满足经济社会发展对高素质人才的需要。在贯彻和落实教育部"质量工程"的过程中，各地高校发挥师资力量强、办学经验丰富、教学资源充裕等优势，对其特色专业及特色课程（群）加以规划、整理和总结，更新教学内容、改革课程体系，建设了一大批内容新、体系新、方法新、手段新的特色课程。在此基础上，经教育部相关教学指导委员会专家的指导和建议，清华大学出版社在多个领域精选各高校的特色课程，分别规划出版系列教材，以配合"质量工程"的实施，满足各高校教学质量和教学改革的需要。

　　为了深入贯彻落实教育部《关于加强高等学校本科教学工作，提高教学质量的若干意见》精神，紧密配合教育部已经启动的"高等学校教学质量与教学改革工程精品课程建设工作"，在有关专家、教授的倡议和有关部门的大力支持下，我们组织并成立了"清华大学出版社教材编审委员会"（以下简称"编委会"），旨在配合教育部制定精品课程教材的出版规划，讨论并实施精品课程教材的编写与出版工作。"编委会"成员皆来自全国各类高等学校教学与科研第一线的骨干教师，其中许多教师为各校相关院、系主管教学的院长或系主任。

　　按照教育部的要求，"编委会"一致认为，精品课程的建设工作从开始就要坚持高标准、严要求，处于一个比较高的起点上；精品课程教材应该能够反映各高校教学改革与课程建设的需要，要有特色风格、有创新性（新体系、新内容、新手段、新思路，教材的内容体系有较高的科学创新、技术创新和理念创新的含量）、先进性（对原有的学科体系有实质性的改革和发展，顺应并符合21世纪教学发展的规律，代表并引领课程发展的趋势和方向）、示范性（教材所体现的课程体系具有较广泛的辐射性和示范性）和一定的前瞻性。教材由个人申报或各校推荐（通过所在高校的"编委会"成员推荐），经"编委会"认真评审，最后由清华大学出版社审定出版。

目前，针对计算机类和电子信息类相关专业成立了两个"编委会"，即"清华大学出版社计算机教材编审委员会"和"清华大学出版社电子信息教材编审委员会"。推出的特色精品教材包括：

（1）21 世纪高等学校规划教材·计算机应用——高等学校各类专业，特别是非计算机专业的计算机应用类教材。

（2）21 世纪高等学校规划教材·计算机科学与技术——高等学校计算机相关专业的教材。

（3）21 世纪高等学校规划教材·电子信息——高等学校电子信息相关专业的教材。

（4）21 世纪高等学校规划教材·软件工程——高等学校软件工程相关专业的教材。

（5）21 世纪高等学校规划教材·信息管理与信息系统。

（6）21 世纪高等学校规划教材·财经管理与计算机应用。

（7）21 世纪高等学校规划教材·电子商务。

清华大学出版社经过二十多年的努力，在教材尤其是计算机和电子信息类专业教材出版方面树立了权威品牌，为我国的高等教育事业做出了重要贡献。清华版教材形成了技术准确、内容严谨的独特风格，这种风格将延续并反映在特色精品教材的建设中。

清华大学出版社教材编审委员会

联系人：魏江江

E-mail:weijj@tup.tsinghua.edu.cn

前　言

　　随着计算机技术的发展与普及，计算机已经成为各行各业最基本的工具之一，正迅速地进入人们生活的各个领域。C 语言作为国际上广泛流行的通用程序设计语言，在计算机的研究和应用中已展现出其强大的生命力。C 语言兼顾了诸多高级语言的特点，是一种典型的结构化程序设计语言，它处理能力强，使用灵活方便，应用面广，具有良好的可移植性，既适合于计算机专业人员编写系统软件，又适合于应用开发人员编写应用软件，长久以来，广泛流行，经久不衰。

　　C 语言程序设计是许多高校学生的计算机程序设计必修课。作为程序设计的入门教材，我们在内容安排上，力求概念清楚、内容完整、难易适中、突出实用。全书以 ANSI C 语言标准为基础、以 VC++ 为程序调试平台、以 C 语言程序设计为主线，介绍了程序设计的基本概念、C 语言的语法规则和实用的 C 程序设计方法。书中结合应用实例，强调"好的" C 程序编写方式，力图给初学者展示一个良好的程序设计"风格"。全书共 8 章，主要内容包括：C 语言概述、C 语言程序设计基础知识、结构化程序设计基础、函数、数组、指针、构造数据类型、文件等。

　　本书内容覆盖了国家教育委员会考试中心编写的《全国计算机等级考试考试大纲》和《重庆计算机等级考试大纲》中二级考试"C 语言程序设计考试要求"。

　　全书各章均配备有适量习题，全部的例题和习题均在 VC++ 环境下调试、运行通过。另外，为便于学生参加计算机等级考试，还提供了计算机二级考试模拟题。

　　本书的配套教材《C 语言程序设计实验教程》为各章配套了相应的实验，详细讲解了实验的步骤与程序调试的方法。本书各章的习题参考答案也放在该教程中。

　　本书既可以作为高等院校非计算机专业学生的计算机语言教材，也可以作为高等院校计算机专业低年级学生学习计算机语言的入门教材。本书也可以作为备考计算机等级考试及自学 C 语言的参考书。

　　本书由刘玲主编，陈松、杨芳明、姚雪梅担任副主编。第 1～3 章和附录部分由刘玲编写；第 4～6 章由杨芳明编写；第 7、8 章由陈松编写；全书各章习题由姚雪梅筛选、整理，周建丽老师对本书进行了认真审阅。

　　本书在编写的过程中，胡久永、李益才、徐凯、王政霞等老师提出了许多建设性建议，在此表示衷心感谢。

　　由于作者水平有限，加之时间仓促，书中错误与不妥之处在所难免，恳请读者批评指正。欢迎广大读者把你们的意见、建议和要求反馈给我们，以便我们作进一步的完善。编者的电子信箱是：rosa418@sina.com。

　　本书课件可以从清华大学出版社网站 www.tup.com.cn 下载，读者在本书及课件使用中遇到问题，请联系 fuhy@tup.tsinghua.edu.cn。

编　者

2010 年 12 月

目 录

第 **1** 章

C 语言概述

电子计算机是 20 世纪人类最伟大的科技发明之一，它是电子技术和计算机技术的结晶。它的出现具有划时代的意义，其发展之迅速、应用面之广泛没有任何其他的产品能与之媲美。从电子计算机诞生以来，无论在硬件还是软件方面都有着飞速的发展，在计算机应用的各个领域都取得了丰硕的成果。

计算机本身是无生命的机器。当一台计算机没有安装任何软件的时候，它只是一台机器而已，只有当它安装了相应软件才赋予了它以灵魂，成为"电脑"。软件是指程序和说明程序的文档，而程序是要依靠程序设计语言编写出来的。在众多的程序设计语言中，C 语言有其独到之处，它是国际上流行的、很有发展前途的计算机高级程序设计语言。

C 语言适合于作为"系统描述语言"。它既可以用来编写系统软件，也可以用来编写应用程序。同时，它还向程序员提供了直接操作计算机硬件的功能，具备低级语言的特点，适合各种类型的软件开发。

本章主要从程序设计的角度，介绍有关程序设计的基本概念，结合 C 语言的发展描述 C 语言的特点、词法记号，C 语言程序的基本结构及 C 语言程序的编辑、编译、连接、运行等内容。

1.1 程序与程序设计语言简介

1.1.1 程序的基本概念

当我们要利用计算机来完成某项工作时，如完成一道复杂的数学计算题，或是进行资料的检索，都必须先制定问题的解决方案，进而再将其分解成计算机能够识别并能执行的基本操作命令。这些操作命令按一定的顺序排列起来，就组成了"程序"。计算机能够识别并能执行的每一条操作命令就称为一条"机器指令"，而每条机器指令都规定了计算机所要执行的一种基本操作。计算机的"本能"就是能够识别并执行属于它自己的一组机器指令。

因此，我们说，程序就是完成既定任务的一组有序指令序列。计算机按照程序规定的流程依次执行一条条的指令，最终完成程序所要实现的目标。

由此可见，计算机的工作方式取决于它的两个基本能力：一是能够存储程序；二是能够自动地执行程序。计算机是利用存储器来存放所要执行的程序的，而 CPU 可以依次从存储器（内存）中取出程序中的每一条指令，并加以分析和执行，直至完成全部指令任务为止。这就是计算机的存储程序工作原理。

存储程序工作原理是由美籍匈牙利数学家冯·诺依曼于 1946 年提出的，他和他的同事们依据此原理设计出了一个完整的现代计算机雏形 EDVAC（通用电子计算机），并确定了计算机的 5 大组成部分和基本工作方法。冯·诺依曼的这一设计思想被誉为计算机发展史上的里程碑，标志着计算机时代的真正开始。

虽然计算机技术发展很快，但存储程序原理至今仍然是计算机内在的基本工作原理。

1.1.2　程序设计语言

要完成程序设计，自然离不开程序设计语言。不同的问题可以用不同的程序设计语言来解决，但解决问题的难易程度会各不相同。程序设计语言从其发展历史及功能看，大致可分为以下几个阶段。

1. 机器语言

机器语言是最早产生和使用的计算机语言，它是随着电子计算机的诞生而产生的，在20 世纪 40 年代—50 年代初期，人们只能使用这种语言来操纵计算机。机器语言是由二进制字符串组成的，并且是唯一能被 CPU 直接理解的语言。由于不同的计算机硬件构成不同，所以其机器语言差别很大。又由于机器语言编写的程序指令行全是由 0，1 代码组成的，故程序存在难写、难读、难修改等缺陷，在一定程度上限制了计算机应用的普及。

2. 汇编语言

汇编语言出现于 20 世纪 50 年代中期。汇编语言采用了助记符（英文缩写符号）来代替机器语言指令代码中的操作码，用地址符号来代替地址码。用指令助记符及地址符号书写的指令称为汇编指令，用汇编指令编写的程序称为汇编语言源程序。汇编语言基本上保留了机器语言程序的优点，占存储空间少，执行速度快，因此在实时控制（需要快速反应）、函数库、操作系统、输入输出控制及数据采集中得到了广泛应用。汇编语言不能被计算机直接识别，必须由一种专门的翻译程序将它所编写的程序翻译成机器语言程序，计算机才能执行。

机器语言与汇编语言均为面向机器的语言，也把它们称为低级语言。它们对机器的依赖性很大，用它们开发的程序通用性差，而且要求程序的开发者必须熟悉和了解计算机硬件的每个细节，因此，它们的适用面窄，一般只面向计算机专业人员。

3. 高级语言

高级语言出现于 20 世纪 50 年代中后期，它是接近自然语言与数学语言的计算机语言。它独立于计算机硬件系统，可移植性强，如面向过程的 Basic、FORTRAN、Cobol、Pascal、C 语言，面向对象的 Java、Visual Basic、Visual FoxPro、C++、SQL 语言等均为高级语言。由于高级语言的出现，极大地促进了计算机应用的普及。

所谓面向过程的语言，是指用这类高级语言来编程时，程序设计人员必须是对计算机知识非常精通的，必须了解解决问题的全过程，在程序中指出程序执行的每一步。不仅要告诉计算机"做什么"，还要告诉计算机"怎么做"。程序的执行顺序是由程序设计人员预先设定的。

所谓面向对象的语言，是指用这类高级语言来编程时不必指出程序执行的每一步，而是利用各种功能模块来实现。程序设计员只要了解要解决的问题，根据问题知道用哪些功能模块来完成它即可。程序的执行顺序不是由程序设计人员预先设定的，而是由事件驱动的。

但是所有计算机真正运行的可执行程序，都为机器语言程序，任何高级语言编写的程序均要通过翻译成机器语言程序（通常称为目标程序）计算机才能执行，或通过解释程序将其边解释边执行。

1.2　C 语言的发展史

C 语言是在 20 世纪 70 年代初问世的。1978 年由美国电话电报公司(AT&T)贝尔实验室正式发表了 C 语言。同时由 B.W.Kernighan 和 D.M. Ritchie 合著了著名的 *"The C Programming Language"* 一书，通常简称为 *K&R*。

C 语言的早期目的是用于编写操作系统和系统程序，初期用在 PDP-11 计算机上写 UNIX 操作系统。因为系统软件要大量与底层硬件打交道，所以以前操作系统等系统软件都是利用汇编语言来编写的，但汇编语言的开发效率低，开发出的程序可读性和可移植性都很差，有人提出利用高级语言来编写系统软件，但一般的高级语言离硬件都很远，所以就需要一种既能兼顾低级语言特点又能具有高级语言特征的计算机语言，这就是 C 语言出现的主要原因。

20 世纪 70 年代后，C 语言就成为 UNIX 的标准开发语言，C 语言随着 UNIX 系统流行而得到越来越广泛的接受和应用，20 世纪 80 年代后它被搬到包括大型机、工作站等的许多系统上，逐渐成为开发系统程序和复杂软件的一种通用语言。随着微机的蓬勃发展、处理能力的提高和应用的日益广泛，越来越多的人参与微机应用系统的开发工作，这就需要适合开发系统软件和应用软件的语言。C 语言能较好地满足人们的需要，因此在微机软件开发中得到日益广泛的应用，逐渐成为最常用的系统开发语言之一，被人们用于开发微型机上的各种程序，直至非常复杂的软件系统，已经成为当代最优秀的程序设计语言之一。

在设计 C 语言之初，设计者主要把它作为汇编语言的替代品，作为自己写操作系统的工具，因此更多强调的是灵活性和方便性。语言的规定很不严格，可以用许多不"规矩"的方式写程序，因此也留下了许多不安全因素。使用这样的语言，就要求编程序者自己注意可能的问题，程序的正确性主要靠人来保证，而语言的处理系统（编译程序）不能提供多少帮助。随着应用范围的扩大，使用 C 语言的人越来越多（显然其中大部分人对语言的理解远不如设计者），C 语言在这方面的缺点日益突出起来。由此造成的后果是，人们用 C 语言开发的复杂程序里常带有隐藏很深的错误，难以发现和改正。

随着应用发展，人们更强烈地希望 C 语言能成为一种更安全可靠、不依赖于具体计算机和操作系统（如 UNIX）的标准程序设计语言。美国国家标准局（ANSI）在 20 世纪 80 年代建立了专门小组研究 C 语言标准化问题,这个工作的结果是 1988 年颁布的 ANSI C 标准。这个标准被国际标准化组织和各国标准化机构接受，同样也被采纳为中国国家标准。此后人们继续这方面的工作，1999 年通过了 ISO/IEC 9899:1999 标准（一般称为 C99）。

　　为了实现 ANSI 和 ISO 标准，软件制造商设计了能实现标准的软件。目前最流行的 C 语言商用软件有以下几种：

　　（1）Microsoft C 或称 MS C；

　　（2）Borland Turbo C 或称 Turbo C；

　　（3）AT&T C。

　　这些商用软件，能够保证用户使用 ANSI 和 ISO 标准书写的程序正确运行，即这些软件的基本功能是必须保证 ANSI 和 ISO 标准的正确性。由于商业化的原因，往往软件制造商会在自己公司发布的软件系统内"加入"一些非 ANSI 和 ISO 的内容，如软件制造商自身会认为某"增强、扩充功能"，能使其发布的软件系统更加方便、完美。初学 C 语言，应该以标准作为参考点，对于具体软件制造商的软件系统应正确选择使用。

　　从 20 世纪 70 年代 C 语言的诞生到今天的信息时代，C 语言的迅速发展已经超出了它最初作为编写 UNIX 操作系统的语言，而成为一个应用范围广泛的程序设计语言。C 语言编写的程序既有操作系统、编译程序、汇编程序、数据库管理程序等系统软件，也有数值计算、文字处理、控制系统、游戏等应用软件。

1.3　C 语言的特点

　　C 语言之所以能被世界计算机界广泛接受，正是由于它自身具备的突出特点。从语言体系和结构上讲，它与 Pascal、ALGOL 60 等语言相类似，是结构化程序设计语言。但从用户应用、实现难易程度、程序设计风格等角度来看，C 语言的特点又是多方面的。

　　（1）适应性强，应用范围广。它能适应从 8 位微型机到巨型机的所有机种，可用于系统软件到涉及各个领域的应用软件。

　　（2）语言本身简洁，使用灵活，便于学习和应用。在源程序表示方法上，与其他语言相比，一般功能上等价的语句，C 语言的书写形式更为直观、精练。

　　（3）语言的表达能力强。C 语言是面向结构化程序设计的语言，通用直观；运算符达 30 种，涉及的范围广、功能强。可直接处理字符、访问内存物理地址、进行位操作，可以直接对计算机硬件进行操作，它反映了计算机的自身性能，足以取代汇编语言来编写各种系统软件和应用软件。鉴于 C 语言兼有高级语言和汇编语言的特点，也可称其为"中级语言"。

　　（4）数据结构类型丰富。C 语言具有现代化语言的各种数据结构，且具有数据类型的构造能力，因此，便于实现各种复杂的数据结构的运算。

　　（5）程序设计结构化。C 语言是一种结构化语言，它层次清晰，具有顺序、选择、循环 3 种程序控制结构，易于调试和维护。并以函数作为主要结构成分，便于程序模块化，符合现代程序设计风格。

　　（6）运行程序质量高，程序运行效率高。试验表明，C 源程序生成的运行程序的效率仅比汇编程序的效率低 10%～20%，但 C 语言编程速度快，程序可读性好，易于调试、修改和移植，这些优点是汇编语言所无法比拟的。

　　（7）可移植性好（与汇编语言相比）。可以方便地在不同操作系统平台之间转换使用。

统计资料表明，C 编译程序 80%以上的代码是公共的，因此稍加修改就能移植到各种不同型号的计算机上。

（8）C 语言存在的不足之处是：运算符和运算优先级过多，不便于记忆；语法定义不严格，编程自由度大，编译程序查错纠错能力有限，对不熟练的程序员带来一定困难；C 语言的理论研究及标准化工作也有待推进和完善。为此，C 语言对程序设计人员的素质要求相对要高。

综上所述，C 语言把高级语言的基本结构与低级语言的高效实用性很好地结合起来，不失为一个出色而有效的现代通用程序设计语言。它一方面在计算机程序语言研究方面具有一定价值，由它引出了许多后继语言；另一方面，C 语言对整个计算机工业和应用的发展都起了很重要的推动作用。正因为如此，C 语言的设计者获得了世界计算机科学技术界的最高奖——图灵奖。

1.4　C 语言的词法记号

1.4.1　C 语言的字符集

字符是组成语言的最基本的元素。任何计算机系统所能使用的字符都是固定的、有限的，它要受硬件设备的限制。要使用某种计算机语言来编写程序，就必须使用符合该语言规定的、并且计算机系统能够使用的字符。C 语言的字符集由字母、数字、空白符、特殊字符等组成。其中：

（1）英文字母。26 个大写字母和 26 个小写字母：A、B、…、Z 和 a、b、…、z。

（2）阿拉伯数字。10 个十进制的数字：0～9。

（3）空白符。空白符包括空格符、制表符、换行符等。因为这些字符属于不可打印的字符，所以在源程序中作为字符常量或字符串常量使用时，需要使用转义符号(详见第 2 章)。

（4）特殊字符。 特殊字符主要为运算符，如+、=、<、>、？、)等。

（5）下划线。下划线（"_"）在 C 语言中起一个字母的作用。

1.4.2　标识符

标识符用来对各种用户定义对象，如变量、函数、数组、文件等进行命名。

C 语言规定，标识符由字母、数字或下划线组成，它的第一个字符必须是字母或下划线。标识符中同一个字母的大写与小写被看做是不同的字符。这样，a 和 A、AB、Ab 是互不相同的标识符。下面是合法的和非法的两组 C 标识符。

合法的标识符：

```
c  x1  y  sumabc_5  count1  _z23
```

非法的标识符：

3xy	（以数字开头）	x2+y3	（出现非法字符+）
@Mn3	（以@号开头）	max–b2	（出现非法字符–）
$xz_1238	（出现非法字符$）	M.J.ttY	（出现非法字符.）

1.4.3　关键字

C 语言有一些具有特定含义的关键字，用做专用的定义符。这些特定的关键字不允许用户作为自定义的标识符使用。C 语言关键字绝大多数是由小写字母构成的字符序列，我们可以将它们分为以下几类。

（1）数据类型关键字：char　double　float　int　long　short　unsigned　union　void　enum　signed

（2）控制类型关键字：do　break　case　continue　for　goto　return　else　default

（3）存储类型关键字：struct　auto　register　static　if　while　switch　extern

（4）其他关键字：const　sizeof　typedef　volatile

1.4.4　语句

语句是组成程序的基本单位，它能完成特定操作，语句的有机组合能实现指定的计算处理功能。C 语言中的语句有以下几类：

（1）选择语句，如 if，switch

（2）循环语句，如 for，while，do_while

（3）转移语句，如 break，continue，return，goto

（4）表达式语句，如 a=9;　i++;　printf("This is a C statement");

（5）复合语句，如{z=x+y;t=z*20;printf("%d",t);}

（6）空语句，如　;

这些语句的形式和使用见后续相关章节。

1.4.5　标准库函数

标准库函数不是 C 语言本身的组成部分，它是由 C 编译系统提供的一些非常有用的功能函数。例如，C 语言没有输入/输出语句，也没有直接处理字符串的语句，而一般的 C 编译系统都提供了完成这些功能的函数，称为标准库函数。Turbo C 2.0 编译系统提供了 400 多个库函数，常用的有数学函数、字符函数和字符串函数、输入输出函数、动态分配函数和随机函数等几个大类。

在 C 语言处理系统中，标准库函数存放在不同的头文件中。例如，输入/输出一个字符的函数 getchar 和 putchar、有格式的输入/输出函数 printf 和 scanf 等就存放在标准输入输出头文件 stdio.h 中，求绝对值函数和三角函数等各种数学函数存放在标准输入输出头文件 math.h 中。这些头文件中存放了关于这些函数的说明、类型和宏定义，而对应的子程序则存放在运行库(.lib)中。使用时只要把头文件包含在用户程序中，就可以直接调用相应的库函数了。即在程序开始部分用如下形式包含头文件：

```
#include<头文件名> 或 #include "头文件名"
```

标准库函数是语言处理系统中一种重要的软件资源，在程序设计中充分利用这些函数，常常会收到事半功倍的效果。在学习 C 语言本身的同时，应逐步了解和掌握标准库中各种常用函数的功能和用法，避免自行重复编制这些函数，其他的库函数见附录 C。

1.5　C 语言的简单实例

下面我们通过几个简单的 C 程序例子，介绍 C 语言程序的基本结构及编程的基本方法。

【例 1.1】　第一个简单的 C 程序：在屏幕上输出一行信息 "This is a C program!"。

```
main()
{
  printf("This is a C program! \n");
}
```

说明：

（1）main()表示"主函数"。每个 C 语言程序都必须有且只有一个 main()函数，它是每一个 C 语言程序的执行起始点（入口点）。main()表示"主函数" main()的函数头。

（2）用{}括起来的部分是"主函数" main()的函数体。main()函数中的所有操作（或语句）都在这一对{}之间。也就是说 main()函数的所有操作都在 main()函数体中。

（3）在本例中，"主函数" main()只有一条语句，它是 C 语言的库函数，其功能是用于程序的输出（显示在屏幕上），本例用于将一个字符串 "This is a C program!" 的内容输出，即在屏幕上显示：

```
This is a C program!
\n   (回车/换行)
```

注意：每条语句用";"号结束。

【例 1.2】　对给定的变量和数值进行求和并输出。

```
main()
{
int a,b,sum;                    /*定义变量*/
a=3;b=15;                       /*为变量赋值*/
sum=a+b+9;                      /*计算并赋值*/
printf("sum=%d\n",sum);         /*输出 sum 的值*/
}
```

说明：

（1）/*…*/ 表示注释部分，可用汉字、英文、拼音等。

（2）第三行是变量的声明部分。这里定义了 3 个变量，并声明其类型为基本整型。

（3）第四行是两条赋值语句。给 a 赋值 3，b 赋值 15。

（4）第五行是计算赋值号（"="）右端表达式的值，并将其值赋给左端的变量 sum。

（5）第六行是输出语句，其中"%d"是输入输出的格式字符串，此处表示以十进制整数形式输出。输出结果是：

```
sum=27
```

【例 1.3】 任意输入两个数，输出其中较小的数。

```
main()                        /*主函数*/
{
 int a,b,c;                   /*定义变量*/
 scanf("%d%d",&a,&b);         /*动态输入变量 a，b 的值*/
 c=min(a,b);                  /*调用函数 min,并将其值赋给变量 c*/
 printf("min=%d",c);          /*输出 c 的值*/
}

int min(int x,int y)          /*定义返回整型值的函数 min，两形参为整型*/
{
 int h;
 if(x<y) h=x;                 /*条件语句，将 x,y 中的小值赋给变量 h*/
 else h=y;
 return(h);                   /*将 h 的值作为本函数的值通过 min 带回调用处*/
}
```

说明：

（1）本程序包括两个函数：main()（主函数）与 min（被调函数）。

（2）scanf 是 C 系统提供的标准输入函数，可从键盘动态输入变量的值。其中"&"表示取"地址"。

（3）min(a,b)表示调用函数 min，同时分别传递实际参数 a,b 的值给 min 函数中的形式参数 x,y。

（4）if…else…是条件语句，在这里是找出 x,y 中的小数赋给 h。

（5）return 语句是将 h 的值返回给主调函数 main()。

1.6　C 语言程序的基本结构

通过 1.5 节的例子，我们对 C 语言程序的基本组成和形式（程序结构）有了初步了解：

（1）C 程序由函数构成（C 是函数式的语言，函数是 C 程序的基本单位）。

① 一个 C 源程序至少包含一个 main()函数,也可以包含一个 main()函数和若干个其他函数。函数是 C 程序的基本单位。

② 被调用的函数可以是系统提供的库函数，也可以是用户根据需要自己编写设计的函数。

③ C 库函数非常丰富，ANSI C 提供 100 多个库函数，Turbo C 提供 300 多个库函数。

④ main（）函数（主函数）是每个程序执行的起始点。

（2）一个函数由函数首部和函数体两部分组成。

① 函数首部：函数的第一行。

返回值类型　函数名（[函数参数类型 1 函数参数名 1][,…,[函数参数类型 n,函数参数名 n]]）

注意：函数可以没有参数，但是后面的一对()不能省略。

② 函数体：函数首部下用一对{ }括起来的部分。如果函数体内有多个{ }，最外层是函数体的范围。函数体一般包括声明部分、执行部分两部分。

```
{
    [声明部分]：在这部分定义本函数所使用的变量
    [执行部分]：由若干条语句组成命令序列（可以在其中调用其他函数）
}
```

（3）C 程序书写格式自由。

① 一行可以写几个语句，一个语句也可以写在多行上。

② C 程序没有行号，也没有 FORTRAN、COBOL 那样严格规定书写格式。

③ 每条语句的最后必须有一个分号 "；" 表示语句的结束。

④ 可以使用 "/* */" 对 C 程序中的任何部分作注释。注释可以提高程序可读性，使用注释是编程人员的良好习惯。

（4）C 语言本身不提供输入/输出语句，输入/输出的操作是通过调用库函数（scanf、printf 等）完成。

输入/输出操作涉及具体计算机硬件，把输入/输出操作放在函数中处理，可以简化 C 语言和 C 的编译系统，便于 C 语言在各种计算机上实现。不同的计算机系统需要对函数库中的函数做不同的处理，以便实现同样或类似的功能。

1.7　C 语言程序的编辑、编译、连接、运行

1.7.1　源程序、目标程序及可执行程序的概念

程序：一组计算机可以识别和执行的指令，每一条指令使计算机执行特定的　操作。

源程序：程序可以用高级语言或汇编语言编写，用高级语言或汇编语言编写的程序称为源程序。C 程序源程序的扩展名为 ".c"。

目标程序：源程序经过 "编译程序" 翻译所得到的二进制代码称为目标程序。目标程序的扩展名为 ".obj"。

目标代码尽管已经是机器指令，但是还不能运行，因为目标程序还没有解决函数调用的问题，需要将各个目标程序与库函数连接，才能形成完整的可执行的程序。

可执行程序：目标程序与库函数连接，形成的完整的可在操作系统下独立执行的程序

称为可执行程序。可执行程序的扩展名为 ".exe" (在 DOS/Windows 环境下)。

1.7.2　C 语言程序的执行过程

C 语言处理系统提供的开发环境是编译系统,所以 C 程序的上机执行过程一般要经过如图 1.1 所示的 4 个步骤,即编辑、编译、连接和运行。图中虚线框内是 C 编译系统提供的语言处理程序和 C 标准库函数,实线框内是用户程序。下面分别说明上机执行过程。

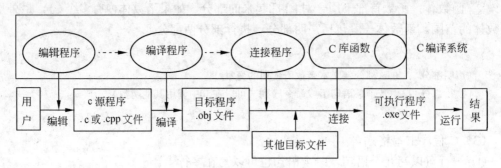

图 1.1　上机执行步骤

(1) 编辑源程序,完成后将源程序以扩展名 .c 或 .cpp 存盘。

(2) 对源程序进行编译,将其转换成扩展名为 .obj 的二进制代码,但此二进制代码仍不能运行。若源程序有错,则修改后再重新编译。

(3) 对编译通过的源程序与库函数和其他二进制代码进行连接生成可执行程序。在连接过程中,可能出现如未定义的函数等错误,此时,就必须修改源程序,重新进行编译和连接。

(4) 执行生成的可执行代码,若不能得到正确的结果,还得修改源程序,重新进行编译和连接;若能得到正确的结果,则整个编辑、编译、连接及运行过程顺利结束。

Turbo C 2.0 和 VC++集成环境都能完成上述过程步骤。有关 Turbo C 和 VC++的相关集成环境介绍及具体操作步骤见实训教程。

1.7.3　实现问题求解的方法举例

前面我们介绍了程序设计的基本概念、C 语言程序的基本结构、词法结构及 C 语言程序的编辑、编译、连接及运行等内容。现在,我们通过一个具体例子的求解过程来描述用 C 语言进行程序设计的主要方法。

【例 1.4】　求[1,1000]内所有奇数之和。

我们通过以下几个步骤来进行问题的求解。

1. 问题的分析与算法的设计

首先,这是一个求累加和的问题,其范围是在[1,1000]内,满足的条件是奇数。对于这类问题的求解,通常采用的求解方法是:

(1) 设置一个变量单元来装累加和(为了见名知意,通常设置变量名为 sum),将其初值置为 0；

（2）在给定的范围内（此处是[1，1000]），寻找满足条件（奇数）的数，将它们依次找出并一个一个地累加到装和的单元（此处为 sum）中。由于这是一个重复多次的类似的工作，通常为了处理方便，我们会将符合条件的数也用一个变量来表示（如用 i 表示）。所以，每一次累加的过程可以用 C 语句描述为：

```
sum=sum+i;
```

该语句表示的含义为，sum 单元当前的值加上 i 再重新赋值给 sum，刷新原 sum 单元的值。随着 i 值的不断变换及以上过程的多次实施，就实现了累加和求解的问题。

由于满足条件数的搜索过程及累加过程都得多次重复地做，就要用到程序设计语言的循环控制结构的相关语句来实现。在循环过程中：

① 需要判断 i 是否满足问题要求的条件（此处为奇数）。我们可以用分支结构的相关语句来进行筛选，将满足条件的数累加到 sum 中去。

② 需要将循环的次数进行控制以实现在给定范围内进行累加（此处的范围是在[1，1000]）。

（3）算法的设计。基于上述解决问题的思路，就可以逐步明确解决问题的步骤（即算法）。算法是一组明确的解决问题的步骤，它产生结果并可在有限的时间内终止。描述算法的方式有多种，相关知识请参阅 3.1 节。我们用如图 1.2 所示的流程图来描述该问题的算法。

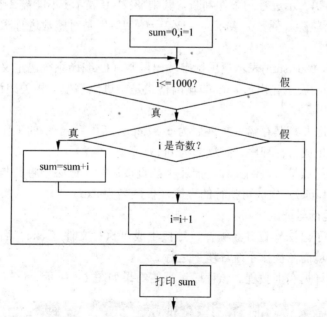

图 1.2　求[1，1000]奇数之和流程图

2．程序的编辑

当确定了解决问题的步骤后，我们就可以开始编写程序了。通常是在相应的编程环境中（TC、VC 环境均可），应用其编辑功能编写源程序文件：

```
#include<stdio.h>
void main()
{
    int i,sum=0;                 /*声明变量 i,sum 为整型变量并为 sum 赋初值 0*/
    for(i=1;i<=1000;i++)         /*循环语句，循环变量 i 从 1 取到 1000*/
        if(i%2!=0)               /*判断 i 是否是奇数*/
            sum=sum+i;           /*求累加和*/
    printf("s=%d\n",sum);        /*输出结果值*/
}
```

说明：

（1）#include<stdio.h>表示加载输入输出头文件。许多程序设计语言（包括 C 语言在内），都有一个原则：要使用某个对象，必须先说明（或定义），除非有某种默认的规则。故变量的定义要放在具体语句的前面，函数在调用前要先声明（或定义）。由于在编程时会经常使用编译系统已定义好的一些函数，所以编译系统就把各种类型的函数声明放在一个文件中，在程序的开头加载该文件，就可以直接调用该文件中声明的所有函数。如#include<stdio.h>就表示可以调用所有编译系统已定义好的输入输出函数。

（2）for(i=1;i<=1000;i++)是循环语句的循环头，它表示用变量 i 来控制循环，i 的取值从 1 到 1000，每次增加 1（i++）；每次重复执行的部分（也叫循环体）是后续的条件语句（if 语句）。

（3）if(i%2!=0)表示进行的条件判断，其中 i%2!=0 表示 i 不能被 2 整除（奇数），如果要描述能被 2 所整除（偶数）表示为：i%2==0。"%"是对整数进行求余数的运算，相关内容请参阅 2.3.2 节。

（4）printf("s=%d",sum)表示调用标准输出函数（C 编译系统已定义好的）并输出运算结果。其中"%d"表示输出值 sum 的输出格式是十进制整型，相关知识请参阅 2.6 节。

3．程序的编译

当编辑好程序并将其存盘（扩展名为.c 或.cpp）后，下一步的工作就是应用编译程序对其进行编译，生成目标程序（扩展名为.obj）。

此目标程序虽然是二进制文件，但还不能直接运行，还必须将其与编程环境提供的库函数进行连接（Link），生成可执行的程序（扩展名为.exe）。

4．程序的运行与调试

当程序通过了语法检查并经编译、连接生成可执行文件（.exe）后，就可在编译环境或脱离该编译环境而在操作系统环境下运行。

具体的操作详见实训教程。该程序运行的结果如图 1.3 所示。

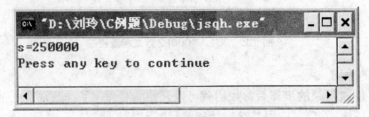

图 1.3　求[1，1000]内所有奇数之和

1.8　本章小结

1．本章知识点

（1）程序、程序设计语言的概念。

（2）C 语言发展的历史。

（3）C 语言的特点：

① 适应性强。

② 应用范围广。

③ 语言本身简洁，使用灵活，便于学习和应用。

④ 语言的表达能力强，也可称其为"中级语言"。

⑤ 数据结构系统化。

⑥ 控制流程结构化。

⑦ 运行程序质量高，程序运行效率高。

⑧ 可移植性好。

（4）C 语言程序的基本结构：

① C 程序由函数构成，函数是 C 程序的基本单位。

② 一个 C 源程序至少包含一个 main()函数（主函数），主函数是每个程序执行的起始点。

③ 一个函数由函数首部和函数体两部分组成。

④ C 程序书写格式自由。

（5）C 语言程序的开发步骤：编辑、编译、连接和运行。

2．本章重点难点

（1）C 语言的基本结构，main()函数在程序中的作用。

（2）C 语言程序的开发步骤。

习　题　1

一、单项选择题

1．以下叙述正确的是（　　）。

　　A．C 语言比其他语言高级

　　B．C 语言可以不用编译就能被计算机识别执行

　　C．C 语言以接近英语国家的自然语言和数学语言作为语言的表达形式

　　D．C 语言出现的最晚、具有其他语言的一切优点

2．C 语言中用于结构化程序设计的 3 种基本结构是（　　）。

　　A．顺序结构、选择结构、循环结构

　　B．if、switch、break

    C．for、while、do-while

    D．if、for、continue

3．在一个 C 语言程序中（　　　）。

    A．main（）函数必须出现在所有函数之前

    B．main()函数可以在任何地方出现

    C．main()函数必须出现在所有函数之后

    D．main()函数必须出现在固定位置

4．以下叙述中正确的是（　　　）。

    A．C 程序中注释部分可以出现在程序中任意合适的地方

    B．花括号"{"和"}"只能作为函数体的定界符

    C．构成 C 程序的基本单位是函数，所有函数名都可以由用户命名

    D．分号是 C 语句之间的分隔符，不是语句的一部分

5．要把高级语言编写的源程序转换为目标程序,需要使用（　　　）。

    A．编辑程序　　　　B．驱动程序　　　C．诊断程序　　　　D．编译程序

6．以下说法中正确的是（　　　）。

    A．C 程序总是从第一个函数运行

    B．C 程序中，要调用的函数必须在 main()函数中定义

    C．C 程序中，总是从 main()函数开始执行

    D．C 程序的 main()函数必须放在程序的开始部分

7．　以下叙述中正确的是（　　　）。

    A．C 语言的源程序不必通过编译就可以直接运行

    B．C 语言中的每条可执行语句最终都将被转换成二进制的机器指令

    C．C 源程序经编译形成的二进制代码可以直接运行

    D．C 语言中的函数不可以单独进行编译

8．下列选项中，合法的 C 语言关键字是（　　　）。

    A．VAR　　　　　　B．cher　　　　　C．integer　　　　D．default

9．对 C 语言中的标识符，下列说法正确的是（　　　）。

    A．标识符中第一个字符必须是字母

    B．标识符中的第一个字母必须是下划线

    C．标识符的前两个字母必须是字母和下划线

    D．标识符中的第一个字母必须是字母或下划线

10．当 C 语言源程序一行写不下时，可以（　　　）。

    A．用分号换行　　B．用逗号换行　　C．用回车换行符换行　D．用"\"换行

11．以下不是 C 语言的关键字的是（　　　）。

    A．case　　　　　　B．typedef　　　　C．static　　　　　D．null

12．构成 C 语言程序的基本结构单位是（　　　）。

    A．函数　　　　　　B．过程　　　　　C．复合语句　　　　D．语句

13．C 语言源程序经过编译后，生成文件的后缀是（　　　）。

    A．.c　　　　　　　B．.obj　　　　　C．.cc　　　　　　D．.exe

14. 以下叙述正确的是（　　　）。

    A．C 程序的 main() 函数能带参数

    B．C 程序的 main() 函数必须带参数

    C．C 程序的 main() 函数可以带参数也可以不带参数

    D．前 3 个都不对

二、判断题

1. 一个 C 源程序由一个或多个函数组成。（　　　）

2. C 程序的基本结构是函数。（　　　）

3. C 程序总是从 main() 函数开始执行，到 main() 函数结束。（　　　）

4. 在一个 C 程序中，main() 函数必须放在所有函数的前面。（　　　）

5. 一个 C 程序必须有且只能有一个主函数。（　　　）

6. C 语言源程序文件经过编译、连接之后生成一个后缀为 .exe 的文件。（　　　）

7. C 程序中的函数可以是系统提供的库函数，也可以是自定义函数。（　　　）

8. C 程序书写自由，一行内可以写多个语句，而一个语句也可以写在多行内。（　　　）

9. 若函数无返回值，定义函数时可以缺省标识符"void"。（　　　）

10. C 的编译预处理行与其他 C 语句一样，均应以"；"结束。（　　　）

三、简答题

1. 根据自己的认识，说明 C 语言的特点、主要用途是什么？它和其他高级语言有何异同？

2. 写出一个源程序的构成。

第 **2** 章

C 语言程序设计基础

2.1 C 语言的数据类型

C 语言中,为解决具体问题, 要采用各种类型的数据, 数据类型不同, 它所表达的数据范围、精度和所占据的存储空间均不相同。

C 语言规定的主要数据类型如图 2.1 所示。

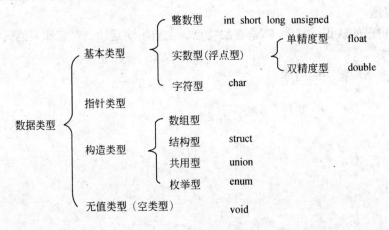

图 2.1 C 语言的数据类型

C 语言的基本数据类型包括整型数据、实型数据和字符型数据, 下面我们分别进行介绍。

2.1.1 基本数据类型

1. 整型数据

C 语言提供了多种整数类型, 用以适应不同情况的需要。常用的整数类型有: 整型、长整型、无符号整型和无符号长整型 4 种基本类型。因为不同类型的差别就在于采用不同位数的二进制编码方式, 所以就要占用不同的存储空间, 就会有不同的数值表示范围。表 2-1 列出了常用的基本整数类型和有关数据。

表 2-1 整型数据表

整数类型	类型名	存储字节/B	取值范围
整型(有符号)	int	2	−32 768～32 767
短整形（有符号）	short [int]	2	−32 768～32 767
长整型（有符号）	long [int]	4	−2 147 483 648～2 147 483 647
无符号整型	unsigned [int]	2	0～65 535
无符号短整型	unsigned short [int]	2	0～65 535
无符号长整型	unsigned long [int]	4	0～4 294 967 295

2. 实型数据

C 语言提供了 3 种用于表示实数的类型：单精度型、双精度型和长双精度型。表 2-2 列出了实型数据的长度和表示范围。其中有效位是指数据在计算机中存储和输出时能够精确表示的数字位数。

表 2-2 实型数据表

实数类型	类型名	存储字节数/B	取值范围	有效位
单精度型	float	4	$-3.4 \times 10^{-38} \sim 3.4 \times 10^{38}$	6～7
双精度型	double	8	$-1.7 \times 10^{-308} \sim 1.7 \times 10^{308}$	15～16
长双精度型	long double	16	$-1.2 \times 10^{-4932} \sim 1.2 \times 10^{4932}$	18～19

3. 字符型数据

在 C 语言中，字符型数据包括字符和字符串两种，如'a'是字符，而"Windows"是字符串。字符型数据在计算机中存储的是字符的 ASCII 码（见附录 A），存储一个字符占用一个字节。因为 ASCII 码在存储形式上与整数类似，若用十进制表示就是 0～255 之间的整数，因此 C 语言中字符型数据和整型数据可以通用。例如，字符'A'的 ASCII 码值用二进制数表示是 1000001，用十进制数表示是 65。字符型数据可以直接与整型数据进行算术运算、混合运算，可以与整型变量相互赋值，也可以将字符型数据以字符或整数两种形式输出。以字符形式输出时，先将 ASCII 码值转换为相应的字符，然后再输出；以整数形式输出时，直接将 ASCII 码值作为整数输出。

表 2-3 列出了实型数据的长度和取值范围。

表 2-3 字符型数据表

字符类型	类型名	存储字节数/B	取值范围
字符型	char	1	0～255

2.1.2 数据的存储

1. 整型数据的存储

计算机处理的所有信息都以二进制形式表示，即数据的存储和计算都采用二进制。首先介绍整型数据的存储格式，不妨假设每个整数在内存中占用两个字节存储，最左边的一位（最高位）是符号位，0 代表正数，1 代表负数。

整数可以采用原码、反码和补码等不同的表示方法。为了便于计算机内的运算，一般以补码表示数值。

正数的原码、反码和补码相同。例如（设机器字长为 16 位）：

1 的补码是 00000000　00000001。

32767 的补码是 01111111　11111111。

负数的原码、反码和补码不同。

（1）原码：符号位是 1，其余各位表示数值的绝对值。

（2）反码：符号位是 1，其余各位对原码取反。

（3）补码：反码最低位加 1。例如：

–1 的原码是：10000000　00000001。

–1 的反码是：11111111　11111110。

–1 的补码是：11111111　11111111。

同理，–32767 的补码为：10000000　00000001。

–32767 减去 1 得到–32768，其补码为：10000000　00000000。

故–32768 为两个字节的存储单元能表示的最小负数。

从整型数据存储格式的介绍，我们可以得知：整数有一定的取值范围。假设整型数据在内存中占用两个字节存储，它的取值范围是[–32768，32767]。

2．实型数据的存储

与整型数据的存储形式不同，存储实型数据时，是按指数形式存储的，分为符号位、阶码和尾数 3 部分。由于实型数据的存储格式不属于本书的范围，在此不进行详细讨论。

3．字符型数据的存储

每个字符在内存中占用一个字节来存储它的 ASCII 码。例如，字符'B'的 ASCII 码为 66，它在内存中的存储形式：

01000010

2.2　常量与变量

在 C 语言中，数据有常量和变量之分。在程序运行过程中，其值不能被改变的量称为常量，其值可以改变的量称为变量。

2.2.1　常量和符号常量

C 语言常量的类型由书写格式决定，可以将其分为直接常量和符号常量。

1．直接常量

1）整型常量

只要整型常量的值不超过表 2-1 所列出的整型数据的取值范围，就是合法的常量。整型常量即常说的整数。

（1）整数的表示。

在 C 语言中的整数有十进制、八进制和十六进制 3 种表现形式。

① 十进制整数由正、负号和阿拉伯数字 0～9 组成，但首位数字不能是 0。

② 八进制整数由正、负号和阿拉伯数字 0~7 组成，首位数字必须是 0。

③ 十六进制整数由正、负号和阿拉伯数字 0~9、英文字符 a~f 或 A~F 组成，首位数字前必须有前缀 0x 或 0X。

例如，

| 整数： | 10 | 010 | 0x10 | 16 | 020 |
| 对应的十进制数为： | 10 | 8 | 16 | 16 | 16 |

0185、0x3g 等是非法的整型常量，为什么？

任何一个整数都可以用 3 种形式来表示。

（2）整数的类型。判断整数的类型，首先根据整数后的字母后缀，如果整数后没有出现字母，就根据值的大小。

① 根据整数后的字母确定它的类型。后缀为 l 或 L 表示其为 long 型常量，如 23L、043216789L；后缀为 u 或 U 表示 unsigned 型常量，如 45u、034U、0X987U 等；后缀 lu、LU 表示 unsigned long 型常量，如 436721295LU。

② 根据整型常量的值确定其类型（表 2-1）。

2）实型常量

实型常量即常说的实数。

（1）实数的表示。实数又称为浮点数，可以用十进制浮点表示法和科学计数法表示。

① 浮点表示法：实数由正号、负号、阿拉伯数字 0~9 和小数点组成，必须有小数点，并且小数点的前、后至少一边有数字。实数的浮点表示法又称为实数的小数形式。例如，3.1415926。

② 科学计数法：实数由正、负号、数字和字母 e 或 E 组成，e 或 E 是指数的标志，在 e 或 E 之前要有数据，之后的指数只能是整数。例如，5.12E–12。该方法也称为实数的指数形式。

0.15e3.6 和 E–8 是非法的实数，为什么？

（2）实数的类型

实数类型都是双精度浮点型。

3）字符型常量

（1）字符型常量和 ASCII 字符集。

字符常量常指单个字符，用一对单引号及其所括起来的字符表示。在 ASCII 码字符集中列出了所有可以使用的字符，每个字符在内存中占用一个字节，用于存储其 ASCII 码值，如'a'、'1'等，占一个字节。故 C 语言中的字符具有数值特征，可以像整数一样参加运算，此时相当于对字符的 ASCII 码进行运算。

例如：'B'+2=68（对应于字符'D'）

（2）转义字符。

所有字符常量（包括可以显示的、不可显示的）均可以使用字符的转义表示法表示（ASCII 码表示）。转义表示格式：'\ddd' 或 '\xhh'（其中 ddd、hh 是字符的 ASCII 码，ddd 表示八进制，hh 表示十六进制）。注意：不可写成'\0xhh' 或 '\0ddd' (整数)。预先定义的一部分常用的转义字符如表 2-4 所示。

表 2-4   转义字符表

字符形式	含义
\n	换行
\t	横向跳格（Tab）
\v	竖向跳格
\b	退格
\r	回车
\\	反斜杠
\'	单撇号
\ xhh	1～2 位十六进制所代表的字符
\ ddd	1～3 位八进制所代表的字符

（3）字符串常量。

字符串常量是用双撇号括起来的零个、一个或多个字符序列，如"a"、"abc"、"1"。编译程序自动地在每一个字符串末尾添加串结束符'\0'，因此，所需要的存储空间比字符串的字符个数多一个字节。

字符串的相关知识在第 5 章 5.4 节中详细阐述。

2. 符号常量

符号常量是用一个标识符来代替一个常量。符号常量常借助于预处理命令 define 来实现。define 命令格式是：

```
#define  标识符  字符串
```

例如：

```
#define  PI 3.1415926535
#define  STRING  "ABCD"
```

（1）习惯上，符号常量用大写字母表示。

（2）定义符号常量时，不能以 ";" 结束。

（3）一个#define 占一行，且要从第一列开始书写。

（4）一个源程序文件中可含有若干个 define 命令，在不同的 define 命令中指定的 "标识符" 不能相同。

符号常量的相关知识在第 4 章 4.4.2 节中详细阐述。

2.2.2 变量

变量是在程序运行过程中，其值会发生改变的量。C 程序中用到的所有变量都必须先定义，然后才能使用。定义变量时需要确定变量的名字和数据类型。

1. 变量名

变量名应采用一个合法的标识符，其中的英文字母习惯用小写字母。应尽量遵循 "见名知义" 的原则。

2. 变量的类型

在 C 语言中，常量的数据类型通常由书写格式决定，而变量的数据类型在定义时指定。

3．变量定义的一般形式

<类型说明符> <变量名> {,<变量名> };

其中用{}括起来的内容可以重复零次或多次。

例如：

```
int  i;                 /*说明 i 为整形变量*/
char  ch;               /*说明 ch 为字符型变量*/
float  x,y;             /*说明 x,y 为单精度型变量*/
```

定义变量需要确定变量的名字和数据类型，每个变量必须有一个名字作为标识，变量名代表内存中的一个存储单元，用于存放该变量的值，而该存储单元的大小由变量的类型决定。如上例中，变量 i 占用两个字节；变量 ch 占用一个字节；变量 x 和 y 均占用 4 个字节。

4．变量的使用

定义变量后，就可以使用它。在程序中使用变量，就是使用该变量所代表的存储单元。对变量的使用，包括赋值和引用。在定义变量后，首先应该对它赋值，然后就可以在该程序中引用它的值，必要时还可以改变它的值，即再次赋值。对变量赋值的方法有 3 种：

（1）在定义变量时就对它赋值，也称为变量赋初值。例如：

```
int  i=5;  char ch='a';  float x=3.14;
```

（2）在可执行语句中，用赋值表达式对变量赋值。例如：

```
int  x,y;
x=9,y=12;
```

（3）调用输入函数对变量动态赋值。例如：

```
int x,y;
scanf("%d%d",&x,&y);
```

在运行时输入：

```
6  23
```

这样，就动态地给 x 和 y 分别赋值 6 和 23。

2.3　运算符与表达式

C 语言的运算符种类多、功能强，除了通常的程序设计语言提供的算术、关系及逻辑等运算符以外，还有一些完成特殊任务的运算符。

C 语言的运算符按其在表达式中与运算对象的关系（连接运算对象的个数）可以分为：单目运算、双目运算和三目运算。C 的运算符有以下几类：

（1）算术运算符（+ — * / % ++ ——）。

（2）关系运算符（< > == >= <= != ）。

（3）逻辑运算符（! && ‖ ）。

（4）位运算符（<< >> ~ | ∧ &）。

（5）赋值运算符(= += —= *= /= %=)。

（6）条件运算符(? :)。

（7）逗号运算符(,)。

（8）指针运算符(* &)。

（9）求字节运算符（sizeof）。

（10）强制类型转换运算符（类型名）。

（11）分量运算符（. →）。

（12）下标运算符（ [] ）。

（13）其他（如函数调用运算符 ( )）。

C 语言中的运算具有一般数学运算的概念，即有优先级和结合性（见附录 B）。

优先级：指同一个表达式中不同运算符进行计算时的先后次序。由高至低：初等运算符（）[]→·→单目运算符→算术运算符（先乘除求余，后加减）→逻辑运算符（不包括"！"）→条件运算符→赋值运算符→逗号运算符。

结合性：结合性是针对同一优先级的多个运算符而言的，它是指同一个表达式中相同优先级的多个运算应遵循的运算顺序。除单目运算符、条件运算符和赋值运算符为自右向左外，其余均为自左向右。

2.3.1　表达式的含义

表达式就是用运算符将运算对象连接而成的符合 C 语言规则的算式。其中，常量、变量、函数是最简单的表达式。C 语言是一种表达式语言，它的多数语句都与表达式有关。正是由于 C 语言具有丰富的多种类型的表达式，才得以体现出 C 语言所具有的表达能力强、使用灵活、适应性好的特点。

2.3.2　算术运算符及表达式

1．算术运算符

C 语言中所使用的算术运算符包括：+（加）、—（减）、*（乘）、/（除）、%（求余运算）、++（自增 1 运算符）及——（自减 1 运算符）。

说明：

（1）除法运算的两个操作数如果都是整数，则结果也为整数，故其值只取整数部分，舍弃小数部分，如：

$$6/4=1$$

若除数或被除数中只要一个为实数，则结果是 double 型，如：

$$6/4.0=1.5$$

（2）取余数运算符（%）的两个操作数都必须是整数，取余运算的结果等于两数相除后的余数，其结果也为整数，如：

$$6\%4=2$$

2．自增运算符与自减运算符

自增运算符(++)的功能是使变量的值自增 1。自减运算符(--)的功能是使变量的值自减 1。自增、自减运算符只能作用于单个的变量，不能作用于表达式。自增、自减运算符的优先级高于基本算术运算符，具有右结合性。

自增、自减有以下几种形式：

++i　　　i 变量自增 1 后再参与运算。

i++　　　i 变量参与运算后，i 的值再自增 1。

--i　　　i 变量自减 1 后再参与运算。

i--　　　i 变量参与运算后，i 的值再自减 1。

【例 2.1】　自增、自减运算符的使用。

```
main()
{
  int i=5;
  printf("%d\n",++i);
  printf("%d\n",--i);
  printf("%d\n",i++);
  printf("%d\n",i--);
  printf("%d\n",-i++);
  printf("%d\n",-i--);
}
```

运行结果：

```
6
5
5
6
-5
-6
```

分析：

i 的初值为 5。

执行 "printf("%d\n",++i);"，因为是++i，所以 i 的值先加 1 然后再参与运算即输出，所以输出的结果为 6，这时 i 的值为 6。

执行 "printf("%d\n",--i);"，因为是- -i，所以 i 的值先减 1 然后再参与运算即输出，所以输出的结果为 5，这时 i 的值为 5。

执行 "printf("%d\n",i++);"，因为是 i++，所以先参与运算即输出 i 的值，然后 i 的值再加 1，所以输出的结果为 5，这时 i 的值为 6。

执行 "printf("%d\n",i--);"，因为是 i--，所以先参与运算即输出 i 的值，然后 i 的值再减 1，所以输出的结果为 6，这时 i 的值为 5。

执行 "printf("%d\n",-i++);"，因为是 i++，所以先参与运算即输出-i 的值，然后 i 的值再加 1，所以输出的结果为-5，这时 i 的值为 6。

执行 "printf("%d\n",-i--);"，因为是 i--，所以先参与运算即输出-i 的值，然后 i 的值再减 1，所以输出的结果为-6，这时 i 的值为 5。

3．算术运算符的优先级和结合性

在 C 语言中，仍然遵循"先乘除后加减"的四则运算规则。如果操作数两侧运算符的优先级相同，则按照结合性（结合方向）决定计算顺序，若结合方向为"从左到右"，则操作数先与左面的运算符结合；若结合方向为"从右到左"，则操作数先与右面的运算符结合。

C 运算符的优先级和结合性见附录 B。

4．算术表达式

用算术运算符将运算对象连接起来的符合 C 语言语法规则的式子称为算术表达式，运算对象包括常量、变量和函数等表达式。算术表达式的值和类型由参加运算的运算符和运算对象决定。下面的式子都为算术表达式。

```
x+y+z        (f1*2.0)/f2+5.0        ++i        sqrt(a)+sqrt(b)
```

2.3.3 赋值运算符及表达式

1．赋值运算符

C 语言将赋值作为一种运算，赋值运算符"="的左边是一个变量，右边是一个表达式，其作用是将右端表达式的值赋给左端的变量。

1）基本赋值运算符

基本赋值运算符"="，例如： y=x+3。

此时，若假设 x 的值为 52，则将 52 与 3 的和 55 送入变量 y 所对应的存储单元中，即 y 的值为 55。

2）复合赋值运算符

在 C 语言中，还可以在赋值号"="之前加上某些特定的运算符构成复合赋值运算符。复合赋值运算符有：+=、-=、*=、/=、%= 等。

例如： x+=y   等价于   x=x+y

a%=b+c/d   等价于   a=a% (b+c/d)

复合赋值运算符这种写法，有利于提高编译效率并产生质量较高的目标代码。

2．赋值表达式

由赋值运算符将一个变量与一个表达式连接起来的式子称为赋值表达式。其一般形式为：

<变量> <赋值运算符> <表达式/值>

在 C 语言中，复合赋值表达式是其特色，以下的表达式均为复合赋值表达式。

```
a+=5          等价于    a=a+5
x*=y+7        等价于    x=x*(y+7)
r%=p          等价于    r=r%p
x+=x-=x*=x    等价于    x=x+(x=(x-(x=x*x)))
```

说明：如果赋值运算符两侧的类型不一致，但都是数值型或字符型，在赋值时要进行类型转换，类型转换规则是把赋值运算符右边表达式的数据类型转换成左边变量的类型，其中：

（1）实型值赋给整型变量时，舍去实数的小数部分。

（2）整型值赋给实型变量时，数值不变，以浮点形式存储。

（3）一个较短的有符号的 int 型数据转换成一个较长的有符号 int 型数据总是进行符号扩展，以保证数据的正确性。

2.3.4　关系运算符及表达式

1．关系运算符

关系运算实际上是逻辑比较运算，它是逻辑运算中的一种。关系运算符的作用是确定两个数据之间是否存在某种关系。关系运算符有："＞"（大于）、"＞＝"（大于等于）、"＜"（小于）、"＜＝"（小于等于）、"＝＝"（恒等于）和"！＝"（不等于）。

关系运算符都是双目运算符，其结合性是从左到右结合。优先级分为两级：

高级：＜、＜＝、＞、＞＝。

低级：＝＝、！＝。

关系运算符的优先级低于算术运算符。

2．关系表达式

用关系运算符将两个表达式连接起来的式子称为关系表达式。它的一般形式为：

　　<表达式 1> <关系运算符> <表达式 2>

其中，关系运算符指明了对表达式所实施的操作。"表达式 1"和"表达式 2"可以是算术表达式、关系表达式、逻辑表达式、赋值表达式和字符表达式。但一般关系运算要求关系运算符连接的两个运算对象为同类型数据。例如：

a+b>3*c	两个算术表达式的值作比较
(a+=b)<(b=10%c)	两个赋值表达式的值作比较
(a<=b)==(b>c)	两个关系表达式的值作比较
'A'!='a'	两个字符表达式的值作比较

关系表达式只有两种可能的结果：或者它所描述的关系成立，或者这个关系不成立。若关系成立，说明关系式表述的关系是"真"的，称逻辑值为"真"，用 1 表示；若关系不成立，说明关系式表述的关系是"假"的，称逻辑值为"假"，用 0 表示。故关系表达式的值是 0 或 1，它的类型为整型。

进行关系运算时，先计算表达式的值，然后再进行关系比较运算。例如：

若设 a=2，b=3，c=4，则

a+b>3*c　（5>12）关系不成立　表达式结果值为 0（假）

(a+=b)<(b*=10%c)　（5<6）　关系成立　表达式结果值为 1（真）

(a<=b)==(b>c)　（1==0）关系不成立　表达式结果值为 0（假）

'A'!='a'　（65!=97）关系成立　表达式结果值为 1（真）

以关系表达式"a+b>3*c"为例，因为算术运算的优先级高于关系运算，所以先计算a+b 和 3*c 的值，结果分别为 5 和 12，再将 5 和 12 进行关系比较，其运算结果为 0。

2.3.5　条件运算符及表达式

1．条件运算符

条件运算符 "? :"是 C 语言中唯一的一个三目运算符，它要求有 3 个操作对象，其结合性为右结合性。

2．条件表达式

由条件运算符构成的条件表达式的形式为：

<表达式 1>? <表达式 2>：<表达式 3>

条件表达式的运算过程如下：先计算表达式 1 的值，若为非 0，则计算表达式 2 的值为整个条件表达式的值；若为 0，则计算表达式 3 的值为整个条件表达式的值。例：

```
x=a >= 0 ? a: -a
```

该表达式实质上是一个赋值表达式，由于条件运算符的优先级别高于赋值运算符，所以将先进行条件表达式的运算，再进行赋值表达式的运算。该表达式运算的意义是，若 a>0，将 a 的值赋给 x；否则，将−a 的值赋给 a。

关于条件运算的相关应用详见 3.3 节。

2.3.6　逻辑运算符及表达式

C 语言提供了 3 种逻辑运算符：逻辑非"!"、逻辑与"&&"和逻辑或" ‖ "。

逻辑运算要求运算对象为"真"（非 0）或"假"（0）。这 3 种逻辑运算符的运算规则可用表 2-5 的真值表表示。

表 2-5　逻辑运算真值表

a	B	a&&b	a‖b	!a	!b
0	0	0	0	1	1
0	非 0	0	1	1	0
非 0	0	0	1	0	1
非 0	非 0	1	1	0	0

在一个逻辑表达式中，可以含有多个逻辑运算符，其优先级是："!"最高，"&&"次之，"‖"最低；逻辑运算优先级低于所有关系运算，而"!"优先级高于所有算术运算。例如：

```
int a=3,b=1, x=2, y=0;
```

则：(a>b) && (x>y) 的值为 1 。

y‖b && y‖a 的值为 1 。

!a ‖ a>b 的值为 1 。

此式中"!"的优先级高于">",而">"的优先级高于"||",故先计算"!a",其值为 0,再计算"a>b",其值为 1,最后计算"0||1",值为 1。

2.3.7　位运算符及表达式

1. 位逻辑运算符

位运算是 C 与其他高级语言相比较而言较有特色的地方,利用位运算可以实现许多汇编语言才能实现的功能。

所谓位运算是指进行二进制位的运算。C 语言提供的位运算有:

&(按位与)、|(按位或)、^(按位异或)、~(按位取反)、<<(左移)、>>(右移)

因为一个二进制位只能取值为 0 或者 1,所以位运算就是从具有 0 或者 1 值的运算对象出发,计算出具有 0 或者 1 值的结果。其中除位取反是单目运算外,其余 5 种均为双目运算。下面以按位"与"运算(&)为例进行讲解。

按位"与"运算的作用是:将参加运算的两个操作数(整型数或字符型数),按对应的二进制位分别进行"与"运算,当两个相应位都为 1 时,该位的结果为 1,其余的都为 0。例如,整数 8 & 9:

```
        9:    0 0 0 0 1 0 0 1
&       8:    0 0 0 0 1 0 0 0
       结果    0 0 0 0 1 0 0 0
```

利用"与"运算的特性可以将存储某个数的存储单元清零(只要将该数与 0 相"&"即可),例如:

```
        9:    0 0 0 0 1 0 0 1
&       0:    0 0 0 0 0 0 0 0
       结果    0 0 0 0 0 0 0 0
```

就将存储整数 9 的存储单元清零。

若只要保留其中的某一位,则只要与该位上为 1 其余位为 0 的操作数相"&"即可。

```
例如:    9:    0 0 0 0 1 0 0 1
&       8:    0 0 0 0 1 0 0 0
       结果    0 0 0 0 1 0 0 0    保留第四位
```

2. 移位运算

移位运算是指对操作数以二进制位为单位进行左移(<<)或右移(>>)的操作。

a>>b 表示将 a 的二进制值右移 b 位。要求 a 和 b 都是整型, b 只能为正数,且不能超过机器字所表示的二进制位数。

移位运算具体实现有 3 种方式。

(1) 循环移位:在循环移位中,移入的位等于移出的位。

(2) 逻辑移位:在逻辑移位中,移出的位丢失,移入的位取 0 值。

(3) 算术移位:在算术移位(带符号)中,移出的位丢失,左移入的位取 0,右移入的位取符号位，即最高位代表数据符号，保持不变。

C 语言的移位运算与具体的 C 语言编译器有关，通常情况下，左移位运算后右端出现的空位补 0，移至左端之外的位则舍弃；右移位运算与操作数的数据类型是否带有符号位有关，不带符号位的操作数右移时，左端出现的空位补 0，移至右端之外的位则舍弃，带符号位的操作数右移位时，左端出现的空位按符号位复制，其余的空位补 0，移至右端之外的位则舍弃。

例如，假设 x=56（=（00111000）$_2$），x<<2 的值为：
$$←\underline{00}\,111000←\underline{00}=（11100000）_2=224（=56*4）$$

在数据可表达的范围内，一般左移 1 位相当于乘 2，左移两位相当于乘 4。

同样，一般右移一位相当于除 2，右移两位相当于除 4。

例如，假设 x=56（=（00111000）$_2$），x>>2 的值为：
$$\underline{00}→001110\,\underline{00}→=（00001110）_2=14（=56/4）$$

注意：操作数的移位运算并不改变原操作数的值（即经过以上左右移位并没有改变 x 的值）。除非经过赋值运算才能改变。例如，x=x>>2，这样，x 的值才由 56 改为 14。

说明：

（1）位运算的优先级是：~ →<<、>>→&→|→^。

（2）位运算的运算对象只能是整型(int)或字符型(char)的数据。

对于位"异或"运算有几个特殊的操作：

（1）a^a 的值为 0。

（2）a^~a 的值为二进制位的值全为 1（如果 a 以 16 位二进制数表示，则为 65535）。

（3）-（a^~a）的值为 0。

2.3.8　逗号运算符及表达式

在 C 语言中逗号","也是一种运算符，称为逗号运算符。用它将两个或多个表达式连接起来，如 3+5，6+8 等。

这种表达式称为逗号表达式。逗号表达式的一般形式为：

表达式 1,表达式 2，…,表达式 n

逗号表达式求值过程是先求表达式 1 值，再求表达式 2 值，依次下去，最后求表达式 n 值，表达式 n 的值作为整个逗号表达式的值。

例如：　3+5，6+8 的值为 14；a=3*5，a*4 的值为 60。

注意：

（1）逗号表达式常用在 for 语句（详见第 3 章）中；

（2）逗号表达式的优先级别最低；

（3）C 语言中，逗号有两种用途（分隔符，运算符）。

（4）思考：(a=3*5,a*4)，a+5 的值是多少？

2.3.9　其他运算

1．长度运算符

长度运算符 sizeof 是一个单目运算符，用来返回变量或数据类型的字节长度。使用长度运算符可以增强程序的可移植性，使之不受具体计算机数据类型长度的限制。例如：

```
int a; sizeof(a)=2(bytes)
sizeof(double)=8(bytes)
```

2．特殊运算符

在 C 语言中，还有一些比较特殊的、具有专门用途的运算符。例如，

（1）"（）"括号：用来改变运算顺序。

（2）"[]"下标：用来表示数组元素，详见本书第 5 章。

（3）"*"和"&"：指针运算，详见本书第 6 章。

（4）"—〉"和"."：用来表示结构分量，详见本书第 7 章。

2.4　数据类型的转换

整型（包括 int、short、long）和实型（包括 float、double）数据可以混合运算，另外字符型数据和整型数据可以通用，因此，整型、实型、字符型数据之间可以混合运算。

例如，表达式 10+'a'+1.5–8765.1234*'b'是合法的。

在进行运算时，不同类型的数据先转换成同一类型，然后进行计算，转换的方法有两种：自动转换（隐式转换）；强制转换。

2.4.1　自动转换（隐式转换）

1．非赋值运算的类型转换

自动转换发生在不同类型数据进行混合运算时，由编译系统自动完成。转换规则如下（见图 2.2）：

（1）类型不同，先转换为同一类型，然后进行运算。

（2）图中纵向的箭头表示当运算对象为不同类型时转换的方向。可以看到箭头由低级别数据类型指向高级别数据类型，即数据总是由低级别向高级别转换。即按数据长度增加的方向进行，保证精度不降低。

（3）图中横向向左的箭头表示必定的转换（不必考虑其他运算对象）。例如，字符数据参与运算必定转化为整数，float 型数据在运算时一律先转换为双精度型，以提高运算精度（即使是两个 float 型数据相加，也先都转换为 double 型，然后再相加）。

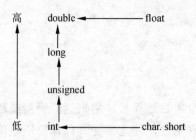

图 2.2　数据类型自动转换规则

2. 赋值运算的类型转换

赋值运算时，如果赋值号"="两边的数据类型不同，赋值号右边的类型转换为左边的类型。这种转换是截断型的转换，不会四舍五入。

例如，设有如下变量说明：

```
int a, j, y;
float b;
long d;
double c;
```

则对赋值语句：

```
y=j+'a'+a*b-c/d;
```

其运算次序和隐含的类型转换如下：

（1）计算 a*b，由于变量 b 为 float 型，所以运算时先由系统自动转换为 double 型，变量 a 为 int 型，两个运算对象要保持类型一致，变量 a 也要转换为 double，运算结果为 double 型。

（2）由于 c 为 double 型,将 d 转换成 double 型，再计算 c/d，结果为 double 型。

（3）计算 j+'a'，先将'a' (char 型)转换成整型数再与 j 相加，结果为整型。

（4）将第 1 步和第 3 步的结果相加，再将第 3 步的结果（int）转换成 double 型再进行运算，结果为 double 型。

（5）用第 4 步的结果减第 2 步的结果，结果为 double 型。

（6）给 y 赋值，先将第 5 步的结果 double 型转换为整型（因为赋值运算左边变量 y 为整型），即将 double 型数据的小数部分截掉，压缩成 int 型，然后进行赋值。

以上步骤中的类型转换都是 C 语言编译系统自动完成的。

2.4.2　强制转换（显式转换）

强制转换是通过类型转换运算来实现的。一般形式：

（类型说明符）表达式

功能：把表达式的结果强制转换为类型说明符所表示的类型。例如：

(int)a　　　　　将 a 的结果强制转换为整型量。

(int)(x+y)　　　将 x+y 的结果强制转换为整型量。

(float)a+b　　　将 a 的内容强制转换为浮点数，再与 b 相加。

说明：

（1）类型说明和表达式都需要加括号（单个变量可以不加括号）。

（2）无论隐式转换、强制转换都是临时转换，不改变数据本身的类型和值。

【例 2.2】　强制类型转换举例。

```c
#include<stdio.h>
main()
{
  float f=5.75;
  printf("(int)f=%d\n",(int)f);        /* 将 f 的结果强制转换为整型，输出 */
  printf("f=%f\n",f);                   /* 输出 f 的值 */
}
```

运行结果如图 2.3 所示。

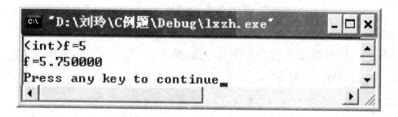

图 2.3　例 2.2 程序运行图

注意：强制类型转换是运算符而不是函数，故(int)a 不能写成 int(a)。

强制类型转换符的优先级较高，与自增运算符（++）相同，它的结合性是从右到左。

2.5　基本输入输出处理

所谓输入输出是以计算机主机为主体而言的。从计算机向外部输出设备（如显示器、打印机、磁盘等）输出数据称为"输出"，从外部向输入设备（如键盘、磁盘、光盘、扫描仪等）输入数据称为"输入"。C 语言本身无输入输出语句。输入输出操作是由函数来实现的，C 语言函数库中有"标准输入输出函数"，包括字符的输入与输出：getchar()、putchar()；字符串的输入与输出：gets()、puts()；格式输入与输出：scanf()、printf()。

C 语言提供的函数以库的形式存放在系统中，它们不是 C 语言文本中的组成部分。不把输入输出作为 C 语言提供的语句的目的是使 C 语言编译系统简单，因为将语句翻译成二进制的指令是在编译阶段完成的，所以没有输入输出语句就可以避免在编译阶段处理与硬件有关的问题，可以使编译系统简化，而且通用性强，可移植性好，对各种型号的计算机都适用，便于在各种计算机上实现。

本章主要介绍用于键盘输入和显示器输出的输入\输出库函数中的字符输入/输出库函数和格式化输入\输出库函数，其对应的头文件为 stdio.h。

2.5.1 字符数据的输入和输出

1. 单字符输出函数 putchar()

函数格式：

```
int putchar(c)
```

函数功能：向输出设备（一般为显示器）输出一个字符，并返回输出字符的 ASCII 编码值。

说明：其中 c 可以是字符型变量或整型变量，也可以是字符型常量。

例如：

```
char c='A';              /*定义了一个字符型变量 c，并为其赋初值*/
putchar(c);              /*输出字符变量 c 的值，即大写字母 A*/
putchar('b');            /*输出字符常量 b*/
putchar('\n');           /*输出换行符*/
```

使用 putchar 函数前必须要包含头文件 stdio.h。

【例 2.3】 putchar 函数的应用。

```
#include<stdio.h>         /*使用 putchar 函数前必须要包含头文件 stdio.h */
main()
{
  int i=98;
  char ch1='A',ch2='B';
  putchar(i); putchar('\t');
  putchar(ch1);putchar(ch2);
  putchar('\n');
  putchar('a');putchar(i);
}
```

程序的运行结果如图 2.4 所示。

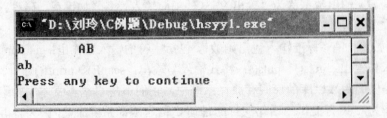

图 2.4 例 2.3 程序运行图

2. 单字符输入函数 getchar()

函数格式：

```
int getchar(void)
```

函数功能：从输入设备（一般为键盘）上输入一个字符，函数的返回值是该字符的 ASCII 码值。例如：

```
char c;
c=getchar();
```

当程序执行到语句"c=getchar()"时，将等待用户从键盘输入相应字符。若用户此时输入：

```
W ↙            /*符号"↙"表示敲 enter 键*/
```

则将输入的单字符'W'赋予字符变量 c。

【例 2.4】 getchar 函数的应用。

```
#include<stdio.h>
void main()
{
  char ch;
  ch=getchar();              /*从键盘输入字符，该字符的 ASCII 编码值赋给 ch*/
  putchar(ch);               /*输出 ch 对应的字符*/
  putchar('\n')
}
```

运行该程序时，输入如下单字符'q'，结果如图 2.5 所示。

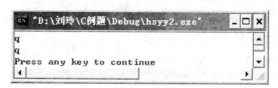

图 2.5　例 2.4 程序运行图

注意：

（1）使用 getchar 函数前必须包含头文件 stdio.h。

（2）字符输入函数每调用一次，就从标准输入设备上取一个字符。函数值可以赋给一个字符变量，也可以赋给一个整型变量。

（3）执行 getchar()输入字符时，键入字符后需要按回车键，回车后，程序才会响应输入，继续执行后续语句。

（4）getchar()函数也将回车键作为一个回车符读入。因此，在用 getchar()函数连续输入两个字符时要注意回车符。

2.5.2　格式输入与输出

1. 格式输出函数 printf( )

函数格式：

printf（"格式控制字符串"[,输出项列表]）

函数功能：printf( )函数是格式化输出函数,其功能是按控制字符串规定的格式,向输出设备（一般为显示器）输出数据，并返回实际输出的字符数，若出错，则返回负数。

说明：

1）格式控制

格式控制由格式控制字符串实现。格式控制字符串由 3 部分组成：普通字符、转义字符、输出项格式说明。格式字符串必须用双撇定界。

（1）格式说明。

一般格式为：

% [<修饰符>]<格式字符>

① 格式字符。格式字符及其含义如表 2-6 所示（设 int a=65;float x=3.1415926）。

表 2-6   printf()函数格式字符列表

格式字符	意义	举例	输出结果
d(或 i)	输出带符号的十进制整数	printf("%d",a)	65
o	按八进制整数输出（无符号）	printf("%o",a)	101
x (或 X)	按十六进制整数输出（无符号）	printf("%x",a)	41
u	按十进制整数输出（无符号）	printf("%u",a)	65
c	输出一个字符型	printf("%c",a)	A
s	输出一个字符串	printf("%s","abc")	abc
f	以小数形式输出单、双精度数	printf("%f",x)	3.141593
e(或 E)	以指数形式输出单、双精度数	printf("%e",x)	3.141593e+00
g(或 G)	按 e 和 f 格式中较短的一种输出	printf("%g",x)	3.141593

注意：（1）%o,%x,%u 均输出无符号整数;

（2）单精度型浮点数以%f 形式输出时，小数 6 位，有效数字 7 位;

（3）双精度型浮点数以%f 形式输出时，小数 6 位，有效数字 16 位;

（4）以%e 形式输出时，小数 6 位，指数 5 位，其中 e 占 1 位，指数符号占 1 位，指数占 3 位，并以规范化指数形式输出。例如：

1.234560e+002

② 修饰符。

a. 宽度修饰符。

宽度修饰符用于确定数据输出的宽度、精度、小数位数、对齐方式等，用于产生更规范整齐的输出，是可选项，这些修饰符如表 2-7 所示。

表 2-7   printf()函数宽度修饰符列表

修饰符	例	说 明 意 义
m	%md	以宽度 m 输出十进制整型数，不足 m 位时，左补空格，超过 m 位时，以实际宽度输出
0m	%0md	以宽度 m 输出整型数，不足 m 时，左补零
m.n	%m.nf	对实数以宽度 m 输出实型小数，小数位为 n 位 对字符串以宽度 m 输出字符串，n 表示截取的字符个数

【例 2.5】 printf()函数中输出数据宽度修饰符应用举例。

```
#include<stdio.h>
void main()
{
  int a=246,n=-1;
  float x=1357.2468;
  char c='w';
  int i=87;
  printf("%o,%u,%x\n",n,n,n);
  printf("%5d,%5.2f\n",a,x);
  printf("%2d,%2.1f\n",a,x);
  printf("%5c,%d\n",c,c);
  printf("%d,%c\n",i,i);
  printf("%s,%12s,%8s,%12.8s\n","C LANGUAGE","C LANGUAGE","C LANGUAGE",
  "CLANGUAGE");
}
```

程序的运行结果如图 2.6 所示。

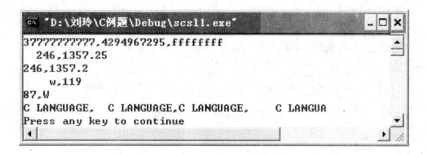

图 2.6　例 2.5 程序运行图

说明：

i　–1 在内存中以其补码的形式存在，由于在 VC 和 TC 中，基本整型所占字节有差异，分别是 4 个字节和两个字节，即二进制码分别为：$(11111111111111111111111111111111)_2$ 和 $(1111111111111111)_2$，故在 Turbo C 2.0 环境输出值的第一行为 177777,65535,ffff。

ii　当指定宽度小于数据的实际宽度时，对整数和字符串，按该数的实际宽度输出。若大于实际宽度，则补以空格或 0。

iii　对浮点数，相应小数位的数四舍五入。若宽度小于等于浮点数整数部分的宽度，则该浮点数按实际位数输出，但小数位数仍遵守宽度修饰符给出的值。

b. 对齐方式修饰符：

一般的输出数据为右对齐格式，加 "–" 号，变为 "左对齐" 方式。

【例 2.6】 printf()函数中输出数据对齐方式修饰符应用举例。

```
#include<stdio.h>
void main()
{   int i=789;
    float a=12.34567;
```

```
    printf("%6d%10.4f\n",i,a);
    printf("%-6d%10.4f\n",i,a);
    printf("%6d%-10.4f\n",i,a);
}
```

程序运行结果如图 2.7 所示。

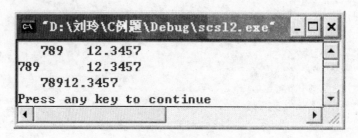

图 2.7　例 2.6 程序运行图

c. 输出长度修饰符[F、N、l、h]。

修饰符[] 为可选的输出长度修饰符，其功能如下：

F——输出远指针存放的地址。

N——输出近指针存放的地址。

h——输出短整型数据的值。

l——输出长整型或双精度型数据的值。

l、h 可以与输出格式字符 d、f、u 等连用，以说明是用 long（长）型或 short（短）型格式输出数据。

例如：

```
%hd      短整型
%lf      双精度型
%ld      长整型
%hu      无符号短整型
```

（2）普通字符。

普通字符在输出时，按原样显示在屏幕上。主要用于输出提示信息。

（3）转义字符。

转义字符是不可打印的字符，它们其实是一些控制字符，指明特定的操作，控制产生特殊的输出效果。常用的有"\t"、"\n"，其中\t 为水平制表符，作用是跳到下一个水平制表位，"\n"为回车换行符，遇到"\n"，显示自动换到新的一行。

2）输出项列表

输出项列表列出要输出的表达式（如常量、变量、运算符表达式、函数返回值等），每个输出项之间用逗号分隔，输出的数据可以是整数、实数、字符和字符串。输出项格式说明与输出项列表中的输出项按顺序一一对应，且输出项的数据类型要与格式字符相容，否则会导致执行出错。该项可省，此时在格式控制字符串中只有普通字符或转义字符。

【例 2.7】　printf()函数输出格式举例。

```
#include<stdio.h>
void main()
{  int i=654;
   long n=456;
   float a=12.34567,y=23.27;
   printf("%d=4d\ta=%7.4f\n\tn=%lu\n",i,a,n);
   printf("y=%5.2f%\n",y);
}
```

程序运行的输出结果如图 2.8 所示。

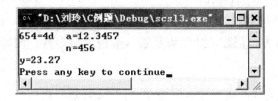

图 2.8 例 2.7 程序运行图

2. 格式输入函数 scanf()

函数格式：

scanf("格式控制字符串"，输入项地址列表)

函数功能：按规定格式从标准输入设备（键盘）读取输入的数据并赋给相应的输入项。

说明：控制字符串规定数据的输入格式，其内容由格式说明和普通字符两部分组成。输入项地址列表由一个或多个变量地址组成，各变量地址之间用逗号","分隔。

1）格式控制

格式控制由格式控制字符串实现。格式控制字符串由格式字符和普通字符两部分组成。形式为：

% [<修饰符>]<格式字符>

常用的格式字符见表 2-8。

表 2-8 scanf()函数常用格式字符表

格式字符	意　　义	举　　例	输入形式
d	输入一个十进制整数	scanf("%d",&a)	15
o	输入一个八进制整数	scanf("%o",&a)	015
x	输入一个十六进制整数	scanf("%x",&a)	0x15
f	输入一个小数形式浮点数	scanf("%f ",&x)	3.5
e	输入一个指数形式浮点数	scanf("%e",&x)	3.568e+3
c	输入一个字符	scanf("%c",&ch)	A
s	输入一个字符串	scanf("%s",ps)	ABCD

其中修饰符可选，这些修饰符有：

① 输入数据项字段宽度修饰符。

表示该输入项最多可输入的字符个数。如遇空格或不可转换的字符，读入的字符将减少，如：

```
scanf("%3d%5d%f",&a,&b,&c);
```

如输入数据：

```
123456 2.34↙
```

则数据 123 赋给了变量 a，数据 456 赋给了变量 b（从输入流中截取了 3 个字符后，遇空格结束），数据 2.34 赋给了变量 c。

② 输入数据长度类型控制符。

输入数据长度类型控制符为"l"和"h"，它们可与格式字符"d"、"o"、"x"一起使用，"l"表示输入数据为长整数，"h"表示输入数据为短整数。例如：

```
scanf("%ld%hd",&x,&i);
```

其中变量"x"按长整型数据进行读入，变量"i"按短整型数据进行读入。

③ 输入抑制修饰字符"*"。

表示按规定格式输入数据但不赋予相应变量，也即在地址列表中没有对应的列表项，作用是跳过相应的数据。例如：

```
scanf("%2d%*2d%d",&x,&y);
```

若输入数据为：

```
12345↙
```

则表示对输入数据的第一次读入为 2 位整数 12（赋给了变量 x），第二次读入 2 位整数 34（不赋给任何变量，用于跳读），第三次读入了余下的整数 5（赋给变量 y）。

2）普通字符

普通字符包括空格、转义字符和可打印字符。与 printf() 函数不同的是，scanf() 函数中格式控制字符串中普通字符是不显示的，而是规定了输入时必须输入的字符。

① 空格。

在有多个输入项时，一般用空格或回车作为分隔符，若以空格作分隔符，则当输入项中包含字符类型时，可能产生非预期的结果。例如：

```
scanf("%d%c", &a, &ch)
```

输入

```
32␣q↙                          /*其中"␣"表示空格*/
```

期望 a=32，ch=q，但实际上，分隔符空格被读入并赋给 ch。为避免这种情况，可使用如下语句：

```
scanf("%d␣%c", &a, &ch)
```

此处%d 后的空格，就可跳过字符 q 前的所有空格，保证非空格数据的正确录入。

② 转义字符。

```
scanf("%d %d", &a, &b);
```

```
scanf("%d %d %d", &x , &y , &z);
```

输入为:

123↙
456↙

结果为:

```
a = 1, b = 2, x = 3, y = 4, z = 5
```

若将上述语句改为:

```
scanf("%d %d\n", &a, &b);
scanf("%d %d %d", &x, &y, &z);
```

对同样的输入:

123↙
456↙

其结果为:

```
a = 1,b = 2,x = 4,y = 5,z = 6
```

由于在第一个 scanf 的最后有一个\n，所以第二个 scanf 语句将从第二个输入行获得数据。

③ 可打印字符。例如

```
scanf("%d,%d,%c", &a,&b,&ch);
```

当输入为:

1, 2, q↙

即:

```
a = 1,b = 2,ch = q
```

若输入为

1 2 q↙

除 a = 1 正确赋值外，对 b 与 ch 的赋值都将以失败告终，也就是说，这些不打印字符应是输入数据分隔符，scanf 在读入时自动去除与可打印字符相同的字符。

3）地址列表

地址列表是由若干个地址组成的列表，可以是变量的地址、字符串的首地址、指针变量等，各地址间以逗号间隔。

格式输入函数执行结果是将键盘输入的数据流按格式转换成数据，存入与格式相对应的地址指向的存储单元中。所以下列调用是错误的:

```
scanf("%d %d", a,b);        /*其中 a,b 表示的是两变量的值，不是地址*/
scanf("%d %d", a+b);        /*其中 a+b 表示的是表达式的值，不是地址*/
```

4）使用 scanf 函数应注意的问题

① scanf 函数中没有精度控制，scanf("%5.2f",&a); 是非法的。

② 在输入多个数值数据时，若格式控制串中没有非格式字符作输入数据之间的间隔，则可用空格、跳格键（Tab）或回车作间隔。

③ 如果格式控制串中有非格式字符，则输入时也要输入该非格式字符。例如：

```
scanf("a=%d,b=%d,c=%d",&a,&b,&c);
```

则输入应为

```
a=5,b=6,c=7 ✓
```

④ 在输入字符数据时，若格式控制串中无非格式字符，则认为所有输入的字符均为有效字符。

【例 2.8】 字符输入输出举例。

```
#include<stdio.h>
void main()
{
    char a,b,c;
    printf("input character a,b,c\n");
    scanf("%c%c%c",&a,&b,&c);
    printf("%c%c%c\n",a,b,c);
}
```

说明：

● 若输入为：

d⊔e⊔f✓　　　　　　　　　　　　　　　/* "⊔"表示空格*/

则把单字符'd' 赋予变量 a，空格赋予变量 b，单字符'e'赋予变量 c。

● 若输入为：

def✓

此时，才能把单字符'd' 赋予变量 a，单字符'e' 赋予变量 b，单字符'f' 赋予变量 c。

● 如果在格式控制中加入空格作为间隔，如：

```
scanf("%c⊔%c⊔%c",&a,&b,&c);
```

则输入时各数据之间要加空格。

⑤ 若输入的数据与输出的类型不一致时，虽然编译能够通过，但结果将不正确。

【例 2.9】 变量的输入输出格式匹配举例。

```
#include<stdio.h>
void main()
{
    float x;
    printf("input a number: ");
    scanf("%f",&x);
```

```
    printf("%d\n",x);
}
```

执行结果如图 2.9 所示。

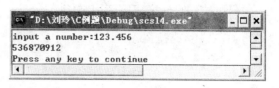

由于输入数据类型为单精度浮点型，而输出语句的格式串中说明为整型，因此输出结果和输入数据不符。

图 2.9　例 2.9 程序运行图

2.6　应用举例

本章涉及数据与数据类型、常量与常量定义、变量与变量说明、数据的运算、表达式与赋值语句、输入/输出函数等内容，都是 C 语言程序设计中非常重要的基本知识。现综合举例说明，以便读者能更深入地掌握本章涉及的内容。

【例 2.10】　已知梯形的上底、下底和高，编写求梯形面积的程序。

分析：

（1）定义实型变量 a（表示梯形的上底）、b（表示下底）、h（表示高）、s（表示面积）；

（2）调用输入函数动态输入 a，b，h 的值；

（3）利用求梯形面积公式计算面积：s=(a+b)*h/2;

（4）调用输出函数输出 a，b，h，s 的值。

程序如下：

```
#include<stdio.h>
void main()
  {
    float a,b,h,s;
    printf("please input a,b,h: ");
    scanf("%f%f%f",&a,&b,&h);
    s=0.5*(a+b)*h;
    printf("a=%6.3fb=%6.3fh=%6.3f\n",a,b,h);
    printf("s=%8.4f\n",s);
  }
```

运行结果如图 2.10 所示。

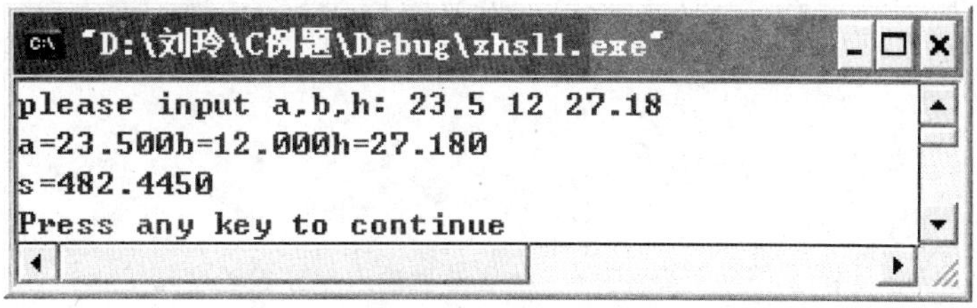

图 2.10　例 2.10 程序运行图

【例 2.11】 转义字符应用举例。

```c
#include<stdio.h>
void main()
{
 printf("The file name is c: \tools\booklist.txt\n");
                                    /* 注意转义符号\t 和\b 的含义 */
 printf("12345678901234567890123456789012345678901234567890\n");
}
```

运行结果如图 2.11 所示。

图 2.11   例 2.11 运行图

【例 2.12】 分析下列 "? :" 运算的结果。

```c
#include<stdio.h>
main()
{
 int x=1,y=2,z=3;
 x+=y+=z;                              /*等价于：y=y+z; x=x+y; */
 printf("%d\n",x<y? y: x);             /*输出 x: 6*/
 printf("%d\n",x<y? x++:y++);          /*输出 y++: 5*/
 printf("%d, %d\n",x,y);               /*输出 x 和 y: 6,6 */
 printf("%d\n",z+=x>y?x++:y++);        /*输出 z:9。按优先级计算输出后 x,y 加 1*/
 printf("%d, %d\n",y,z);               /*输出 y 和 z: 7,9 */
 x=3; y=z=4;
 printf("%d\n", (z>=y&&y==x)?1:0);     /*输出 0 */
 printf("%d\n", z>=y&&y>=x);           /*输出: 1 */
}
```

【例 2.13】 从键盘输入一个大写字母，要求改用小写字母输出。

```c
#include<stdio.h>
void main()
 {
    char c1,c2;
    c1=getchar();                    /*从键盘输入单字符给变量 c1*/
    printf("%c, %d\n",c1,c1);
    c2=c1+32;                        /*将大写字母转换成对应的小写字母输出*/
```

```
        printf("%c,%d\n",c2,c2);
    }
```

本题中，表达式 "c2=c1+32" 能实现大写字母与对应小写字母之间的转换，因为大写字母和其对应的小写字母的 ASCII 码值相差 32。

思考：这里我们默认输入的一定是大写字母，如果输入的是任意字符，如何判断输入的是否是大写字母，然后决定是否进行转换？

【例 2.14】　编程序实现两个变量值的互换。

分析：步骤①先把 x 的值保存在另一变量 t 中，即 t=x;

步骤②再执行 x=y; 虽然 x 的值被 y 的值取代，但 x 的值事先已经保存在另一变量 t 中。

步骤③最后执行 y=t; 就可以把 x 原来的值赋给 y，从而实现 x、y 值的互换，如图 2.12 所示。

代码如下：

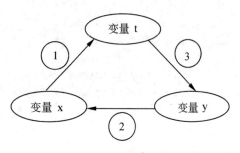

图 2.12　变量值互换示意图

```c
#include<stdio.h>
void main()
{
  double x,y,t;
  printf("Enter x and y:\t");
  scanf("%lf%lf",&x,&y);
  printf("变量交换前的 x,y 值：x=%lf\ty=%lf\n",x,y);
  t=x;
  x=y;
  y=t;
  printf("变量交换后的 x,y 值：x=%lf\ty=%lf\n",x,y);
}
```

运行程序如图 2.13 所示。

图 2.13　例 2.14 程序运行示例图

【例 2.15】　已知 a、b、c 的值，编程求一元二次方程 $ax^2+bx+c=0$ 的实数根。

分析：

（1）输入实型数 a、b、c 的值，要求满足 $a \neq 0$ 且 $b^2-4ac>0$；

（2）求判别式 b^2-4ac 的值；

（3）调用求平方根函数 sqrt()，求方程的根；

（4）输出结果。

代码如下：

```
#include<math.h>              /*加载数学函数头文件为了使用求平方根函数 sqrt()*/
#include<stdio.h>
void main()
{
    float a,b,c,disc,x1,x2;            /*定义要使用的变量*/
    printf("intput a,b,c: ");
    scanf ("%f,%f,%f",&a,&b,&c);
    disc=b*b-4*a*c;                    /*求判别式 disc 的值*/
    x1=(-b+sqrt(disc))/(2*a);          /*求方程的根*/
    x2=(-b-sqrt(disc))/(2*a);
    printf("\nx1=%6.2f\tx2=%6.2f\n",x1,x2);
}
```

思考：在本题中默认 b*b−4*a*c>=0，这样才能正确地使用求平方根函数 sqrt()，对于实际问题中，b*b−4*a*c<0 的情况，如何进行处理？

2.7 本章小结

1. 本章知识点

（1）各种数据类型及其类型说明，其中涉及的重要概念有整型、实型、字符型数据的表示、存储、取值范围、数值有效位及各种类型说明形式。例如，单精度实型数据的有效位只有 7 位；字符常量用单引号括起来，每个字符只占一个字节，而字符串常量用双引号括起来，其存储长度总比字符串多一个字节，用于表示字符串的结束；实型数据表示的是近似值；两个整数相除时有可能造成误差；C 中没有逻辑型数据，用 0 表示逻辑假，非 0 表示逻辑真。

（2）各种运算符与表达式，其中涉及的重要概念有运算对象的个数、运算优先级、结合性、类型转换等。例如，单目运算符、双目运算符和三目运算符的使用；赋值表达式、逗号表达式、条件表达式和组合运算表达式的值；将一个实型数据赋值给整型变量时将产生误差。关系运算和逻辑运算的结果是数值 1 或 0，表示逻辑真或假；运算时的类型转换是由低级到高级转换。

（3）掌握标准输入/输出和字符输入输出函数的使用。熟练使用不同格式符及其参数。C 语言的输入输出是由调用标准库函数中的输入输出函数来实现。

2. 重难点

（1）C 的基本数据类型有 int、float、double、char。基本数据类型的重点在于常量表示、变量定义及不同类型的数据在内存中的存储形式。

（2）C 操作符的优先级按照正常的数学惯例执行。有些操作符存在副作用，也就是可能改变内存中某些变量的数值。其中包括赋值操作符、复合赋值、算术运算符、自增自减运算符等。

（3）一些特殊运算符的使用，如：－、++、－－、*、&等，求负与减的区别，自增、自减与加 1 减 1 的区别，指针运算符*与乘号的区别，取地址运算符&与按位与运算的区别，&&与&的区别，||与|的区别，格式输入与输出函数的格式控制符及其参数的灵活使用，如 scanf 函数的地址项是否要加&。

习　题　2

一、单项选择题

1．下列各组中均为常量的是（　　）。

　　A．123，－0x23，－2.5　　　　　　B．－1，1/2，6.8

　　C．－6，π，345.0　　　　　　　　D．3.5，6.9，a

2．下列各组中不全是字符常量的是（　　）。

　　A．'a'，"b"，'2'　　　　　　　　B．'+'，'\101'，'f'

　　C．'6'，'\n'，'x'　　　　　　　　D．'3'，'$'，'\x41'

3．x 和 y 代表整型数，以下表达式中不能正确表示数学关系|x–y|<10 的是（　　）。

　　A．abs(x–y)<10　　　　　　　　B．x–y>–10&& x–y<10

　　C．@(x–y)< –10||!(y–x)>10　　　D．(x–y)*(x–y)<100

4．下列各组中不全是合法的变量名的是（　　）。

　　A．day，lotus_1_2_3，x1　　　　B．Abc，_above，basic

　　C．M.John，year，sum　　　　　　D．YEAR，MONTH，DAY

5．以下定义语句 double a,b; int w; long c;若各变量已正确赋值，则下列选项中正确的表达式是（　　）。

　　A．a=a+b=b++　　　　　　　　　B．w% (int)a+b)

　　C．(c+w)%(int)a　　　　　　　　D．w=a==b;

6．设有定义语句：char c1=92,c2=92,,则以下表达式中值为零的是（　　）。

　　A．c1^c2　　　B．c1&c2　　　　C．~c2　　　　　　D．c1|c2

7．C 语言中字符型(char)数据在内存中的存储形式是（　　）。

　　A．原码　　　B．补码　　　　　C．反码　　　　　D．ASCII 码

8．运算符有优先级，在 C 语言中关于运算符优先级的正确叙述是（　　）。

　　A．逻辑运算符高于算术运算符，算术运算符高于关系运算符

　　B．算术运算符高于关系运算符，关系运算符高于逻辑运算符

　　C．算术运算符高于逻辑运算符，逻辑运算符高于关系运算符

　　D．关系运算符高于逻辑运算符，逻辑运算符高于算术运算符

9．C 语言并不是非常严格的算法语言，在以下关于 C 语言的不严格的叙述中，错误的说法是（　　）。

　　A．任何不同数据类型都不可以同用

　　B．有些不同类型的变量可以在一个表达式中运算

C. 在赋值表达式中等号(=)左边的变量和右边的值可以是不同类型

D. 同一个运算符号在不同的场合可以有不同的含义

10. 以下选项中属于 C 语言的数据类型是（　　）。

A. 复数型　　　　　B. 逻辑型　　　　　C. 双精度型　　　　　D. 集合型

11. 下列常数中不能作为 C 语言常量的是（　　）。

A. 0xA5　　　　　B. 2.5e-2　　　　　C. 3e2　　　　　D. 0582

12. 设 int 类型的数据长度为两个字节，则 unsigned int 类型数据的取值范围是（　　）。

A. 0～255　　　　B. 0～65535　　　C. -32768～32767　　D. -256～255

13. 在 C 语言中，数字 029 是一个（　　）。

A. 八进制数　　　B. 十六进制数　　　C. 十进制数　　　D. 非法数

14. 下列可以正确表示字符型常数的是（　　）。

A. "a"　　　　　　B. '\t'　　　　　　C. "\n"　　　　　D. 297

15. 以下错误的转义字符是（　　）。

A. '\\'　　　　　　B. '\"　　　　　　C. '\81'　　　　　D. '\0'

16. 已知 int i; float f; 正确的语句是（　　）。

A. (int f)%i　　　B. int(f)%I　　　C. int(f %i)　　　D. (int)f %i

17. 已知：char a；int b；float c；double d；执行语句 c=a+b+c+d; 后，变量 c 的数据类型是（　　）。

A. int　　　　　　B. char　　　　　C. float　　　　　D. double

18. 已知 int i, a；执行语句"i=(a=2*3, a*5), a+6; "后，变量 i 的值是（　　）。

A. 6　　　　　　　B. 12　　　　　　C. 30　　　　　　D. 36

19. 字符串"\\\22a,0\n"的长度是（　　）。

A. 8　　　　　　　B. 7　　　　　　　C. 6　　　　　　　D. 5

20. 已知：char c='A'; int i=1, j; 执行语句 j=!c&&i++；则 i 和 j 的值是（　　）。

A. 1，1　　　　　B. 1，0　　　　　C. 2，1　　　　　D. 2，0

21. 要判断 char 型变量 m 是否是数字，可以使用下列表达式（　　）。

A. 0<=m && m<=9　　　　　　　　　B. '0'<=m && m<='9'

C. "0"<=m && m<="9"　　　　　　　　D. 前面 3 个答案均是错误的

二、判断题

1. C 的 long 类型数据可以表示任何整数。（　　）

2. C 的 double 类型数据在其数值范围内可以表示任何实数。（　　）

3. C 的任何类型数据在计算机内都是以二进制形式存储的。（　　）

4. 任何变量都必须要声明其类型。（　　）

5. C 语言中以%O 开头的数是八进制整数。（　　）

6. 在程序的运行过程中,符号常量的值是可以改变的。（　　）

7. 在 C 程序中，APH 和 aph 代表一个变量。（　　）

8. #define 和 printf 都不是 C 语句。（　　）

9. 表达式 7&3+12 的值是 15。　（　　）

10. 字符常量的长度肯定为 1。（　　）

11. 按格式符"%d"输出 float 类型变量时，截断小数位取整后输出。(　　)

12. 按格式符"%6.3f"输出 i (i=123.45) 时，输出结果为 123.450。(　　)

13. scanf 函数中的格式符"%d"不能用于输入实数数据。(　　)

14. 格式符"%f"不能用于输入 double 类型数据。(　　)

15. printf 函数中的格式符"%c"只能用于输出字符类型数据。(　　)

三、填空题

1. char c；c='a'；c 的 ASCII 代码为 97，则在内存中 c 的值为_____。

2. 在定义变量的同时给变量一个值，称为_____。

3. #define　PI　3.14 说明 PI 为_____。

4. 表达式 10+'x'+2.5*7 的值为_____型的量。

5. 设 x=3.5；则表达式 (int) x+x 的值为_____。

6. 设 i=5；则语句 k= i++; 执行后，k=_____，i=_____。

7. 设 int a=6；表达式 a/=a+a 运算后，a=_____。

8. 表达式 a=3*5，a+a，a+3 的值为_____。

9. 表达式 x= (2+3，6*5)，x+5 运算后，x=_____。

10. 设 a=5；则表达式 a+=a*=a+a 运算后，a=_____。

11. 设 a=9；x=6.3；y=3.5；则表达式 a%5*(int)(x+y)%7/4 的值为_____。

12. int a=5，b=2；　表达式 b+= (float)(a+b)/2 运算后 b=_____。

13. char c；表达式 c='a'−'A'+'B'运算后，c 的值为_____。

14. 表达式 b=35/7*5−7%4*4 运算后 b=_____。

15. 表达式 (int)(sqrt(0.25)+5.7) 运算后，值为_____。

16. 有以下语句段

```
int  n1=10,n2=20;
printf("_____",n1,n2);
```

要求按以下格式输出 n1 和 n2 的值，每个输出行从第一列开始，请填空。

```
n1=10
n2=20
```

四、分析程序或程序段，写出运行结果

1. 下面程序的运行结果是 (　　)。

```
#include<stdio.h>
void main()
{
    int x=10, y=10; printf("%d %d\n", x--, --y);
}
```
A. 9 10　　　　　B. 10 9　　　　　C. 10 10　　　　　D. 9　9

2. 下面程序的运行结果是 (　　)。

```
#include<stdio.h>
void main()
```

```
{
  int a=3, b=7;
  printf ("%d\n", a++ + ++b);   /* ① */
  printf ("%d\n", b%a);         /* ② */
  printf ("%d\n", !a>b);        /* ③ */
  printf ("%d\n", a+b);         /* ④ */
  printf ("%d\n", a&&b);        /* ⑤ */
}
```

A. 10 1 1 12 0　　B. 10 0 1 11 0　　C. 11 0 0 12 1　　D. 10 0 0 12 1

3. 下面程序的运行结果是（　　）。

```
#include<stdio.h>
void main()
{
    int m=0;
    m+=m=12;
    printf("%d\n",m);
}
```

A. 24　　　　　　B. 12　　　　　　C. 25　　　　　　D. 13

4. 下面程序的运行结果是（　　）。

```
#include<stdio.h>
void main()
{
    int m=10,n=7;
    printf("h=%d\n",m/n);
}
```

A. h=0　　　　　B. h=1.428571　　C. 以上答案都不对　　D. h=1

5. 下面程序的运行结果是（　　）。

```
#include<stdio.h>
  void main()
  {
    int a=0;
    a+=(a=8);
    printf("a=%d\n",a);
  }
```

A. a=8　　　　　B. a=0　　　　　C. 以上答案都不对　　D. a=16

6. 下面程序的运行结果是（　　）。

```
#include<stdio.h>
  void main()
  {
    int a=5,b=4,c=3,d;
    d=(a>b>c);
```

```
    printf("d=%d\n",d);
}
```

A. 1　　　　　　B. d=12　　　　C. d=3　　　　　　D. d=0

7. 下面程序的运行结果是（　　）。

```
#include<stdio.h>
  void main()
  {
    char t;
    t='H'-'G'+'B';
    printf("t=%c\n",t);
}
```

A. t=67　　　　　B. t=C　　　　C. t=c　　　　　　D. 以上答案都不对

8. 下面程序的运行结果是（　　）。

```
#include<stdio.h>
  void main()
  {
    int a=1,b=2,m=0,n=0,k;
    k=(n=b>a)||(m=a+b);
    printf("k=%d,m=%d",k,m);
}
```

A. k=2，m=3　　B. k=1，m=0　　C. k=0，m=1　　D. k=1，m=1

9. 下面程序的运行结果是（　　）。

```
#include<stdio.h>
  void main()
  {
    int a;
    char c=10;
    float g=123.456;
    double h;
    a=g/=c*=(h=6.5);
    printf("%d %d %3.2f  %3.2f \n",a,c,g,h);
}
```

A. 1 65 1.90 6.50　　B. 0 10 123.46　6.5　C. 1 10 1.90 6.5　D. 0 65 1.90 6.50

10. 下面程序的运行结果是（　　）。

```
#include<stdio.h>
  void main()
  {
    int a=4,b=5,c=0,k;
    k=!a&&!b||!c;
    printf("k=%d ",k);
  }
```

A．k=0　　　　　　B．k=4　　　　　　C．k=5　　　　　D．k=1

11．下面程序的运行结果是（　　　）。

```
#include "stdio.h"
main()
{
  char a,b,c,d;
  scanf("%c,%c,%d,%d",&a,&b,&c,&d);
  printf("%c,%c,%c,%c\n",a,b,c,d);
}
```

若运行时从键盘上输入：6,5,65,66<回车>，则输出结果是（　　　）。

A．6,5,A,B　　　　　B．6,5,65,66　　　　C．6,5,6,5　　　　D．6,5,6,6

12．下面程序的运行结果是（　　　）。

```
main()
 {
  unsigned int a;
  int b=-1;
  a=b;
  printf("%u",a);
 }
```

A．-1　　　　　　　B．65535　　　　　　C．32767　　　　D．-32768

13．下面程序的运行结果是（　　　）。

```
int i=9;
printf("%o\n",i);
```

A．9　　　　　　　　B．10　　　　　　　C．11　　　　　D．12

14．下面程序的运行结果是（　　　）。

```
main()
{
  int a,b,c;
  a=25;
  b=025;
  c=0x25;
  printf("%d  %d  %d\n",a,b,c);
}
```

A．25 25 25　　　　B．25 22 33　　　　C．25 21 37　　　　D．25 23 28

第3章 结构化程序设计基础

所谓结构化程序设计，就是用高级语言表示的结构化算法。本章将从算法入手，逐步介绍 C 语言程序设计的基本方法和基本的程序语句。

3.1 算法的概念及表示

3.1.1 算法的概念

为了让计算机有效地完成某项任务，人们需要事先编制指令序列，也称为程序。编写程序的过程称为程序设计。要编写出一个高效运行、结构清晰、易于扩展的程序，事先需要设计出良好的算法，然后用语言来实现。著名计算机科学家沃思（Nikiklaus Wirth）提出：

程序=算法+数据结构

实际上，算法就是为解决一个实际问题而采取的方法和步骤。算法的优劣直接影响到程序的好坏。一个算法应具有以下特征。

（1）有穷性：算法所描述的过程必须在有限的时间、有限的步骤内完成，而不可以是无限的，否则，将构成"死循环"。

（2）确定性：算法确定的过程的每一步都必须是精确定义的。

（3）有零个或者多个输入：算法所确定的过程中，要有一个初始点，可以指定必要的初始值。通常，在执行算法时，需要从外界获取必要的信息。

（4）有一个或者多个输出：一个算法得到的结果就是算法的输出，而不一定是计算机的打印输出。

（5）有效性：算法中的每一个步骤都能有效地执行，算法的结果应是有效的和可预期的。

3.1.2 算法的表示

为了表示一个算法，可以用不同的方法。常用的方法有自然语言、传统流程图、结构化流程图、伪代码、PAD 图等。

1．用传统流程图表示算法

流程图是一种算法的图形描述工具。它是用一些图框表示各种操作。美国标准化协会 ANSI(American National Standard Institute)规定了一些常用的流程符号，如图 3.1 所示。

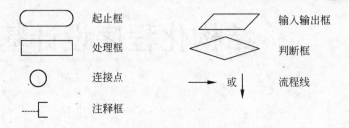

图 3.1　流程符号

1966 年，Bohra 和 Jacopini 提出了 3 种基本结构，即顺序结构、选择结构、循环结构。用这 3 种基本结构来作为表示一个良好算法的基本单元。

（1）顺序结构：如图 3.2（a）所示。它为最简单的基本结构，当执行完 A 框的操作后，执行 B 框。

（2）选择结构：如图 3.2（b）、图 3.2（c）所示。该结构中必包含一个判断框，根据条件 p 是否成立从而选择执行 A 框或 B 框。其中，A 框或 B 框可以有一个是空的。

（3）循环结构：如图 3.2（d）、图 3.2（e）所示。其中，图 3.2（d）为当型循环结构，图 3.2（e）为直到型循环结构。

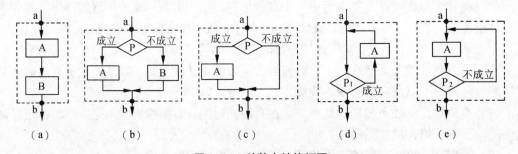

图 3.2　3 种基本结构框图

2．用伪代码表示算法

伪代码（pseudo code）是用介于自然语言与计算机语言之间的文字和符号来描述算法的。由于它不使用图形符号，所以书写方便、格式紧凑、便于理解，同时，也便于向计算机语言算法（程序）过渡。

3．用计算机语言表示算法

前面我们介绍的几种算法，都不能直接用计算机来实现。而计算机能实现的算法必须是用计算机语言编写的程序。因此，我们在用其他方式描述出一个算法后，还要将它转换成计算机语言程序。现在我们介绍用 C 语言表示算法。

【例 3.1】　将求 S=1+2+3+4+5+…+n 的值的算法用 C 语言表示。

```
#include "stdio.h"
void main()
```

```
{
  int  s=0,i=1,n;
  printf("请输入 n 的值：");
  scanf("%d",&n);
  while(i<=n)
    {
      s=s+i;
      i=i+1;
    }
  printf("s=%d\n",s);
}
```

当我们将上例表示的算法（C 程序）用计算机来运行时，就实现了算法。

3.2　顺序结构程序设计

如前所述，从程序流程的角度来看，程序可以分为：顺序结构、选择结构、循环结构
3 种基本结构。这 3 种基本结构可以组成所有的各种复杂程序。C 语言提供了多种语句来
实现这些程序结构。以下介绍这些基本语句及其应用，使读者对 C 程序有一个初步的认识，
为后面各章的学习打下基础。

3.2.1　C 程序的语句

C 程序的执行部分是由语句组成的。程序的功能也是由执行语句实现的。当然，C 语
句多是用来完成一定操作任务的，声明部分的内容不应称为语句，如：int a; 因它只是对
变量的定义，并不产生机器操作，我们知道，C 的函数由声明部分和执行部分组成，其中，
执行部分又由语句组成。C 程序的结构如图 3.3 所示。

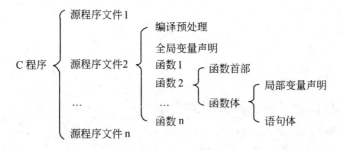

图 3.3　C 程序结构图

C 语句可分为：表达式语句、函数调用语句、控制语句、复合语句、空语句等 5 类
语句。

1. 表达式语句

表达式语句由表达式加上分号";"组成。其一般形式为：

表达式；

执行表达式语句就是计算表达式的值。例如：

赋值语句：x=y+z;　　　加法运算语句：y+z;　　　自增 1 语句：i++;

赋值语句是程序中使用最多的语句之一。它是由赋值表达式再加上分号构成的表达式语句。 其一般形式为：

变量=表达式;

赋值语句的功能和特点都与赋值表达式相同。在赋值语句的使用中需要注意以下几点。

（1）由于在赋值符 "=" 右边的表达式也可以又是一个赋值表达式，因此，下述形式：

变量=(变量=表达式);

是成立的，从而形成嵌套的情形。其展开之后的一般形式为：

变量=变量=…=表达式;

例如：a=b=c=d=e=5;等效于 e=5;d=e;c=d;b=c;a=b;。

（2）注意在变量说明中给变量赋初值和赋值语句的区别。给变量赋初值是变量说明的一部分，赋初值后的变量与其后的其他同类变量之间仍必须用逗号间隔，而赋值语句则必须用分号结尾。

（3）在变量说明中，不允许连续给多个变量赋初值。 如下述说明

```
int a=b=c=5               (是错误的)
int a=5,b=5,c=5;          (是正确的)
```

而赋值语句允许连续赋值。

（4）注意赋值表达式和赋值语句的区别。赋值表达式是一种表达式，它可以出现在任何允许表达式出现的地方，而赋值语句则不能。

下述语句是合法的：

```
if((x=y+5)>0) z=x;
```

该语句的功能是：若表达式 x=y+5 大于 0，则 z=x。

下述语句是非法的：

```
if((x=y+5;)>0)  z=x;
```

因为 x=y+5;是语句，不能出现在表达式中。

2. 函数调用语句

函数调用语句由函数名、实际参数加上分号 ";" 组成。其一般形式为：

函数名(实际参数表);

执行函数语句就是调用函数体并把实际参数赋予函数定义中的形式参数，然后执行被调函数体中的语句，求取函数值。例如：

```
printf("C Program");
```

该语句的功能是：调用库函数，输出字符串。

3．控制语句

控制语句用于控制程序的流程，以实现程序的各种结构方式。它们由特定的语句定义符组成。C 语言有 9 种控制语句，可分成以下 3 类：

1）条件判断语句

if 语句、switch 语句。

2）循环执行语句

do while 语句、while 语句、for 语句。

3）转向语句：

break 语句、goto 语句、continue 语句、return 语句。

4．复合语句

把多个语句用括号{}括起来组成的一个语句称复合语句。在程序中应把复合语句看成是单条语句，而不是多条语句。例如：

```
{  x=y+z;
   a=b+c;
   printf("%d%d",x,a);
}
```

是一条复合语句。复合语句内的各条语句都必须以分号";"结尾，但在括号"}"外不能加分号。

5．空语句

只有分号";"组成的语句称为空语句。 空语句是什么也不执行的语句。在程序中空语句可用来作空循环体。例如：

```
while(getchar()!='\n');
```

本语句的功能是：只要从键盘输入的字符不是回车，则重新输入。这里的循环体为空语句。

3.2.2　顺序结构程序设计

从前面所学知识，我们已经可以利用编程来解决一些问题。一个能实现某种功能的程序一般包含若干语句，例如：

【例 3.2】 有 3 个电阻并联，其阻值分别为 5Ω、15Ω、20Ω，编程求并联后的电阻值。

```
#include "stdio.h"
main()
{
   float r,r1,r2,r3;
   r1=5;
   r2=15;
   r3=20;
   r=1/(1/r1+1/r2+1/r3);
   printf("并联电阻的值 r=%6.2f\n",r);
}
```

执
行
顺
序

运行结果如下：

并联电阻的值 r=　　3.16

该程序是一个非常简单的程序，它由 4 个赋值语句和一个函数调用语句构成。程序的执行过程也非常简单，是按照书写的顺序一步步执行的，这种结构属于顺序结构。顺序结构在程序自上而下执行时，程序中的每个语句都被执行一次，而且只能被执行一次。

3.3　选择结构程序设计

实际上，计算机之所以能广泛地应用，在于它不仅能简单地、按顺序地完成人们事先安排好的一些指令，更重要的是具有逻辑判断能力，能够灵活处理问题。要让计算机按给定的条件进行分析、比较和判断，并按判断后的不同情况进行不同的处理，而用顺序结构进行的程序设计是达不到要求的。这种问题属于选择结构。选择结构也称为分支结构，它是 3 种基本结构之一。C 语言提供了 if 和 switch 语句来实现选择结构。

3.3.1　if 语句

if 语句用来判定所给定的条件是否满足，并根据判定的结果（真与假），以决定执行某两个分支程序段之一。C 语言的 if 语句有 3 种形式：单分支选择 if 语句、双分支选择 if 语句和多分支选择 if 语句。

1. if 语句的 3 种形式。

1）单分支 if 语句

单分支 if 语句的一般形式为：

```
if(表达式) 语句
```

其语义是：当执行单分支选择语句时，首先判断表达式的值，如果表达式的值为真（非 0），则执行其后的语句，否则不执行该语句。其执行过程如图 3.4(a)所示。

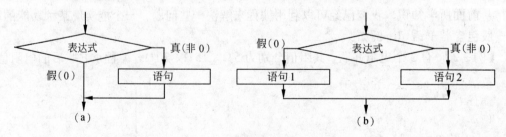

图 3.4　单、双分支结构执行流程图

【**例 3.3**】　输入两个整数，输出其中的大数。

```
#include "stdio.h"
main()
{
```

```
int a,b,max;
printf("\n input two numbers: ");
scanf("%d%d",&a,&b);
max=a;
if (max<b)
    max=b;
printf("max=%d\n",max);
}
```

共执行过程如图 3.5 所示，运行情况如图 3.6 所示。

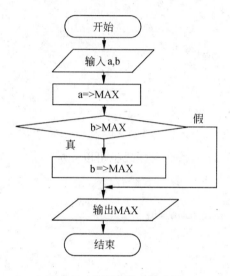

图 3.5　求两个数中的大数

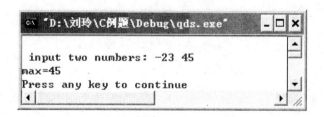

图 3.6　例 3.3 程序运行图

　　说明：在本例程序中，键盘输入两个数 a、b。先把 a 值先赋予变量 max，再用 if 语句判别 max 和 b 的大小，如果 max 的值小于 b，则把 b 赋予 max。因此，无论哪种情况，max 中总是装的 a、b 中大的那个数，最后输出的 max 的值符合题意。

2）双分支 if（if-else）语句

双分支 if（if-else）语句的一般形式为：

```
if(表达式)
    语句1
else
    语句2
```

其语义是：当执行双分支选择语句时，同样首先要判断表达式的值，如果表达式的值为真（非 0），则执行语句 1，否则执行语句 2。其执行过程如图 3.4(b)所示。

【**例 3.4**】 用双分支 if 语句形式改写例 3.3。

```
#include "stdio.h"
void main()
{
  int a,b;
  printf("input two numbers: ");
  scanf("%d%d",&a,&b);
  if(a>b)
    max=a;
  else
    max=b;
  printf("max=%d\n",max);
}
```

实际上，对于上例而言，用条件表达式也可以完成：

```
if(a>b)
  max=a;
else
  max=b;
```
等价于 max=(a>b)?a:b;

3）多分支 if（if-else-if）语句

前两种形式的 if 语句一般都用于两个分支的情况。当有多个分支选择时，可采用 if-else-if 语句，其一般形式为：

```
if(表达式 1)
    语句 1
else if(表达式 2)
    语句 2
else if(表达式 3)
    语句 3
    …
else if(表达式 m)
    语句 m
else
    语句 m+1
```

其语义是：依次判断表达式的值，当出现某个值为真（非 0）时，则执行其对应的语句，然后跳到整个 if 语句之外继续执行 if 语句的后续语句。如果所有的表达式均为假（0），则执行语句 m+1，然后继续执行 if 语句的后续语句。if-else-if 语句的执行过程如图 3.7 所示。

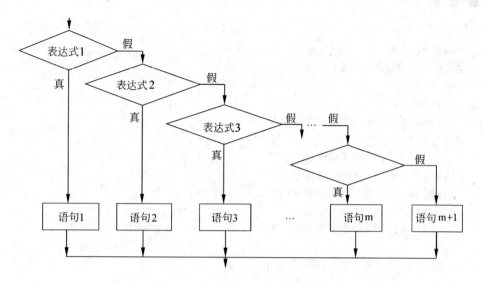

图 3.7　多分支结构执行流程图

【**例 3.5**】　从键盘上任意输入一个字符，判别该字符的类别。

分析：我们可以根据输入字符的 ASCII 码来判别类型。由 ASCII 码表可知：ASCII 值小于 32 的为控制字符；在 "0" 和 "9" 之间的为数字；在 "A" 和 "Z" 之间的为大写字母；在 "a" 和 "z" 之间的为小写字母；其余则为其他字符。这是一个多分支选择的问题，可以考虑用 if-else-if 语句编程，判断输入字符 ASCII 码所在的范围，分别输出不同的判断结果。其多分支结构流程如图 3.8 所示。

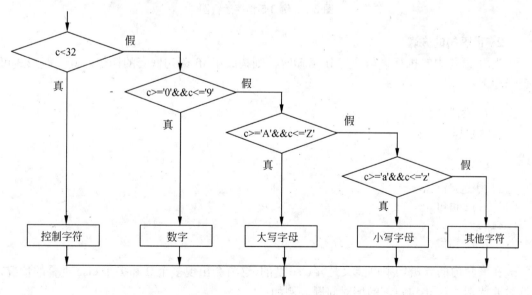

图 3.8　例 3.5 多分支语句流程图

代码如下：

```
#include "stdio.h"
void main()
```

```
{
    char c;
    printf("请输入一个字符: ");
    c=getchar();
    if(c<32)
        printf("这是一个控制字符\n");
    else if(c>='0'&&c<='9')
        printf("这是一个数字\n");
    else if(c>='A'&&c<='Z')
        printf("这是一个大写字母\n");
    else if(c>='a'&&c<='z')
        printf("这是一个小写字母\n");
    else
        printf("这是一个其他字符\n");
}
```

运行情况如图 3.9 所示。

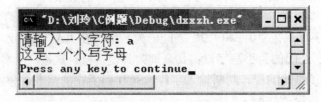

图 3.9　例 3.5 程序运行图

2. if 语句的嵌套

当 if 语句中的执行语句又是 if 语句时, 则构成了 if 语句嵌套的情形。其一般形式可表示如下:

```
if(表达式)
    if 语句
```

或

```
if(表达式)
    if 语句
else
    if 语句
```

在嵌套内的 if 语句中可能又是 if-else 型的, 这将会出现多个 if 和多个 else 重叠的情况, 这时要特别注意 if 和 else 的配对问题。例如:

```
if(表达式 1)
    if(表达式 2)
        语句 1
else
    语句 2
```

其中的 else 究竟是与哪一个 if 配对呢?

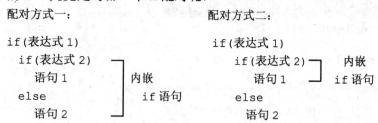

为了避免这种二义性,C 语言规定,else 总是与它前面最近的未配对的 if 配对,因此,对上述例子应按前一种情况理解。

【例 3.6】　比较任意两个数 a、b 的大小关系。

```c
#include "stdio.h"
void main()
{
  int a,b;
  printf("please input a,b: ");
  scanf("%d%d",&a,&b);
  if(a!=b)
    if(a>b)
      printf("a>b\n");
    else
       printf("a<b\n");
  else
      printf("a=b\n");
}
```

其流程图如图 3.10 所示,运行情况如图 3.11 所示。

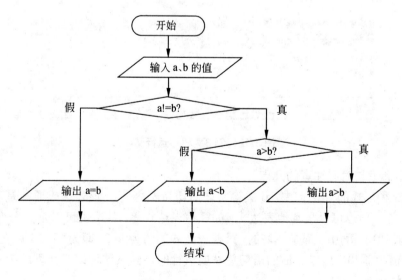

图 3.10　例 3.16 流程图

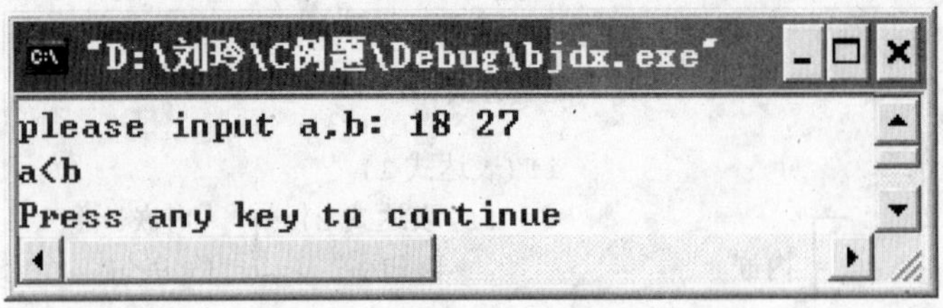

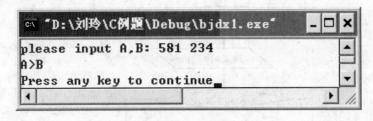

图 3.11　例 3.6 程序运行图

本例中用了 if 语句的嵌套结构。采用嵌套结构实质上是为了进行多分支选择，上例中实际上有 3 种选择即 a>b、a<b 或 a=b。这种问题用 if-else-if 语句也可以完成，而且程序更加清晰。因此，在一般情况下较少使用 if 语句的嵌套结构，以使程序更便于阅读理解：

【例 3.7】　用 if-else-if 语句改写例 3.6，将使以上程序更清晰。

```c
#include "stdio.h"
void main()
{
    int a,b;
    printf("please input A,B: ");
    scanf("%d, %d",&a,&b);
    if(a==b)
      printf("A=B\n");
    else if(a>b)
      printf("A>B\n");
    else
      printf("A<B\n");
}
```

运行情况如图 3.12 所示。

图 3.12　例 3.7 程序运行图

3．使用 if 语句时应注意的几点

（1）在 3 种形式的 if 语句中，if 关键字之后均为表达式。该表达式通常是逻辑表达式或关系表达式，但也可以是其他表达式，如赋值表达式等，甚至也可以是一个变量。例如：if(a=5) 语句；if(b) 语句；都是允许的。只要表达式的值为非 0，即为"真"。如在 if(a=5)…；中表达式的值为非 0，所以其后的语句总是要执行的，当然这种情况在程序中不一定会出现，但在语法上是合法的。

又如，有程序段：

```
if(a=b)
    printf("%d",a);
else
    printf("a=0");
```

本语句的语义是，把 b 值赋予 a，如为非 0 则输出该值，否则输出"a=0"字符串。这种用法在程序中是经常出现的。

（2）在 if 语句中，条件判断表达式必须用括号括起来，在语句之后必须加分号。

（3）在 if 语句的 3 种形式中，所有的语句应为单个语句，如果要想在满足条件时执行一组(多个)语句，则必须把这一组语句用"{}"括起来组成一个复合语句。但要注意的是在"}"之后不能再加分号。

例如：

```
if(a>b)
  {
    a++;
    b++;
  }
else
  {
    a=0;
    b=10;
  }
```

4．条件运算符与条件表达式

在第 2 章第 2.3.5 小节中，我们介绍了条件运算符和条件表达式。我们都知道，条件运算符要求有 3 个操作对象（称其为三目运算符），它是 C 语言中唯一的一个三目运算符。条件表达式的一般形式为：

表达式 1? 表达式 2：表达式 3

其执行过程如图 3.13 所示。

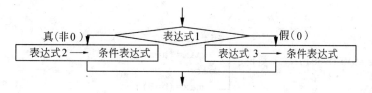

图 3.13　条件表达式执行流程图

下面我们举例说明条件表达式的相关应用。

【例 3.8】 任意输入 3 个数，找出其中最大数并输出。

程序代码如下：

```
#include<stdio.h>
void main()
```

```
{
  int a,b,c,max;
  scanf("%d%d%d",&a,&b,&c);
  max=a>=b?a>=c?a:c:b>=c?b:c;
  printf("最大数为：%d\n",max);
}
```

说明：

（1）条件运算符的执行顺序。

求解表达式 1，若为真（非 0），则求解表达式 2，并将表达式 2 的值作为整个表达式的值；否则，求解表达式 3，并将表达式 3 的值作为整个表达式的值。

（2）条件运算符的优先级别。

条件运算符的优先级别比较低，只比赋值运算符和逗号运算符高，故：

① 对于上面的赋值表达式的求解过程是：先求解条件表达式，再将其值赋给 max；

② (a>b)?a:b 中的扩号可省：a>b?a:b，且 a>b?a:b+1 等价于 a>b?a: (b+1)。

（3）条件运算符的结合性。

条件运算符为右结合性，即"自右至左"。故：

```
a>=b?a>=c?a:c:b>=c?b:c
```

等价于

```
a>=b?(a>=c?a:c):(b>=c?b:c)
```

（4）条件表达式的多种形式。

条件表达式中的表达式 2 和表达式 3 可以是数值表达式、赋值表达式或函数表达式。例如：

```
max=a>b?(a=5):b;                    /*表达式 2 为赋值表达式*/
a>b? printf("a 大于 b"):printf("a 不大于 b");   /*表达式 2、3 均为函数表达式*/
```

等形式。

条件表达式与 if 语句常常可以相互替换，如上面两个表达式相当于以下两个 if-else 语句：

```
max=a>b?(a=5):(b=8);     等价于   ┌─if(a>b)
                                │    max=(a=5);
                                │  else
                                └─   max=(b=8);
```

```
a>b? printf("a 大于 b"):printf("a 不大于 b");  等价于   ┌─if(a>b)
                                                      │    printf("a 大于 b");
                                                      │  else
                                                      └─   printf("a 不大于 b");
```

对这类问题，用条件表达式处理起来会更简洁。

（5）条件表达式的值的类型。

条件表达式中，表达式 1 的类型与表达式 2 和表达式 3 的类型可以相同也可以不同。

若表达式 1 的类型与表达式 2、表达式 3 的不同时（表达式 2、表达式 3 的类型相同），条件表达式的值的类型为后者的类型；若表达式 2、表达式 3 的类型也不同时，表达式的类型为二者中较高的类型。如：

```
5?'x':'y'          此时表达式的值的类型为字符型，其值为：'x'
a>b?4.5:6          此时表达式的值的类型为实型。若此时 a<=b,则表达式的值为 6.0
```

3.3.2　switch 语句

1. switch 语句的形式

C 语言还提供了另一种用于多分支选择的 switch 语句，其一般形式为：

```
switch(表达式)
{
  case 常量表达式 1：语句 1
  case 常量表达式 2：语句 2
    …
  case 常量表达式 n：语句 n
  [default :        语句 n+1]
}
```

其语义是：计算表达式的值，并逐个与其后的常量表达式值相比较，当表达式的值与某个常量表达式的值相等时， 即执行其后的语句，然后不再进行判断，继续执行后面所有 case 后的语句；若表达式的值与所有 case 后的常量表达式的值均不相同时，则执行 default 后的语句。

2. 使用 switch 语句时注意事项

（1）在 case 后的各常量表达式的值不能相同，否则会出现错误。

（2）在 case 后，允许有多个语句，可以不用 "{}" 括起来。

（3）各 case 和 default 子句的先后顺序可以变动，而不会影响程序执行结果。

（4）default 子句可以省略不用。

【例 3.9】　输入一个数字，输出一个英文单词。

```
#include<stdio.h>
void main()
{
  int a;
  printf("input integer number: ");
  scanf("%d",&a);
  switch (a)
    { case 1:printf("Monday\n");
      case 2:printf("Tuesday\n");
      case 3:printf("Wednesday\n");
      case 4:printf("Thursday\n");
      case 5:printf("Friday\n");
      case 6:printf("Saturday\n");
      case 7:printf("Sunday\n");
```

```
      default:printf("error\n");
      }
}
```

运行情况如图 3.14 所示。

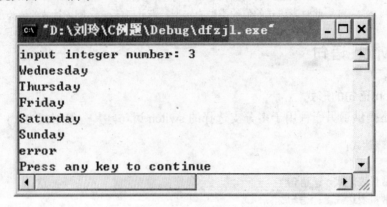

图 3.14   例 3.9 程序运行图

运行结果分析：

在上例中，我们本来想输入一个数字，对应输出一个英文单词，但是当输入 3 之后，却执行了 case 3 及以后的所有语句，输出了 Wednesday 及以后的所有单词。这当然是不希望的。为什么会出现这种情况呢?这恰恰反应了 switch 语句的一个特点。在 switch 语句中，"case 常量表达式"只相当于一个语句标号，表达式的值和某标号相等则转向该标号执行，但不能在执行完该标号的语句后自动跳出整个 switch 语句，所以出现了继续执行所有后面 case 语句的情况。这是与前面介绍的 if 语句完全不同的，应特别注意。

为了避免上述情况，C 语言还提供了一种 break 语句，可用于跳出 switch 语句，break 语句只有关键字 break，没有参数。在后面还将详细介绍。

【例 3.10】 在例 3.9 中，如果我们在每条 case 子句后都加上 break 语句，则输出情况会达到题目要求。

```c
#include<stdio.h>
void main()
{ int a;
 printf("input integer number: ");
 scanf("%d",&a);
 switch(a)
 {
   case 1:printf("Monday\n");break;
   case 2:printf("Tuesday\n"); break;
   case 3:printf("Wednesday\n");break;
   case 4:printf("Thursday\n");break;
   case 5:printf("Friday\n");break;
   case 6:printf("Saturday\n");break;
   case 7:printf("Sunday\n");break;
```

```
    default:printf("error\n");
    }
}
```

运行情况如图 3.15 所示。

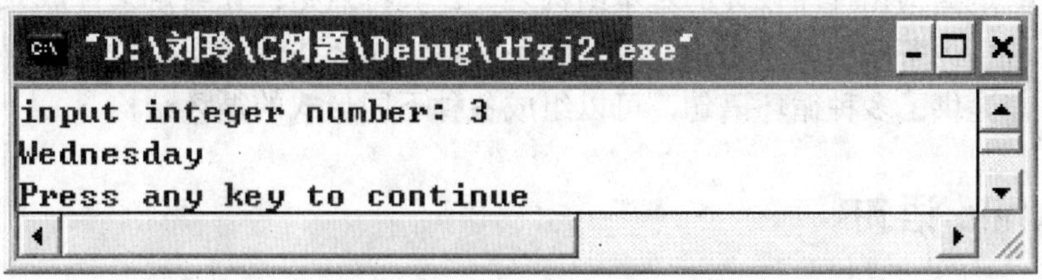

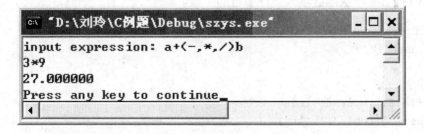

图 3.15　例 3.10 程序运行图

【例 3.11】　下例为一个计算器程序。用户输入运算数和四则运算符，输出计算结果。

```
#include<stdio.h>
void main()
{
    float a,b;
    char c;
    printf("input expression: a+(-,*,/)b \n");
    scanf("%f%c%f",&a,&c,&b);
    switch(c)
    {
        case '+': printf("%f\n",a+b);break;
        case '-': printf("%f\n",a-b);break;
        case '*': printf("%f\n",a*b);break;
        case '/': printf("%f\n",a/b);break;
        default: printf("input error\n");
    }
}
```

运行情况如图 3.16 所示。

图 3.16　例 3.11 程序运行图

switch 语句用于判断运算符，然后输出运算值。当输入运算符不是+、-、*、/时给出错误提示。

3.4　循环结构程序设计

循环结构是结构化程序设计的基本结构之一。其特点是：在给定条件成立时，反复执行某程序段，直到条件不成立为止。给定的条件称为循环条件，反复执行的程序段称为循环体。C 语言提供了多种循环语句，可以组成各种不同形式的循环结构。

3.4.1　while 语句

1．while 语句的一般形式
while 语句用于实现当循环结构，其一般形式为：

```
while (表达式)
    循环语句体
```

其中表达式是循环条件，循环体语句为循环的主体，是每次重复执行的部分。

while 语句的语义是：计算表达式的值，当值为真(非 0)时，执行循环体语句，否则，跳出循环，执行 while 语句的后续语句。其执行过程如图 3.17 所示。

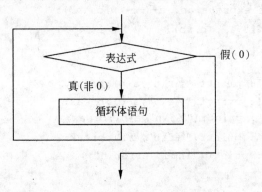

图 3.17　while 语句执行流程图

【例 3.12】　统计从键盘输入一行字符的个数。

```c
#include<stdio.h>
void main()
{
    int n=0;
    printf("input a string:\n");
    while(getchar()!='\n')
        n++;
    printf("%d\n",n);
}
```

运行情况如图 3.18 所示。

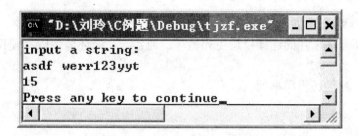

图 3.18　例 3.12 程序运行图

本例程序中的循环条件为 getchar()!='\n'，其意义为：只要从键盘输入的字符不是回车就继续循环。循环体 n++完成对输入字符个数计数，从而程序实现了对输入一行字符的字符个数统计。

2. 使用 while 语句应注意以下几点

（1）while 语句中的表达式一般是关系表达式或逻辑表达式，只要表达式的值为真（非0）即可继续循环。

（2）"while(表达式)"后不能跟"；"，否则，该循环将是一个空循环，后面的语句体不能被循环执行。

大家可以试一下，在例 3.12 中，在 while(getchar()!='\n')后加上"；"，看看运行结果如何？

【例 3.13】 while 循环举例。

```c
#include "stdio.h"
void main()
{
  int a=0,n;
  printf("\n input n: ");
  scanf("%d",&n);
  while (n--)
    printf("\t%d",a++*2);
  printf("\n");
}
```

运行情况如图 3.19 所示。

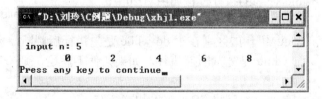

图 3.19　例 3.13 循环举例

本例程序将执行 n 次循环，每执行一次，n 值减 1。循环体输出表达式 a++*2 的值。该表达式等效于(a*2；a++)。

（3）循环体如果包括一个以上的语句，则必须用{}括起来，组成复合语句。否则，while

语句的范围只到 while 后面第一个分号处。

（4）应注意循环条件的选择以避免死循环。通常，在循环体中应有使循环趋于结束的语句。

【例 3.14】 死循环程序举例。

```
#include<stdio.h>
void main()
{
  int a,n=0;
  while(a=5)
    printf("%d  ",n++);
}
```

运行结果如下：

```
0  1  2  3  …
```

本例中 while 语句的循环条件为赋值表达式 a=5，因该表达式的值永远为真，而循环体中又没有其他中止循环的手段，因此该循环将无休止地进行下去，构成死循环。

（5）允许 while 语句的循环体又是 while 语句，从而构成双重循环。

3.4.2 do-while 语句

do-while 语句的特点是先执行循环体，然后判断循环条件是否成立。

1．do-while 语句的一般形式

do-while 语句的一般形式为：

```
do
    循环体语句
while(表达式);
```

其中循环体语句是循环的主体，是每次重复执行的部分，表达式是循环条件。

do-while 语句的语义是：先执行循环体语句一次，再判别表达式的值，若为真(非 0)则继续循环，否则终止循环。do-while 循环的执行过程如图 3.20 所示。

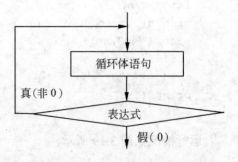

图 3.20　do-while 语句执行流程图

do-while 语句和 while 语句的区别在于 do-while 是先执行后判断，因此 do-while 至少要执行一次循环体。而 while 是先判断后执行，如果条件不满足，则一次循环体语句也不执行。

while 语句和 do-while 语句通常情况下可以相互改写。

【例 3.15】 用 do-while 循环改写例 3.13。

```
#include<stdio.h>
void main()
{
```

```
    int a=0,n;
    printf("\n input n: ");
    scanf("%d",&n);
    do
        printf("\t%d",a++*2);
    while (--n);
    putchar('\n');
}
```

运行情况如图 3.19 所示。

在本例中，循环条件改为--n，否则将多执行一次循环，这是由于先执行后判断而造成的。

2．使用 do-while 语句时应注意的几点问题

（1）在 if 语句、while 语句中，表达式后面都不能加分号，而在 do-while 语句的 "while（表达式）" 后面则必须加分号。

（2）do-while 语句也可以组成多重循环，而且也可以和 while 语句相互嵌套。

（3）当 do 和 while 之间的循环体由多个语句组成时，也必须用{}括起来组成一个复合语句。

（4）do-while 和 while 语句相互替换时，要注意修改循环控制条件。

3.4.3   for 语句

for 语句是 C 语言所提供的功能更强、使用更广泛的一种循环语句。它不仅可以用于循环次数已经确定的情况，而且可以用于循环次数不确定而只给出循环结束条件的情况，它完全可以代替 while 语句。

1．for 语句的形式

for 语句的一般形式为：

for([表达式 1];[表达式 2];[表达式 3])
　　　　　　循环语句体

说明：

（1）表达式 1 通常用来给循环变量赋初值，一般是赋值表达式。也允许在 for 语句外给循环变量赋初值，此时可以省略该表达式。

（2）表达式 2 通常是循环条件，一般为关系表达式或逻辑表达式。

（3）表达式 3 通常可用来修改循环变量的值，一般是赋值语句。

这 3 个表达式都可以是逗号表达式，即每个表达式都可由多个表达式组成。3 个表达式都是任选项，都可以省略，但此时应注意分号不能省略。

for 语句的语义是：

（1）首先计算表达式 1 的值；

（2）再计算表达式 2 的值，若值为真(非 0)，则执行循环体一次，否则跳出循环；

（3）然后再计算表达式 3 的值，转回第 2 步重复执行。

在整个 for 循环过程中，表达式 1 只计算一次，表达式 2 和表达式 3 则可能计算多次。循环体可能多次执行，也可能一次都不执行。for 语句的执行过程流程图如图 3.21 所示。

for 语句最简单的应用形式也即最易理解的形式如下：

for(循环变量赋初值；循环条件；循环变量增值)
　　　　循环体语句

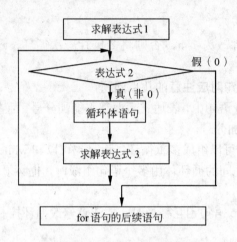

图 3.21　for 语句执行图

【例 3.16】　用 for 语句计算 sum=1+2+3+…+99+100 的值。

```c
#include "stdio.h"
void main()
    {
    int n,sum=0;
    for(n=1;n<=100;n++)
        sum=sum+n;
    printf("sum=%d\n",sum);
    }
```

运行结果如下：

sum=5050

本例 for 语句中的表达式 3 为 n++，实际上也是一种赋值语句，相当于 n=n+1，以改变循环变量 n 的值。

【例 3.17】　从 0 开始，输出 *n* 个连续的偶数。

```c
#include "stdio.h"
void main()
{
    int a=0,n;
    printf("\n input n: ");
```

```
        scanf("%d",&n);
        for(;n>0;a++,n--)
            printf("\t%d",a*2);
        putchar('\n');
}
```

运行情况如图 3.22 所示。

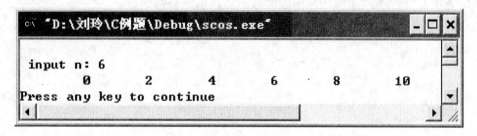

图 3.22　输出 6 个连续偶数

本例的 for 语句中，表达式 1 已省去，循环变量的初值在 for 语句之前由 scanf 语句取得，表达式 3 是一个逗号表达式，由 a++、n-- 两个表达式组成。每循环一次 a 自增 1，n自减 1。a 的变化使输出的偶数递增，n 的变化控制循环次数。

2．使用 for 语句时应注意的几点问题

（1）for 语句中的各表达式都可省略，但分号间隔符不能少。

例如：

```
for(;表达式;表达式)          省去了表达式 1
for(表达式;;表达式)          省去了表达式 2
for(表达式;表达式;)          省去了表达式 3
for(;;)                     省去了全部表达式
```

（2）在循环变量已赋初值时，可省去表达式 1，如例 3.17 即属于这种情形。如省去表达式 2 或表达式 3 则将造成无限循环，这时应在循环体内设法结束循环。

【例 3.18】　用在 for 循环中省略表达式 1 和表达式 3 的情况改写例 3.17。

```
#include<stdio.h>
void main()
{
  int a=0,n;
  printf("\n input n: ");
  scanf("%d",&n);
  for(;n>0;)
    {
      printf("\t%d ",a*2);
      a++;n--;
    }
  putchar('\n');
}
```

运行情况如图 3.22 所示。

本例中省略了表达式 1 和表达式 3，由循环体内的 n− −语句进行循环变量 n 的递减，以控制循环次数。

（3）若在循环语句中 3 个表达式均省掉，则此时应在循环体外给循环变量赋初值，在循环体内实现对循环变量的改变及循环条件的判断，以避免死循环。

【例 3.19】　用省略 for 语句头中的所有表达式来改写例 3.17。

```c
#include<stdio.h>
void main()
{
  int a=0,n;
  printf("\n input n: ");
  scanf("%d",&n);
  for(;;)
    {
      printf("\t%d ",a*2);
      a++;n--;
      if(n==0)
        break;
    }
  putchar('\n');
}
```

运行情况如图 3.22 所示。

本例中 for 语句的表达式全部省去。由循环体中的语句实现循环变量的递减和循环条件的判断。当 n 值为 0 时，由 break 语句中止循环，转去执行 for 以后的程序。在此情况下，for 语句已等效于 while()语句。如果在循环体中没有相应的控制手段，则造成死循环。

（4）循环体可以是空语句。应注意的是，空语句后的分号不可少，如缺少此分号，则把后面的语句当成循环体来执行。反过来说，如循环体不为空语句时，决不能在表达式的括号后加分号，这样又会认为循环体是空语句而不能反复执行。

3.4.4　多重循环

以上介绍的是单层循环，可以解决一些简单的问题，但实际上有许多问题需要用两层甚至多层循环才能解决。在一个循环内又完整地包含另一个循环，称为循环的嵌套，即循环体本身包含循环语句。

前面介绍了 3 种类型的循环，它们自身可以嵌套，也可以相互嵌套，构成多重循环。例如，以下几种形式都是合法的嵌套：

```
(1)for(;;)              (2)while()
{…                     {…
while()                while()
```

```
       {…}                              {…}
       …                                …
       }                                }

(3) do                           (4) do
    { …                              {…
    for(;;)                              do
    {…}                                  {…
    …                                    }while()
    }while();                        }while();

(5) while()                      (6) for(;;)
    { …                              { …
      for(;;)                            do
      {…}                                {…
      …                                  }while();
      }                              …
    }                                }

(7) for(;;)                      (8) while()
      { …                            { …
      for(;;)                            do
      {…                                 {…
      }                                  }while();
      }                              }
```

【例 3.20】 编程输出如图 3.23 所示的图形。

```
void main()
{
int i,j,k;
 for(i=1;i<=3;i++)
     {
     for(j=1;j<=3-i+5;j++)
         printf(" ");
     for(k=1;k<=2*i-1+5;k++)
       {
         if(k<=5)
           printf(" ");
         else
           printf("*");
       }
printf("\n");
     }
}
```

```
        *
      * * *
    * * * * *
```

图 3.23 例 3.20 图

3.4.5 跳转语句

程序中的语句通常总是按顺序方向，或按语句功能所定义的方向执行的。如果需要改变程序的正常流向，可以使用本小节介绍的转移语句。在 C 语言中提供了 4 种转移语句：
goto,break, continue 和 return。其中的 return 语句只能出现在被调函数中，用于返回主调函
数，我们将在函数一章中具体介绍。本小节介绍前 3 种转移语句。

1. goto 语句

goto 语句也称为无条件转移语句，其一般格式如下：

```
goto 语句标号;
```

其中语句标号是按标识符规定书写的符号，放在某一语句行的前面，标号后加冒号(:)。语
句标号起标识语句的作用，与 goto 语句配合使用。例如：

```
label: i++;              /*标号为 label */
lp: while(x<7);          /*标号为 lp */
```

C 语言不限制程序中使用标号的次数，但各标号不得重名。

goto 语句的语义是改变程序流向，转去执行语句标号所标识的语句。

goto 语句通常与条件语句配合使用。可用来实现条件转移、构成循环、跳出循环体等
功能。但是，在结构化程序设计中一般不主张使用 goto 语句，以免造成程序流程的混乱，
使理解和调试程序都产生困难。

【例 3.21】 用 goto 语句构成的循环来改写例 3.12 以实现相同功能。

```
#include "stdio.h"
void main()
{
    int n=0;
    printf("input a string\n");
    lp: if(getchar()!='\n')
        {
            n++;
            goto lp;
        }
    printf("%d\n",n);
}
```

运行情况如图 3.18 所示。

本例用 if 语句和 goto 语句构成循环结构。当输入字符不为'\n'时即执行 n++进行计数，
然后转移至 if 语句循环执行，直至输入字符为'\n'才停止循环。

2. break 语句

break 语句的一般形式：

```
break;
```

break 语句只能用在 switch 语句或循环语句中，其作用是跳出 switch 语句或跳出本层

循环，转去执行后面的程序。

由于 break 语句的转移方向是明确的，所以不需要语句标号与之配合。上面例 3.10、例 3.11、例 3.19 中分别在 switch 语句和 for 语句中使用了 break 语句作为跳转。使用 break 语句可以使循环语句有多个出口，在一些场合下使编程更加灵活、方便。

3. continue 语句

continue 语句只能用在循环体中，其一般格式是：

```
continue;
```

其语义是：结束本次循环，即不再执行循环体中 continue 语句之后的语句，转入下一次循环条件的判断与执行。应注意的是，本语句只结束本层本次的循环，并不跳出循环。

【例 3.22】　输出 200 以内能被 13 整除的数。

```c
#include<stdio.h>
void main()
{ int n;
  for(n=13;n<=200;n++)
    {
      if (n%13!=0)
        continue;
      printf("%d\t",n);
    }
  printf("\n");
}
```

运行结果如图 3.24 所示。

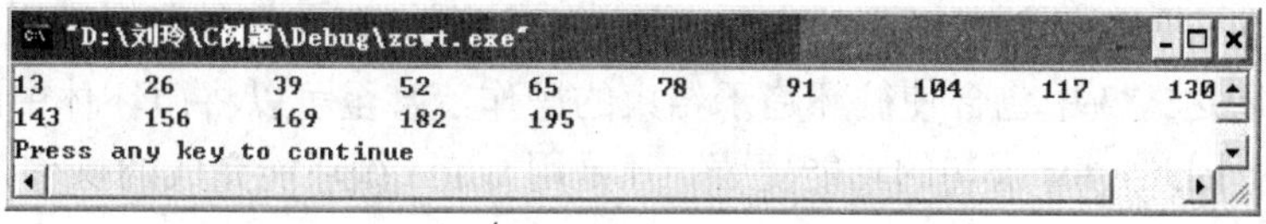

图 3.24　200 以内被 13 整除的数

本例中，对 13～200 的每一个数进行测试，如该数不能被 13 整除，即当模运算不为 0 时，则由 continue 语句转去下一次循环；当模运算为 0 时，才能执行后面的 printf 语句，输出能被 13 整除的数。

4. continue 语句与 break 语句的区别

continue 语句只结束本次循环，而不是终止整个循环的执行。而 break 语句则是结束整个循环过程，不再判断执行循环的条件是否成立。

如果有以下两个循环结构：

```
(1) while(表达式 1)          (2) while(表达式 1)
    {…                         {…
     if(表达式 2) break;        if(表达式 2) continue;
     …                          …
    }                          }
```

循环结构（1）的流程图如图 3.25(a)所示，而循环结构（2）的流程图如图 3.25(b)所示。如果在 for 循环中，同时存在 break 和 continue 语句，则执行过程如图 3.25(c)所示。

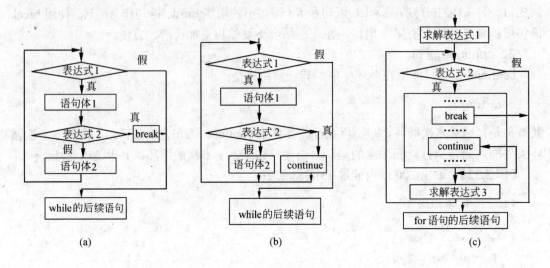

(a)　　　　　　　　　　(b)　　　　　　　　　　(c)

图 3.25　continue 与 break 在循环语句中的执行示意图

3.4.6　几种循环的比较

（1）四种循环都可以用来处理同一问题，一般情况下它们可以相互代替，但不提倡使用 goto 型循环。

（2）while 和 do-while 循环的条件表达式只有一个，且只在 while 后面指定循环条件，在循环体中应包含使循环趋于结束的语句（如 i++或 i=i+1 等）；而 for 循环可以有 3 个表达式，可以在表达式 3 中包含使循环趋于结束的操作，甚至可以将循环体中的操作全部放到表达式 3 中。因此，for 语句的功能更强，凡是用 while 循环能完成的操作，都可以用 for 循环来实现。

（3）用 while 和 do-while 循环时，循环变量初始化的操作应在 while 和 do-while 语句之前完成。而 for 循环可以在表达式 1 中实现循环变量的初始化。

（4）while 循环、do-while 循环和 for 循环，都可以用 break 语句跳出循环，用 continue 语句结束本次循环；而对于 goto 语句和 if 语句所构成的循环则不能使用以上两条语句进行相应的控制。

（5）3 种循环都能嵌套，而且它们之间还能相互间进行嵌套。

3.5　应用举例

【例 3.23】　检查输入的一行中有无相邻两字符相同。

```
#include "stdio.h"
```

```
void main()
{
  char X,Y;
  printf("input a string:\t");
  Y=getchar();
  while((X=getchar())!='\n')
    {
        if(X==Y)
          {
              printf("same character:\t%c\n",X);
          }
        Y=X;
    }
}
```

运行情况如图 3.26 所示。

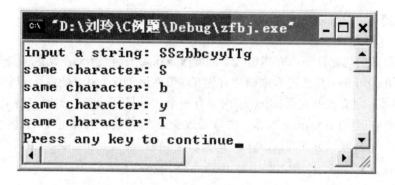

图 3.26　相邻字符比较

本例程序中，把第一个读入的字符送入 Y。然后进入循环，把下一字符读入 X，比较
X,Y 是否相等，若相等，则输出提示字符串，并将 X 中的字符赋予 Y 进入下一次循环；若
不相等，则把 X 中的字符赋予 Y，进入下一次循环。直到循环结束。

【例 3.24】 输出 100 以内的素数。

```
#include "math.h"
#include "stdio.h"
void main()
{
  int n,i,k;
  for(n=2;n<=100;n++)
    {
      k=sqrt(n);
      for(i=2;i<=k;i++)
        if(n%i==0)
          break;
      if(i>k)
```

```
        printf("\t%2d\n",n);
    }
    putchar('\n');
}
```

运行结果如图 3.27 所示。

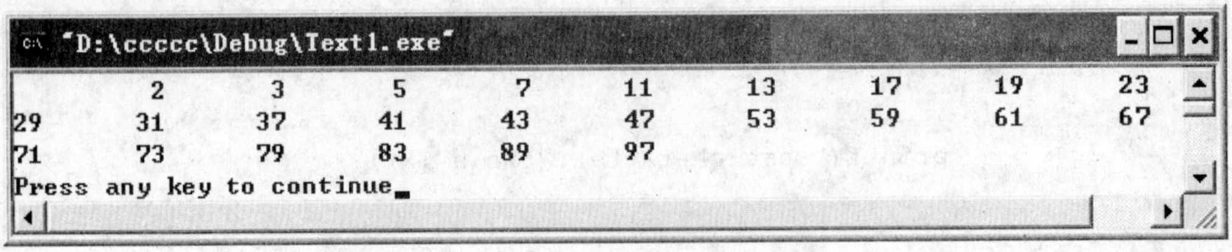

```
┌─────────────────────────────────────────────────────────────┐
│ C:\  "D:\ccccc\Debug\Text1.exe"                    _ □ ✕ │
├─────────────────────────────────────────────────────────────┤
│        2        3        5        7       11      13      17      19      23  ▲│
│29      31       37       41       43       47      53      59      61      67  │
│71      73       79       83       89       97                                 │
│Press any key to continue_                                             ▼│
│ ◄                                                              ►  ⁄⁄│
└─────────────────────────────────────────────────────────────┘
```

图 3.27   输出 100 以内的素数

本例中，由于要使用数学函数 sqrt(),故在程序中要进行文件包含处理(#include "math.h")。

【例 3.25】 用二分法求下面方程在(–10，10)之间的根：
$$2x^3-4x^2+3x-6=0$$

解：二分法的思路如下：先指定一个区间$[x_1,x_2]$,如果函数 f(x)在此区间是单调变化的,则可以根据$f(x_1)$与$f(x_2)$是否同号来确定方程 f(x)=0 在区间$[x_1,x_2]$内是否有一个实根。若$f(x_1)$与$f(x_2)$不同号，则 f(x)=0 在区间$[x_1,x_2]$内必有一个（且只有一个）实根；若$f(x_1)$与$f(x_2)$同号，则 f(x)=0 在区间$[x_1,x_2]$内无实根，要重新改变x_1,x_2的值。当确定 f(x)在区间$[x_1,x_2]$内有一个实根后，可采取二分法将$[x_1,x_2]$一分为二，再判断在哪一个小区间中有实根。如此不断进行下去，直到小区间足够小为止，如图 3.28 所示。

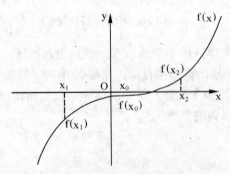

图 3.28   二分法求根示意图

算法如下：

（1）输入 x_1 和 x_2 的值。

（2）求 $f(x_1)$ 与 $f(x_2)$ 的值。

（3）如果 $f(x_1)$ 与 $f(x_2)$ 同号，说明在$[x_1,x_2]$内无实根，返回步骤（1），重新输入 x_1 和 x_2 的值；若 $f(x_1)$ 与 $f(x_2)$ 不同号，说明在$[x_1,x_2]$内必有一个实根，执行步骤（4）。

（4）求 x_1 和 x_2 的中点：$x_0=(x_1+x_2)/2$。

（5）求 $f(x_0)$。

（6）判断 $f(x_0)$ 与 $f(x_1)$ 是否同号。

① 如果 $f(x_0)$ 与 $f(x_1)$ 同号，则应在 $[x_0, x_2]$ 中寻找根，此时，x_1 已不起作用，用 x_0 代替 x_1，用 $f(x_0)$ 代替 $f(x_1)$。

② 如果 $f(x_0)$ 与 $f(x_1)$ 不同号，则应在 $[x_1, x_0]$ 中寻找根，此时，x_2 已不起作用，用 x_0 代替 x_2 用，$f(x_0)$ 代替 $f(x_2)$。

（7）判断 $f(x_0)$ 的绝对值是否小于某一个指定的值（如 10^{-5}）。若小于，则返回步骤（4）、（5）、（6）；否则执行步骤（8）。

（8）输出 x_0 的值，即为所求的近似根值。

程序代码如下：

```c
#include<math.h>
main()
{float x0,x1,x2,fx0,fx1,fx2;
 do
   { printf("Enter x1& x2:");
     scanf("%f,%f",&x1,&x2);
     fx1=x1*((2*x1-4)*x1+3)-6;
     fx2=x2*((2*x2-4)*x2+3)-6;
     }while(fx1*fx2>0);
 do
     { x0=(x1+x2)/2;
      fx0=x0*((2*x0-4)*x0+3)-6;
      if((fx0*fx1)<0)
          {x2=x0;
            fx2=fx0;}
      else
      {x1=x0;
          fx1=fx0;}
      } while(fabs(fx0)>=1e-5);
   printf("x=%6.2f\n",x0);
}
```

运行情况如图 3.29 所示。

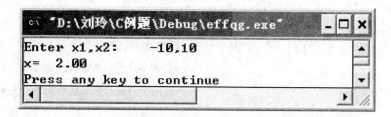

图 3.29　例 3.25 二分法求根运行图

【例 3.26】 Fibonacci 数列问题：有一对兔子，从出生后第 3 个月起每个月都生一对兔子，小兔子长到第 3 个月后每个月又生一对兔子，假若兔子都不死，问每个月的兔子总数为多少？

　　解：兔子数目的规律为数列 1、1、2、3、5、8、13、21、…，这个数值规律用下面的方程来表示：

$$f1=1$$
$$f2=1$$
$$f3=f1+f2$$
$$f4=f3+f2$$
$$\vdots$$

　　可见，此数列的递推公式是：

$$fn=fn{-}1+fn{-}2 \qquad (n{\geqslant}3)$$

　　初始条件是：

$$f1=f2=1 \qquad (n{<}3)$$

　　假定要求数列的前 40 个数，即求 f1、f2、f3、…、f40，那么是否要用 40 个变量呢？若要求保存数列的每一个元素值，那么需要用 40 个变量来存放，这可以用一维数组的方法来解决。但根据题意只需输出数列的前 40 个数，没有要求保存下来的意思，那么只要有两个变量 a 和 b 就行。在循环中，它们的值不断变化，第一次循环，它代表 f1、f2，在第二次循环中，它代表 f3、f4…可见，a、b 的值不断被新值代替。在循环中，这种不断以新值代替旧值的操作称为"迭代"，而变量 a、b 被称为迭代变量。

　　程序代码如下：

```c
#include<stdio.h>
main()
{
  long f1,f2;
  int i;
  f1=f2=1;
  for(i=1;i<=20;i++)
   {
    printf("%12ld %12ld",f1,f2);
    if(i%2==0)
       printf("\n");              /*控制输出，每行 4 个*/
    f1=f1+f2;                      /*前两个月加起来赋值给第 3 个月*/
    f2=f1+f2;                      /*前两个月加起来赋值给第 3 个月*/
   }
}
```

　　运行结果如图 3.30 所示。

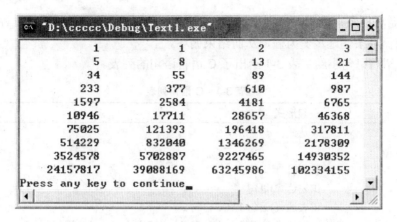

图 3.30　例 3.26 运行结果图

3.6　本章小结

（1）从程序执行的流程来看，程序可分为 3 种最基本的结构：顺序结构，分支结构及循环结构。

（2）程序中执行部分最基本的单位是语句。C 语言的语句可分为 5 类。

① 表达式语句：任何表达式末尾加上分号即可构成表达式语句，常用的表达式语句为赋值语句。

② 函数调用语句：由函数调用加上分号即组成函数调用语句。

③ 控制语句：用于控制程序流程，由专门的语句定义符及所需的表达式组成。主要有条件判断执行语句、循环执行语句、转向语句等。

④ 复合语句：由{}把多个语句括起来组成一个语句。 复合语句被认为是单条语句，它可出现在所有允许出现语句的地方，如循环体等。

⑤ 空语句：仅由分号组成，无实际功能。

（3）关系表达式和逻辑表达式是两种重要的表达式，主要用于条件执行的判断和循环执行的判断。

（4）C 语言提供了多种形式的条件语句以构成分支结构。

① if 语句主要用于单向选择。

② if-else 语句主要用于双向选择。

③ if-else-if 语句和 switch 语句用于多向选择。

这几种形式的条件语句一般来说是可以互相替代的。

（5）C 语言提供了 3 种循环语句。

① for 语句主要用于给定循环变量初值、步长增量及循环次数的循环结构。

② 循环次数及控制条件要在循环过程中才能确定的循环可用 while 或 do-while 语句。

③ 3 种循环语句可以相互嵌套组成多重循环，循环之间可以并列但不能交叉。

④ 可用转移语句把流程转出循环体外，但不能从外面转向循环体内。

⑤ 在循环程序中应避免出现死循环，即应保证循环变量的值在运行过程中可以得到修改，并使循环条件逐步变为假，从而结束循环。

（6）C 语言语句小结。表 3-1 给出了 C 语言语句的列表。

表 3-1　C 语句列表

名称	一般形式
简单语句	表达式；
空语句	；
复合语句	{语句}
条件语句	if(表达式)语句
	if(表达式)语句 1 else 语句 2
	if(表达式 1)语句 1 else if(表达式 2)语句 2…else 语句 n
多分支语句	switch（表达式）{case 常量表达式 1：语句 1…default：语句 n+1}
循环语句	while(表达式)语句
	do 语句 while(表达式)；
	for(…)语句
break 语句	break；
goto 语句	goto；
continue 语句	continue；
return 语句	return(表达式)；

习　题　3

一、简答题

1. 怎样区分表达式和表达式语句？
2. C 语言为什么要把输入输出的功能作为函数，而不作为语言的基本部分？
3. C 语言中如何表示"真"与"假"？系统如何判断一个量的"真"与"假"？
4. C 语言的语句有哪几类？

二、单项选择题

1. 逻辑运算符两侧运算对象的数据类型（　　　）。
   A. 只能是 0 或 1　　　　　　　　B. 只能是 0 或非 0 正数
   C. 只能是整型或字符型数据　　　D. 可以是任何类型的数据
2. 下列运算符中优先级别最高的是（　　　）。
   A. <　　　　　B. +　　　　　　C. &&　　　　　D. !=
3. 已知 x=43,ch='A',y=0;则表达式(x>=y && ch<'B' && !y)的值是（　　　）。
   A. 0　　　　B. 语法错误　　　C. 1　　　　　　D. "假"
4. 以下不正确的 if 语句形式是（　　　）。
   A. if(x>y &&x!=y);
   B. if(x==y) x+=y;
   C. if(x!=y) scanf("%d",&x) else scanf("%d",&y);

　　D．if(x<y){x++;y++;}

5．为避免在嵌套的条件语句 if-else 中产生二义性，C 语言规定 else 子句总是与（　　）配对。

　　A．缩排位置相同的 if　　　　　　B．其之前最近的未与 else 配对的 if
　　C．其之后最近的 if　　　　　　　D．同一行上的 if

6．在执行语句 if(x=y=2>=x&&(x<5)) y*=x;后变量 x、y 的值应分别为（　　）。

　　A．X=2,Y=2　　　　　　　　　　B．X=5,Y=2
　　C．X=5,Y=10　　　　　　　　　　D．执行时报错

7．设有 int a=0,b=5,c=2,x=0;下面可以执行到 x++的语句是（　　）。

　　A．if(a) x++;　　　　　　　　　　B．if(a=b) x++;
　　C．if(a>=b) x++;　　　　　　　　D．if(!(b−c)) x++;

8．已知：int x=1,y=2,z=0,执行语句：z=x>y?(10+x):(20+y,20-y)后，z 的值为（　　）。

　　A．11　　　　　　　　　　　　　　B．9
　　C．18　　　　　　　　　　　　　　D．22

9．下面程序段中，与 if(x%3)中 x%3 所表示条件等价的是（　　）。

　　A．x%3==0　　　　　　　　　　　B．x%3!=1
　　C．x%3!=0　　　　　　　　　　　D．x%3=1

三、分析程序，画出其对应的流程图

1．画出以下程序的流程图。

```c
#include<stdio.h>
void main()
{
  int a=1,b=3,c=5,d=4,x;
  if(a<b)
    if(c<d)  x=1;
    else
       if(a<c)
           if(b<d) x=2;
           else x=3;
       else x=6;
  else  x=7;

  printf("%d\n",x);
}
```

2．画出以下程序的流程图。

```c
#include<stdio.h>
void main()
{
  int  num=0;
  while(num<=2)
```

```
    {
        num++;
        printf("%d\n",num);
    }
}
```

四、看图 3.31 和图 3.32 写程序

1. 循环结构。

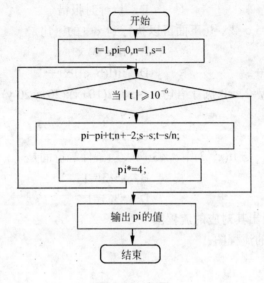

图 3.31　框图

2. 选择结构。

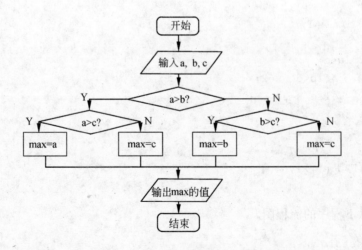

图 3.32　框图

五、分析程序，写出运行结果

1. 下面程序的运行结果是（　　　）。

```
#include<stdio.h>
void main()
{
  int  a=100,x=10,y=20,ok1=5,ok2=0;
  if(x<y)
    if(y!=10)
      if(!ok1)
          a=1;
      else
          if(ok2)a=10;
  a=-1;
  printf("%d\n",a);
}
```

2. 下面程序的运行结果是（　　　）。

```
#include<stdio.h>
void main()
{
  int  m=5;
  if(m++>5)   printf("***\n");
  else        printf("$$$\n");
}
```

3. 下面程序的运行结果是（　　　）。

```
 #include<stdio.h>
 void main()
  {
    int  i=3;
    while(i<10)
       {
           if(i<6)
             {
                i+=2;
                continue;
             }
           else
               printf("%d",++i);
       }
  }
```

4. 下面程序的运行结果是（　　　）。

```
#include<stdio.h>
void main()
 {
```

```
int x=5;
switch(x)
    {
        case 1:
        case 2: printf("x<3\n");
        case 3: printf("x=3\n");
        case 4:
        case 5: printf("x>3\n");
        default: printf("x unknow\n");
    }
}
```

5. 下面程序的运行结果是（　　　）。

```
#include<stdio.h>
#define Min(x,y)  (x)<(y)?(x):(y)
void main()
  {
    int a=2,b=4,c=1,d=3,t;
    t=Min(a+c,b+d)*200;
    printf("t=%d\n",t);
  }
```

6. 下面程序的运行结果是（　　　）。

```
#include<stdio.h>
void main()
  {
    int i=0;
    for(;;)
        if(i++==5)
            break;
    printf("%d\n",i);
  }
```

7. 下面程序的运行结果是（　　　）。

```
#include<stdio.h>
void main()
{
    int m,n;
    for(m=10,n=0;m=0;n++,m--);
    printf("n=%d\n",n);
}
```

　　A．程序无限循环无输出　　　　　　B．n=10
　　C．n=1　　　　　　　　　　　　　　D．n=0

六、编写程序题

1．设计一个程序，输入一个整数，判断其奇偶性。

2．对于一个分段函数

$$y = \begin{cases} x, & x < -1 \\ 2x-1, & -1 \leqslant x \leqslant 1 \\ 2x+1, & x > 1 \end{cases}$$

任意输入一个 x 值，输出相应的 y 值。

3．从键盘任意输入一行字符，分别统计出其中英文字母、空格、数字和其他字符的个数。

4．求 S=1!+2!+3!+…+20!。

5．用循环结构编写程序打印如图 3.33 所示的规则图形：

```
* * * * * * *              * * * * * * *
  * * * * * * *              * * * * *
    * * * * * * *              * * *
      * * * * * * *              *
       (1)                       (2)
```

图 3.33　输出图形

第4章

函数

在第 1 章已经介绍过，C 源程序是由函数组成的。在前面各章的程序中大都只有一个主函数 main()，但求解实际问题的程序往往由多个函数组成。函数是 C 源程序的基本模块，通过对函数模块的调用实现特定的功能。C 语言不仅提供了极为丰富的库函数，而且还允许用户自己定义函数。用户可把自己的算法编成一个个相对独立的函数模块，然后用调用的方法来使用函数。可以说 C 程序的全部工作都是由各式各样的函数完成的，所以也把 C 语言称为函数式语言。

由于采用了函数模块式的结构，C 语言易于实现结构化程序设计，使程序的层次结构清晰，便于程序的编写、阅读和调试。

4.1 函数定义

4.1.1 函数的分类

在 C 语言中可从不同的角度对函数分类。

(1) 从函数定义的角度看，函数可分为库函数(标准函数)和用户自定义函数两种。

① 库函数：由 C 系统提供，用户无须定义，也不必在程序中作类型说明，只须在程序前包含有该函数原型的头文件即可在程序中直接调用。在前面的例题中反复用到格式化输入/输出函数(scanf()/printf())、字符的输入/输出函数(getchar()/putchar())等函数均为库函数。

② 用户自定义函数：由用户按需要写的函数。对于用户自定义函数，不仅要在程序中定义函数本身，而且在主调函数模块中还必须对该被调用函数进行类型说明，然后才能使用。

(2) C 语言的函数兼有其他语言中的函数和过程两种功能，从这个角度看，又可把函数分为有返回值函数和无返回值函数两种。

① 有返回值函数：此类函数被调用执行完后将向调用者返回一个执行结果，称为函数返回值。如数学函数即属于此类函数。由用户定义的这种要返回函数值的函数，必须在函数定义和函数说明中明确返回值的类型。

② 无返回值函数：此类函数用于完成某项特定的处理任务，执行完成后不向调用者返回函数值。这类函数类似于其他语言的过程。由于函数无须返回值，用户在定义此类函数时可指定它的返回值为"空类型"，空类型的说明符为"void"。

（3）从主调函数和被调用函数之间数据传送的角度把函数分为无参函数和有参函数两种。

① 无参函数：函数定义、函数说明及函数调用中均不带参数。主调函数和被调用函数之间不进行参数传送。此类函数通常用来完成一组指定的功能，可以返回或不返回函数值。

② 有参函数：也称为带参函数。在函数定义及函数说明时都有参数，称为形式参数（简称为形参）。在函数调用时也必须给出参数，称为实际参数（简称为实参）。进行函数调用时，主调函数将把实参的值传送给形参，供被调用函数使用。

4.1.2　函数的定义

虽然 C 语言提供了丰富的库函数，但由于实际问题的不同，有些功能用库函数还是无法完成。这时用户自己就必须定义一些完成相应功能的函数。

1. 无参函数的定义形式

```
类型说明符 函数名()
{
    函数体
}
```

其中，"类型说明符"和"函数名"为函数头。类型说明符是指该函数值的类型，即函数返回值的类型。函数名是用户自己定义的标识符，函数名后面必须有一对空括号()，里面不能有参数。花括号{}中的内容称为函数体，由说明部分和语句序列组成。

在一般情况下都不要求无参函数有返回值，此时函数类型说明符可以写为 void。

例如，下面的函数定义：

```
void welcome()
{
    printf ("Welcome to BEIJING\n");
}
```

这里，welcome 函数是一个无参函数，当被其他函数调用时，输出 Welcome to BEIJING 字符串。

2. 有参函数的定义形式

```
类型说明符 函数名(形式参数表列)
{
    函数体
}
```

有参函数比无参函数多了一个内容，即形式参数表列。在形式参数表列中给出的参数称为形式参数（简称形参），它们可以是各种类型的变量，各参数之间用逗号间隔。形参既然是变量，就必须在形式参数表列中给出形参的类型说明。在函数调用时，主调函数将赋予这些形式参数以实际值。

对于有参函数，函数的参数是主调函数和被主调函数之间数据传递的通道。参数可分为形式参数（形参）和实际参数（实参）两种。

如果在定义函数时没有指定函数类型，系统会隐含指定函数类型为 int 型。

例如，定义一个函数，用于求两个数中较小的数，可写为：

```c
int min(int x, int y)
{
  if (x>y)
    return y;
  else
    return x;
}
```

第一行说明 min 函数是一个整型函数，其返回的函数值是一个整型数。形参 x,y 均为整型量。x,y 的具体值是由主调函数在调用时传送过来的。在{}中的函数体内，除形参外没有使用其他变量，因此只有语句序列而没有说明部分。在 min 函数体中的 return 语句是把 x(或 y)的值作为函数的值返回给主调函数。有返回值函数中至少应有一个 return 语句。

在 C 程序中，一个函数的定义可以放在任意位置，既可放在主函数 main()之前，也可放在 main()之后。

例如，可把 min 函数置在 main()之后，也可以把它放在 main()之前，如例 4.1 所示。

【例 4.1】 从键盘输入两个整数，输出其中较小的数。

```c
#include<stdio.h>
int min(int x, int y)
{    if (x>y)
        return y;
    else
        return x;
}
void main()
{    int min(int x,int y);  /* 函数声明 */
    int a,b,c;
    printf("input two numbers:\n");
    scanf("%d%d",&a,&b);
    c=min(a,b);        /* 函数调用 */
    printf("minnum=%d",c);
}
```

【例 4.2】 编写一个函数，其功能是在屏幕上将指定的字符输出 n 次（其中 n 和字符由参数传递）。

```c
void printchar(char ch,int n)
{
    int i;
    for(i=0;i<n;i++)
```

```
        putchar(ch);
}
```

【例 4.3】 编写一个函数，其功能是判断一个正整数 n 是否是素数（质数），如果是则返回 1，不是返回 0（n 由参数传入）。

```
int isprime(int n)
{
    int i;
    for(i=2;i<n;i++)
        if(n%i==0)
            return 0;
    return 1;
}
```

在定义函数时，可以没有函数体，但花括号{}必须有，这样的函数称为空函数。

在 C 语言中，所有的函数定义，包括主函数 main()在内，都是平行的。也就是说，在一个函数的函数体内，不能再定义另一个函数，即不能嵌套定义。但是函数之间允许相互调用，也允许嵌套调用。一般将调用者称为主调函数。函数还可以自己调用自己，称为递归调用。

main()函数（主函数）可以调用其他函数，而不允许被其他函数调用 main()函数。因此，C 程序的执行总是从 main()函数开始，完成对其他函数的调用后再返回到 main()函数，最后由 main()函数结束整个程序。一个 C 源程序必须有，也只能有一个主函数 main()。

4.1.3 函数的参数与函数的值

1. 形式参数和实际参数

函数的参数分为形式参数（形参）和实际参数（实参）两种。形参出现在函数定义中，在整个函数体内都可以使用，离开该函数则不能使用。实参出现在主调函数中，进入被调用函数后，实参变量也不能使用。形参和实参的功能是作数据传送的。发生函数调用时，主调函数把实参的值传送给被调用函数的形参，从而实现主调函数向被调用函数的数据传送。

函数的形参和实参具有以下特点：

（1）只有当函数被调用时，系统才给形参变量分配内存单元，在调用结束时，所分配的内存单元就被释放。

（2）实参可以是常量、变量、表达式、函数等，无论实参是何种类型的量，在进行函数调用时，它们都必须具有确定的值，以便把这些值传送给形参。

（3）实参和形参在数量上、类型上、顺序上应相匹配。

（4）函数调用中发生的数据传送是单向的。即只能把实参的值传送给形参，而不能把形参的值反向地传送给实参。因此在函数调用过程中，形参的值发生了改变，而实参中的值不会变化。下面的例 4.4 可以说明这一点。

【例 4.4】 参数值传递示例。

```
#include<stdio.h>
void fun(int x,int y)
{
    x=x*x;
    y=y*y;
    printf("%d %d\n",x,y);
}
void main()
{
    int x=2,y=3;
    fun(x,y);
    printf("%d %d\n",x,y);
}
```

程序的运行结果如下：

```
4 9
2 3
```

本程序中定义了一个函数 fun，它有两个整型参数。主函数中的变量 x，y 作为实参，在调用时传送给 fun 函数的形参量 x，y。在 fun 函数中输出了形参 x，y 的值，在主函数中用 printf 语句输出了实参 x，y 的值。在函数 fun 中改变了形参变量 x，y 的值，但在主函数中实参 x，y 的值并未发生改变。可见实参的值不随形参的变化而变化。

2. 函数的返回值

通常我们希望使用函数调用使主调函数能得到一个确定的值，这个值就是函数的返回值，简称函数值。函数的数据类型就是函数返回值的类型，称为函数类型。

（1）函数的返回值通过函数中的返回语句 return 将被调用函数中的一个确定的值带回到主调函数中去。

return 语句的一般形式为：

```
return (表达式);
```

或

```
return 表达式;
```

或

```
return;
```

例如：

```
return x;
return (x);
return (x>y? y:x);
```

return 语句的作用：使程序控制从被调用函数返回到主调函数中，同时把返回值带给主调函数；释放被调用函数的执行过程中分配的所有内存空间。

如果需要从被调用函数带回一个函数值（供主调函数使用），被调用函数中必须包含 return 语句。如果不需要从被调用函数带回函数值，可以不要 return 语句。一个函数中可以有一个以上的 return 语句，执行到哪一个 return 语句，哪一个语句起作用。

（2）既然函数有返回值，这个值当然应属于某一个确定的类型，应当在定义函数时指定函数值的类型；凡不加类型说明符的函数，一律自动按整型处理。

如果函数值的类型和 return 语句中表达式的值的类型不一致，则以函数类型为准。对数值型数据，可以自动进行类型转换，即函数类型决定返回值的类型。

（3）不返回函数值的函数，可以明确定义为"空类型"，类型说明符为"void"。如例 4.4 中函数 fun 并不向主函数返回函数值。void 类型在 C 语言中有两种用途：一是表示一个函数没有返回值；二是用来指明有关通用型的指针。

（4）如果被调用函数没有 return 语句，则函数将带回不确定的值。

4.2 函数调用

函数的使用就是函数调用。调用流程是：当在一个函数中调用另一个函数，程序控制就从主调函数中的函数调用语句转移到被调用函数，执行被调用函数体中的语句序列，在执行完函数体中所有的语句，遇到 return 语句或函数体的最后一个语句后的右花括号"}"时，自动返回到主调函数的函数调用语句并继续往下执行。如图 4.1 所示，main() 函数调用 f1() 函数。main() 函数从第一条语句开始执行，执行到"f1(a);"语句时，转向去执行 f1() 函数，f1() 函数执行完后返回到 main() 函数的调用处，并继续往下执行后面的语句。

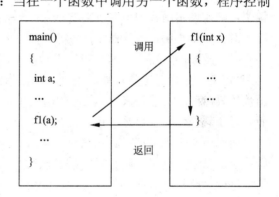

图 4.1 函数调用关系图

4.2.1 函数调用方法

1. 函数的声明

函数声明也称为函数说明或函数原型。在调用自定义函数之前，应对该函数（称为被调用函数）进行说明，这与使用变量之前要先进行变量说明是一样的。在主调函数中对被调用函数进行说明的目的是，使编译系统知道被调用函数返回值的类型，以及函数参数的个数、类型和顺序，便于调用时对主调函数提供的参数值的个数、类型及顺序是否一致等进行对照检查。

对被调用函数进行声明，其一般格式如下：

类型说明符 函数名(形式参数表列)；

函数声明的格式就是在函数定义格式的基础上去掉了函数体，再加上分号构成的，即在函数头后面加上分号。函数调用的接口信息必须提前提供，因此函数原型必须位于对该函数的第一次调用之前。在函数声明时，重要的是形参类型和形参个数，形参名并不重要。

例如，在例 4.2 中定义 printchar 函数，以下几种声明的方式都是正确的：

```
void printchar(char ch,int n);
void printchar(char,int);
void printchar(char x,int m);
```

C 语言同时又规定，在以下情况下，可以省去对被调用函数的说明。

（1）当被调用函数的定义出现在主调函数之前时，因为在调用之前，编译系统已经知道了被调用函数的函数类型、参数个数、类型和顺序。可见函数定义也兼有提供接口信息的功能。

（2）函数的返回值是整型或字符型，可以不必进行说明，系统对它们自动按整型说明。但为清晰起见，建议都加以说明为好。

（3）如果在所有函数定义之前，在函数外部（如文件开始处）预先对各个函数进行了说明，则在调用函数中可缺省对被调用函数的说明。

对于函数声明，要注意下面两点：

（1）函数的"定义"和"声明"是两个不同的内容。

"定义"是指对函数功能的确立，包括指定函数名、函数返回值类型、形参及其类型、函数体等，它是一个完整的、独立的函数单位。在一个程序中，一个函数只能被定义一次，而且是在其他任何函数之外进行的。

而"声明"则是把函数的名称、函数返回值的类型、参数的个数、类型和顺序通知编译系统，以便在调用该函数时系统对函数名称正确与否、参数的类型、数量及顺序是否一致等进行对照检查。在一个程序中，除上述可以默认函数说明的情况外，所有主调函数都必须对被调用函数进行说明，而且是在主调函数的函数体内进行的。

（2）对库函数的调用不需要再作说明，但必须把该函数的头文件用#include 命令包含在源文件前部。

2．函数调用的一般形式

在程序中是通过对函数的调用来执行函数体的，其过程与其他语言的子程序调用相似。C 语言中，函数调用的一般形式为：

函数名(实际参数表)

说明：

（1）调用函数时，函数名称必须与具有该功能的自定义函数名称完全一致。如果是调用无参函数，则"实际参数表"可以没有，但括弧不能省略。

（2）实际参数表中的参数（简称实参）对无参函数调用时则无实参表。实际参数表中的参数可以是常数、变量或其他构造类型数据及表达式。如果实参不止一个，则相邻实参之间用逗号分隔。

（3）实参的个数、类型和顺序应该与被调用函数所要求的参数个数、类型和顺序一致，才能正确地进行数据传递。如果类型不匹配，C 编译程序将按赋值兼容的规则进行转换。如果实参和形参的类型不赋值兼容，通常并不给出出错信息，且程序仍然继续执行，只是得不到正确的结果。

（4）对"实际参数表"求值的顺序并不是确定的，有的系统按自左至右顺序求实参的值，有的系统则按自右至左顺序。

【例 4.5】 实参的求值顺序。

```c
#include<stdio.h>
int fun(int x,int y)      /*函数定义*/
{
    int  z;
    if(x>y)
        z=1;
    else if (x==y)
        z=0;
    else
        z=-1;
    return (z);
}
void main()
{
    int  i=2,s;
    s=f(i,++i);            /*函数调用*/
    printf("%d",s);
}
```

如果按自左至右顺序求实参的值，则函数调用相当于 f(2,3)，程序运行应得的结果为"–1"。若按自右至左顺序求实参的值，则它相当于 f(3,3)，程序运行结果为"0"。读者可以在所用的计算机系统上试一下，以便知道它所处理的方法。由于存在上述情况，会使程序通用性受到影响，因此应当避免这种容易引起不同结果的情况。

3. 函数调用的方式

按照函数在程序中出现的位置划分，调用函数的方式有以下 3 种。

（1）函数语句

C 语言中的函数可以只进行某些操作而不返回函数值，这时的函数调用作为一条独立的语句。函数调用的一般形式加上分号即构成函数语句。例如：

```c
printf("%d",x);
scanf("%d",&b);
```

都是以函数语句的方式调用函数。

（2）函数表达式

函数作为表达式的一项，出现在表达式中，以函数返回值参与表达式的运算。这种方式要求函数是有返回值的。例如：

```
m=5*min(a,b);
```

函数 min 是表达式的一部分，它的值乘以 5 再赋给 m。

（3）函数实参

函数作为另一个函数调用的实际参数出现。这种情况是把该函数的返回值作为实参进行传送，因此要求该函数必须是有返回值的。例如：

```
n=min(a, min(b, c));
```

其中 min(b,c)是一次函数调用，它的值作为 min 另一次调用的实参。n 的值是 a、b、c 三者中最小的一个。又如：

```
printf("%d",min(a,b));
```

也是把 min(a,b)作为 printf 函数的一个参数。

函数调用作为函数的参数，实质上也是函数表达式形式调用的一种，因为函数的参数本来就要求是表达式形式。

4.2.2　函数的参数传递

在调用函数时，大多数情况下，主调函数和被调用函数之间有数据传递关系。这就是前面提到的有参函数。在定义函数时函数名后面括弧中的变量名称为"形式参数"（简称"形参"），在调用函数时，函数名后面括弧中的表达式称为"实际参数"（简称"实参"）。

形参出现在函数定义中，在整个函数体内都可以使用，离开该函数则不能使用。实参出现在主调函数中，进入被调用函数后，实参变量则不能使用。形参和实参的功能是作数据传送的。发生函数调用时，主调函数把实参的值传送给被调用函数的形参，从而实现主调函数向被调用函数的数据传送。

在 C 语言中，实参向形参传送数据的方式是"值传递"（在后面的章节中还会介绍另一种数据传递方式——地址传递）。函数间形参变量与实参变量的值的传递过程就是将实参的值复制一份给形参。形参和实参在内存中有各自独立的存储空间，如果在被调用函数中改变了形参的值，实参的值不会改变。

值传递的优点就在于：被调用的函数不可能改变主调函数中变量的值，而只能改变它的局部的临时副本。这样就可以避免被调用函数的操作对主调函数中的变量可能产生的副作用。

【例 4.6】　调用函数时的数据传递。

```
#include<stdio.h>
void main()
{
    void swap(int,int);
    int a,b;
```

```
    printf("请输入两个整数 a,b: ");
    scanf("%d%d",&a,&b);
    swap(a,b);
    printf("a=%d,b=%d\n",a,b);
}
void swap(int x,int y)
{
    int temp;
    temp=x;x=y;y=temp;
    printf("x=%d,y=%d\n",x,y);
}
```

执行该程序后，运行情况如下：

```
请输入两个整数 a,b: 3 5
x=5,y=3
a=3,b=5
```

程序从主函数开始执行，首先输入 a、b 的数值 3、5，接下来调用函数 sawp(a,b)。具体调用过程如下。

（1）给形参 x、y 分配内存空间。

（2）将实参 a 的值传递给形参 x，实参 b 的值传递给形参 y，于是 x 的值为 3，y 的值为 5，如图 4.2 所示。

（3）执行 swap 函数体。给函数体内的变量分配存储空间，即给 temp 分配存储空间，执行语句序列 "temp=x;x=y;y=temp;" 后，x，y 的值分别变为 5，3，如图 4.3 所示，然后再执行语句 "printf("x=%d,y=%d\n",x,y);"，输出结果为 $x=5$，$y=3$。至此函数 sawp 的语句执行完毕，将返回主调函数（在本例中的主调函数为 main()函数）。为此要做下面的工作：

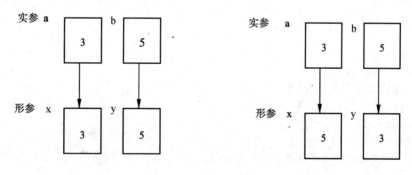

图 4.2　实参传值给形参　　图 4.3　实参值不随形参值改变

① 释放调用 swap 函数过程中分配的所有内存空间，即释放 x、y、temp 的内存空间。

② 结束函数 swap 的调用，将流程控制权交给主调函数。

③ 调用结束后继续执行 main()函数直至结束。

通过函数调用，使两个函数中的数据发生联系，如图 4.4 所示。

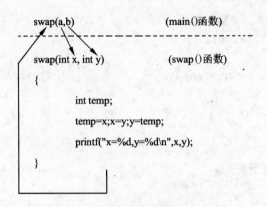

图 4.4　调用时函数的数据传递关系

【例 4.7】　从键盘中输入一个年份，判断该年是否是闰年。

分析：闰年的条件是①能被 4 整除，但不能被 100 整除的年份都是闰年；②能被 100 整除，又能被 400 整除的年份是闰年。不符合这些条件的年份不是闰年。

编写一个函数 leap，通过该函数的返回值判断某年是否是闰年。如果该函数的返回值为 1，则该年为闰年；如果该函数的返回值为 0，则该函数为非闰年。在主函数中输入年份，并输出结果信息。

编写出的 C 语言程序如下：

```c
#include<stdio.h>
int leap(int year)
{
    int yesno;
    if(year%4 == 0&&year%100!=0|| (year%400 == 0))
        yesno=1;
    else
        yesno=0;
}
void main()
{   int year,yesno;
    printf("请输入一个年份：");
    scanf("%d",&year);
    yesno=leap(year);
    if(yesno== 1)
        printf("%d 年是闰年\n",year);
    else
        printf("%d 年不是闰年\n",year);
}
```

【例 4.8】　编程验证哥德巴赫猜想。

分析：哥德巴赫猜想是"任意大于或等于 6 的偶数都可以分解为两个素数之和"。编写一个函数 isprime 来判断正整数是否是素数，如果是返回 1，不是返回 0。对于一个正整数 m,要将它分解为两个素数的和，可以对 2～m/2 中的每一个数 n，分别调用 isprime 来判断 n 和 m–n 是否都为素数，若都为素数，则 m 分解为 n+(m-n)，否则再对 n+1 和 m-(n+1) 分别调用 isprime 来判断它们是否都为素数。

编写的 C 程序代码如下：

```
#include<stdio.h>
#include<math.h>
int isprime(int n)
{
    int i;
    for(i=2;i<sqrt(n)+1;i++)
        if(n%i==0)
            return 0;
    return 1;
}
void main()
{
    int m,n;
    for(m=6;m<1000;m+=2)   /* 对 6 到 1000 之间的偶数进行分解 */
        for(n=3;n<=m/2;n++)
            if(isprime(n)==1 && isprime(m-n)==1)
                printf("%5d=%5d+%5d\n",m,n,m-n);
}
```

注意本程序中 isprime 函数的定义与例 4.3 中的定义有一点细微的区别。

4.2.3　函数的嵌套调用与递归调用

1．函数的嵌套调用

在 C 语言中，不能将函数定义放在另一个函数的函数体中，但允许在调用一个函数的过程中调用另一个函数，这称为函数的嵌套调用。

除了 main() 函数不能被其他函数调用外，其他函数都可以相互调用。一个典型的函数嵌套调用如图 4.5 所示。

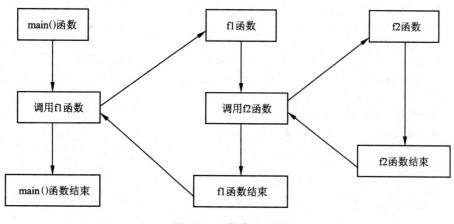

图 4.5　函数嵌套调用

【例 4.9】 用弦切法求方程 $x^3-5x^2+16x-80=0$ 的根。

用弦切法求方程 $f(x)=0$ 的根的算法为：

s1：在函数的定义域内取两点 x1,x2,使 f(x1)*f(x2)<0;

s2：求两点(x1,f(x1)), (x2,f(x2))的连线与 x 轴的交点 x;

　　　　x=(x1*f(x2) -x2*f(x1))/(f(x2)-f(x1))

s3：判断 f(x)<e（e 为给定的很小的一个数）,若成立,转 s6;否则转 s4;

s4：判断 f(x)*f(x1)<0,若成立,x2=x;否则 x1=x;

s5：转 s2;

s6：输出 x,它即为所求的根。

编写的 C 程序如下：

```c
#include<stdio.h>
#include<math.h>
double f(double x)
{
    double y;
    y=x*x*x-5*x*x+16*x-80;
    return y;
}
double xpoint(double x1,double x2)
{
    double z;
    z=(x1*f(x2)-x2*f(x1))/(f(x2)-f(x1));
    return z;
}
double root(double x1,double x2)
{
    double x,y,y1;
    y1=f(x1);
    do
    {
        x=xpoint(x1,x2);
        y=f(x);
        if(y*y1>0)
        {   y1=y;       x1=x;   }
        else
            x2=x;
    }while(fabs(y)>=0.00001);
    return x;
}
void main()
{
    double x1,x2,f1,f2,x;
    do
```

```
{
    printf("Input x1,x2:\n");
    scanf("%lf,%lf",&x1,&x2);
    f1=f(x1);
    f2=f(x2);
}while(f1*f2>=0);
x=root(x1,x2);
printf("A root of equation is %8.4lf\n",x);
}
```

2．函数的递归调用

（1）递归函数的概念

一个函数在它的函数体内直接或间接地调用它自身，称为递归调用。这种函数称为递归函数。递归函数的特点是在函数内部直接或间接地调用自己，分别称为直接递归调用或间接递归调用，如图 4.6 所示。

```
                                    funb()
                                    {   ...
                                        func();
                                        ...
                                    }
            funa()                  func()
            {                       {   ...
                ...                     funb();
                funa();                 ...
                ...                 }
            }
```

　　　（a）直接递归调用　　　　　　　（b）间接递归调用

图 4.6　函数的递归调用

对一些问题本身蕴涵了递归关系且结构复杂，用非递归算法实现可能使程序结构非常复杂，而用递归算法实现，可使程序简洁，提高程序的可读性。

但递归调用会增加存储空间和执行时间上的开销。

（2）递归调用

C 语言允许函数的递归调用。在递归调用中，主调函数又是被调用函数。执行递归函数将反复调用其自身。每调用一次就进入新的一层。在图 4.6 中，在主调函数 funa 的过程中，又要调用 funa 函数，这是直接调用本函数。在调用 funb 函数过程中要调用 func 函数，而在调用 func 函数过程中又要调用 funb 函数，这是间接调用本函数。

从图 4.6 可以看到，这两种递归调用都是无终止的自身调用。显然，程序中不应出现这种无终止的递归调用，而只应出现有限次数的、有终止的递归调用。为了防止递归调用无终止地进行，必须在函数内有终止递归调用的手段。常用的办法是加条件判断，满足某种条件后就不再做递归调用，然后逐层返回。

下面通过例题说明编写递归函数的思路。

【例 4.10】 编写一个递归函数，求 n 的阶乘值 $n!$。

若用 fact(n)表示 n 的阶乘值，根据阶乘的数学定义可知：

$$fact(n) = \begin{cases} 1, & n = 0 \\ n \times fact(n-1), & n > 0 \end{cases}$$

显然，当 $n>0$ 时，fact(n)是建立在 fact($n-1$)的基础上的。由于求解 fact($n-1$)的过程与求解 fact(n)的过程完全相同，只是具体实参不同，因而在进行程序设计时，不必再仔细考虑 fact($n-1$)的具体实现，只需要借助递归机制进行自身调用即可。于是求 n 的阶乘值 fact(n)的具体实现为：

```
long fact(int n)
{
    long m;
    if (n == 0)
        m=1;
    else
        m=n*fact(n-1);
    return(m);
}
```

【例 4.11】 编写一个递归函数，求 Fibonacci 数列第 n 项的值。

若用 Fibona(n)表示 Fibonacci 数列第 n 项的值，根据 Fibonacci 数列的计算公式：

$$Fibona(n) = \begin{cases} 1, & n = 1,2 \\ Fibona(n-1)+Fibona(n-2), & n > 2 \end{cases}$$

可知当 $n>2$ 时，Fibonacci 数列第 n 项的值等于第 $n-1$ 项的值与第 $n-2$ 项的值之和，而 Fibonacci 数列第 $n-1$ 项和第 $n-2$ 项值的求解又分别取决于它们各自前两项之和。总之，Fibona($n-1$)和 Fibona($n-2$)的求解过程与 Fibona(n)的求解过程相同，只是具体实参不同。利用以上这种性质，在进行程序设计时便可以使用递归技术，Fibona($n-1$)和 Fibona($n-2$)的求解只需要调用函数 Fibona 自身加以实现即可。具体实现为：

```
int Fibona(int n)
{   int  m;
    if  (n==1 || n==2)
        m=1;
    else
        m=Fibona(n-1)+Fibona(n-2);
    return (m);
}
```

从上面两个实例可以看出，要使用递归技术进行程序设计，首先必须将要求解的问题分解成若干子问题，这些子问题的结构与原问题的结构相同，但规模较原问题小。由于子问题与原问题结构相同，因而它们的求解过程相同，在进行程序设计时，不必再仔细考虑子问题的求解，只需要借助递归机制进行函数自身调用加以实现，然后利用所得到的子问题的解组合成原问题的解即可；而递归程序在执行过程中，通过不断修改参数进行自身调用，将子问题分解成更小的子问题进行求解，直到最终分解成的子问题可以直接求解为止。

（3）递归程序执行过程的分析

递归程序的执行过程分为递推和回归两个阶段。

在递推阶段，把较复杂的问题（规模为 n）的求解推到比原问题简单一些的问题（规模小于 n）的求解。例如，在例 4.11 中，求解 Fibona(n)，把它推到求解 Fibona($n-1$) 和 Fibona($n-2$)。即是说，为计算 Fibona(n)，必须先计算 Fibona($n-1$) 和 Fibona($n-2$)，而计算 Fibona($n-1$) 和 Fibona($n-2$)，又必须先计算 Fibona($n-3$) 和 Fibona($n-4$)。依次类推，直至计算 Fibona(1) 和 Fibona(2)，分别能立即得到结果 1 和 1。在递推阶段，必须要有终止递推的情况。例如，在函数 Fibona 中，当 n 为 1 和 2 的情况。

在回归阶段，当获得最简单情况的解后，逐级返回，依次得到稍复杂问题的解，如得到 Fibona(1) 和 Fibona(2) 后，返回得到 Fibona(3) 的结果，…，在得到了 Fibona($n-1$) 和 Fibona($n-2$) 的结果后，返回得到 Fibona(n) 的结果。

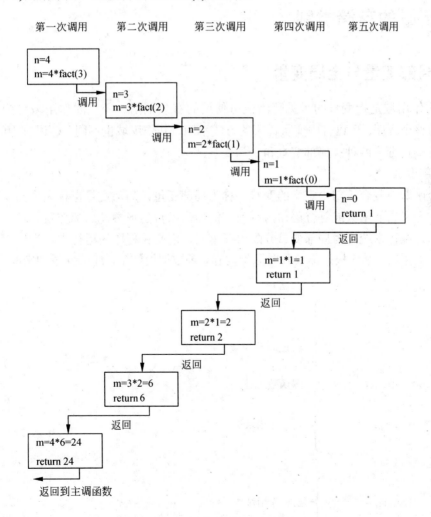

图 4.7　递归函数调用的执行过程

在编写递归函数时要注意，函数中的局部变量和参数知识局限于当前调用层，当递推进入"简单问题"层时，原来层次上的参数和局部变量便被隐蔽起来。在一系列"简单问题"层，它们各有自己的参数和局部变量。

由于递归调用是对函数自身的调用，在一次函数调用未结束之前又开始了另一次函数调用。这时为函数的运行所分配的空间在结束之前是不能回收的，必须保留。这也意味着函数自身的每次不同调用，就需要分配不同的空间。只有当最后一次调用结束后，才释放最后一次调用所分配的空间，然后返回上一层调用，调用结束后，释放调用所分配的空间，再返回它的上一层调用…这样逐层返回，直至返回到第一次调用，当第一次调用结束后，释放调用所分配的空间，整个递归调用才完成。

在例 4.10 中，给出了一个求阶乘的函数。下面以求 4!为例，其调用过程如图 4.7 所示。要求 4!，即要求 fact(4)值。

4.3　变量的存储类别

4.3.1　局部变量与全局变量

变量的作用域是指变量的可见范围或可使用的有效范围。变量的作用域可为一个函数，也可为整个程序。C 语言中变量说明的方式不同，其作用域也不同。C 语言中的变量，按作用域范围可分为两种：局部变量和全局变量。

1. 局部变量

在一个函数或复合语句内定义的变量，称为局部变量，局部变量也称为内部变量。局部变量仅在定义它的函数或复合语句内有效。例如，函数的形参是局部变量。

编译时，编译系统不为局部变量分配内存单元，而是在程序的运行中，当局部变量所在的函数被调用时，系统根据需要临时分配内存，函数调用结束，局部变量的空间被释放。

```
int fun1(int a)        /*函数 fun1*/
{
    int b,c;
    …                  a,b,c 作用域
}
int fun2(int x)        /*函数 fun2*/
{
    int y;             x,y 作用域
}
void main()
{
    int m,n;           m,n 作用域
}
```

在函数 fun1 内定义了 3 个变量，a 为形参，b、c 为一般变量。在 fun1 的范围内 a、b、c 有效，或者说 a、b、c 变量的作用域限于 fun1 内。同理，x、y、z 的作用域限于 fun2 内，在 fun2 内有效。m、n 的作用域限于 main()函数内，在 main()函数内有效。

说明：

（1）主函数中定义的变量只能在主函数中使用，不能在其他函数中使用。同时，主函数中也不能使用其他函数中定义的变量。因为主函数也是一个函数，它与其他函数是平行关系。这一点是与其他语言不同的，应予以注意。例如：

```
#include<stdio.h>
void fun()
{
    int a=2;
    printf("%d",a);
}
void main()
{
    int b=3;
    printf("%d, %d\n",a,b);
}
```

结果程序在编译时出现错误：

```
error C2065: 'a' : undeclared identifier
```

（2）形参变量是属于被调用函数的局部变量，实参变量是属于主调函数的局部变量。

（3）允许在不同的函数中使用相同的变量名，它们代表不同的对象，分配不同的内存单元，互不干扰，也不会发生混淆。例如，形参和实参的变量名都为 a，是完全允许的。

（4）在复合语句中也可定义变量，其作用域只在复合语句范围内。例如：

```
void main()
{       int a,b;
        …
        {   int s;
            s=a+b;        s 在此范围内有效       a,b 在此范围内有效
        }
        …
}
```

变量 s 只在复合语句（分程序）内有效，离开该复合语句该变量就无效，释放内存单元。

2. 全局变量

全局变量也称为外部变量，它是在函数外部定义的变量。它不属于哪一个函数，它属于一个源程序文件。其作用域是整个源程序文件，可以被本文件中的所有函数共用。

在函数中使用全局变量，一般应作全局变量说明。只有在函数内经过说明的全局变量才能使用。全局变量的说明符为 extern。 但在一个函数之前定义的全局变量，在该函数内使用可不再加以说明。例如：

```
int m=1,n=2;            /*外部变量*/
float fun1(int x);      /*定义函数 fun1*/
{
    int  y,z;
    …
}
char c1,c2;             /*外部变量*/
char fun2(int x,int y)  /*定义函数 fun2*/
{
    int  i,j;
    …
}
void main()            /*主函数*/
{
    int a,b;
    …
}
```

全局变量 m、n 的作用域

全局变量 c1、c2 的作用域

m、n、c1、c2 都是全局变量，但它们的作用域不同。在 main()函数和 fun2 函数中可以使用全局变量 m、n、c1、c2，但在函数 fun1 中只能使用全局变量 m、n，而不能使用 c1 和 c2。

在一个函数中既可以使用本函数中的局部变量，又可以使用有效的全局变量。

说明：

（1）对于局部变量的定义和说明，可以不加区分。而对于外部变量则不然，外部变量的作用域是从定义点到本文件结束。如果定义点之前的函数需要引用这些外部变量，需要在函数内对被引用的外部变量进行说明。

外部变量的定义和外部变量的说明并不等同。外部变量定义必须在所有的函数之外，且只能定义一次。其一般形式为：

[extern] 类型说明符 变量名 1,变量名 2,…

其中方括号内的 extern 可以省去不写。例如：

int a,b;

等效于：

extern int a,b;

而外部变量说明出现在要使用该外部变量的各个函数内，在整个程序内，可能出现多次，外部变量说明的一般形式为：

[extern] 类型说明符 变量名 1, 变量名 2, …;

外部变量在定义时就已分配了内存单元，外部变量定义可作初始赋值，外部变量说明不能再赋初始值，只是表明在函数内要使用某外部变量。

【例 4.12】 全局变量的说明。

```c
#include<stdio.h>
void main()
{
    extern int a,b;              /*全局变量的说明*/
    printf("%d\n",max(a,b));
}
int a=13,b=8;                    /*定义全局变量*/
int max(int x,int y)
{
    return x>y?x:y;
}
```

在本例中，主函数里要引用后面定义的全局变量 a 和 b，就要对 a，b 进行说明。

（2）设全局变量的作用是增加了函数间数据联系的渠道。由于同一文件中的所有函数都能引用全局变量的值，因此如果在一个函数中改变了全局变量的值，就能影响到其他函数，相当于各个函数间有直接的传递通道。由于函数的调用只能带回一个返回值，因此有时可以利用全局变量增加函数联系的渠道，从函数得到一个以上的返回值。

【例 4.13】 输入 4 个数，编一个函数求这些数的平均值、最大数和最小数。

分析：由于我们现在接触到的函数都只能返回一个值，而本题中要求从一个函数中要得到 3 个值。因此我们将平均值作为函数的返回值，而最大数和最小数通过全局变量得到。

编写出的 C 语言程序如下：

```c
#include<stdio.h>
float max=0.0, min=0.0;
float average(float a,float b,float c,float d);
void main()
{
    float x1,x2,x3,x4,ave;
    scanf("%f,%f,%f,%f",&x1,&x2,&x3,&x4);
    ave=average(x1,x2,x3,x4);
    printf("Max=%f,Min=%f,Ave=%f\n",max,min,ave);
}
float average(float a,float b,float c,float d)
{
    float ave;
    max=a;  min=a;
    if(max<b) max=b;
    if(max<c) max=c;
    if(max<d) max=d;
```

```
        if(min>b) min=b;
        if(min>c) min=c;
        if(min>d) min=d;
        ave=(a+b+c+d)/4;
        return ave;
    }
```

（3）虽然外部变量可加强函数模块之间的数据联系，但是又使函数要依赖这些变量，因而使得函数的独立性降低。从模块化程序设计的观点来看，这是不利的，因此在不必要时尽量不要使用全局变量。

（4）在同一源文件中，允许全局变量和局部变量同名。但在局部变量的作用域内，全局变量被"屏蔽"不起作用。例如：

```
int a=5,b=6;                /*a、b 为全局变量*/
int max(int a,int b)        /*形参 a、b 为局部变量*/
{
    int s;
    s=a>b?a:b;                              形参 a,b 作用域
    return (s);
}
void main()
{
    int a=12; /*a 为局部变量*/               局部变量 a 作用域
    printf("%d",max(a,b));
}
```

运行结果为：

12

函数 max 中的 a、b 不是全局变量 a、b，它们的值是由实参传给形参的，全局变量 a、b 在 max 函数范围内不起作用。最后 4 行是 main()函数，它定义了一个局部变量 a，因此全局变量 a 在 main()函数范围内不起作用，而全局变量 b 在此范围内有效。因此 printf 函数中的 max(a,b)相当于 max(12,6)，程序运行后得到的结果为 12。

4.3.2 变量的存储类型

1. 变量的存储类型

C 语言中的变量，从作用域（即从空间）角度来分，可以分为全局变量和局部变量；从值存在的时间（即生存期）角度来分，可以分为静态存储变量和动态存储变量。所谓静态存储方式是指在程序运行期间分配固定的存储空间的方式。而动态存储方式则是在程序运行期间根据需要进行动态的分配存储空间的方式。

看一下内存中的供用户使用的存储空间的情况。这个存储空间可以分为 3 部分（程序区、静态存储区和动态存储区），如图 4.8 所示。

数据分别存放在静态存储区和动态存储区中。全局变量存放在静态存储区中，在程序开始执行时给全局变量分配存储区，程序执行完毕就释放。在程序执行过程中它们占据固定的存储单元，而不是动态地分配和释放的。

在动态存储区中存放以下数据：

（1）函数形参变量，在调用函数时给形参变量分配存储空间。

（2）局部变量（未加 static 说明的局部变量，即自动变量）。

（3）函数调用时的现场保护和返回地址等。

对以上这些数据，在函数调用开始时分配动态存储空间，函数调用结束时释放这些空间。在程序执行过程中，这种分配和释放是动态的，如果在一个程序中两次调用同一函数，分配给此函数中局部变量的存储空间地址可能是不相同的。如果一个程序包含若干个函数，每个函数中的局部变量的生存周期并不等于整个程序的执行周期，它只是其中的一部分。根据函数调用的需要，动态地分配和释放存储空间。

图 4.8　内存中存储空间

在 C 语言中每一个变量和函数有两个属性：数据类型和数据的存储类型。因此在介绍了变量的存储类型之后，对一个变量的说明不仅应说明其数据类型，还应说明其存储类型。所以变量定义的完整形式应为：

存储类型说明符　数据类型说明符 变量名 1,变量名 2,…;

例如：

```
static int a,b;          /* a,b 为静态整型变量*/
auto char c1,c2;         /* c1,c2 为自动字符变量*/
extern int x,y;          /* x,y 为外部整型变量*/
```

数据类型在前面章节已经介绍过。存储类型指的是数据在内存中存储的方法。存储方法分为两大类：静态存储类和动态存储类。具体包含 4 种：自动的（auto）、静态的（static）、寄存器的（register）、外部的（extern）。自动变量和寄存器变量属于动态存储方式，外部变量和静态变量属于静态存储方式。

2．自动变量

自动变量（自动存储变量）是指这样一种变量，当程序被模块执行时，系统自动为其分配存储空间，变量的值也存在，当程序模块执行完毕后，其值和存储空间也随之消失。

自动存储变量的定义格式为：

[auto]　类型说明符 变量名 [=初值表达式],…;

在一般情况下，关键字[auto]可以省略。自动存储变量必须定义在函数体内，或为函数的形参。

自动存储变量具有如下性质：

（1）作用域的有限性。自动存储变量是局部变量，其作用域为变量所在的函数或变量所在的分程序。例如，

```
#include<stdio.h>
void main()
{
    int a;
    printf("\input a number:\n");
    scanf("%d",&a);
    if (a>0)
    {
        int s,p;
        s=a+a;   p=a*a;
    }
    printf("s=%d  p=%d\n",s,p);
}
```

结果程序在编译时出现错误：

```
error C2065: 's' : undeclared identifier
error C2065: 'p' : undeclared identifier
```

s、p 是在复合语句内定义的自动变量，只能在该复合语句内有效。而程序的第 12 行却是退出复合语句之后用 printf 语句输出 s、p 的值，因此会引起错误。

（2）生存期的短暂性。只有当程序模块被执行时，本模块中的自动存储变量的值才存在，退出此模块时，本模块中的自动存储变量的空间被释放。

（3）可见性与存在性的一致性。

（4）独立性。因自动变量的作用域和生存期都局限于定义它的那个模块内，因此不同的模块中允许使用同名的变量而不会混淆。即使在函数内定义的自动变量也可与该函数内部的复合语句中定义的自动变量同名。例如：

```
#include<stdio.h>
void main()
{
    auto int a,s=10,p=10;
    printf("input a number:\n");
    scanf("%d",&a);
    if(a>0)
    {   auto int s,p;
        s=a+a;
        p=a*a;
        printf("s=%d  p=%d\n",s,p);
    }
    printf("s=%d  p=%d\n",s,p);
}
```

程序运行结果：

```
input a number:
```

```
6↙
s=12  p=36
s=10  p=10
```

本程序在 main() 函数中和复合语句内两次定义了变量 s、p 为自动变量。按照 C 语言的规定，在复合语句内，应由复合语句中定义的 s、p 起作用，故 s 的值应为 a+a，p 的值为 a*a。退出复合语句后的 s、p 应为 main() 所定义的 s、p，其值在初始化时给定，均为 10。从输出结果可以分析出两个 s 和两个 p 虽变量名相同，但却是两个不同的变量。

（5）未赋初值前的值无意义。

3．静态变量

1）静态局部变量

有时希望函数中的局部变量的值在函数调用结束后不消失而保留原值，即其占用的存储单元不释放，在下一次该函数调用时，该变量已有值，就是上一次函数调用结束时的值。这时就应该指定该局部变量为"静态局部变量"，其定义格式为：

static　类型说明符　变量名[=初始化常量表达式],…;

例如：

```
#include<stdio.h>
int fun(int x)
{
    int y=0;
    static int z=2;
    y=y+1;
    z=z+1;
    return(x+y+z);
}
void main()
{
    int  a=1,b;
    for(b=0;b<3;b++)
        printf("%d",fun(a));
}
```

运行结果为：

```
567
```

在第一次调用 fun 函数时，y 的初值为 0，z 的初值为 2，第一次调用结束时，y=1，z=3，x+y+z=5。由于 z 是局部静态变量，在函数调用结束后，它并不释放，仍保留 z=3。在第二次调用 fun 函数时，y 的初值为 0，而 z 的初值为 3（上次调用结束时的值），如图 4.9 所示。

静态局部变量属于静态存储方式，它具有以下特点：

（1）静态局部变量在函数内定义，但不像自动变量那样，当调用时就存在，退出函数时就消失。静态局部变量始终存在着，也就是说它的生存期为整个程序。

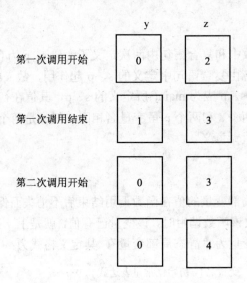

图 4.9　静态局部变量和自动变量在调用过程中的变化比较

（2）对局部静态变量是在编译时赋初值的，即只赋初值一次，在程序运行时它已有初值，以后每次调用函数时不再重新赋初值而只是保留上次函数调用结束时的值。而对自动变量赋初值，不是在编译时进行的，而在函数调用时进行，每调用一次函数重新给一次初值，相当于执行一次赋值语句。

（3）静态局部变量的生存期虽然为整个源程序，但是其作用域仍与自动变量相同，即只能在定义该变量的函数内使用该变量。退出该函数后，尽管该变量还继续存在，但不能使用它。

（4）若在定义局部变量时不赋初值，则对静态局部变量来说，编译时自动赋以初值 0（对数值型变量）或空字符（对字符变量）。而对自动变量来说，如果不赋初值则它的值是一个不确定的值。这是由于每次函数调用结束后存储单元已释放，下次调用时又重新分配存储单元，而所分配的单元中的值是不确定的。

根据静态局部变量的特点，可以看出它是一种生存期为整个程序的变量。虽然离开定义它的函数后不能使用，但如果再次调用定义它的函数时，它又可继续使用，而且保存了前次被调用后留下的值。因此，当多次调用一个函数且要求在调用之间保留某些变量的值时，可考虑采用静态局部变量。虽然用全局变量也可以达到上述目的，但全局变量有时会造成意外的副作用，因此仍以采用局部静态变量为宜。

【例 4.14】 打印 1～5 的阶乘值。

```c
#include<stdio.h>
int fac(int n)
{
    static int f=1;
    f=f*n;
    return(f);
```

```
}
void main()
{
    int i;
    for(i=1;i<=5;i++) printf("%d!=%d\n",i,fac(i));
}
```

2）静态全局变量

有时在程序设计中有这样的需要，希望某些全局变量只限于被本文件引用而不能被其他文件引用。这时可以在定义外部变量时前面加一个 static 说明。例如：

```
file1.c
static  int  a;
void main()
{  …  }

file2.c
extern  int  a;
void fun(n)
{
    int  n;
    a=a*n;
}
```

在 file1.c 中定义了一个全局变量 a，但它有 static 说明，因此只能用于本文件，虽然在 file2.c 文件中用了"extern int a;"，但在 file2.c 文件中无法使用 file1.c 中的全局变量 a，这种加上 static 说明，只能用于本文件的外部变量（全局变量）称为静态全局变量，有些书上称之为"函数外部静态变量"。

在程序设计中，常由若干人分别完成各个模块，各人可以独立地在其设计的文件中使用相同的外部变量名而互不相干。这就为程序的模块化、通用性提供方便。一个文件与其他文件没有数据联系，可以根据需要任意地将所需的若干文件组合，而不必考虑变量是否同名和文件间的数据交叉。不用对文件中所有外部变量都加上 static，成为静态外部变量，以免被其他文件误用。

注意：对全局变量加 static 说明，并不意味着这时才是静态存储（存放在静态存储区中），两种形式的全局变量都是静态存储方式，只是作用范围不同而已，都是在编译时分配内存的。

3）静态局部变量和静态全局变量的区别

静态局部变量和静态全局变量同属静态存储方式，但两者区别较大：

（1）定义的位置不同。静态局部变量在函数内定义，静态全局变量在函数外定义。

（2）作用域不同。静态局部变量属于内部变量，其作用域仅限于定义它的函数内；虽然生存期为整个源程序，但其他函数是不能使用它的。

静态全局变量在函数外定义，其作用域为定义它的源文件内；生存期为整个源程序，但其他源文件中的函数也是不能使用它的。

（3）初始化处理不同。静态局部变量，仅在第一次调用它所在的函数时被初始化，当再次调用定义它的函数时，不再初始化，而是保留上一次调用结束时的值。而静态全局变量是在函数外定义的，不存在静态局部变量的"重复"初始化问题，其当前值由最近一次给它赋值的操作决定。

4. 外部变量

外部变量是在函数的外部定义的全局变量，编译时分配在静态存储区。全局变量可以为程序中各个函数所引用。

一个 C 程序可以由一个或多个源程序文件组成。如果程序只由一个源文件组成，使用全局变量的方法前面已经介绍过。如果由多个源程序文件组成，那么如果在一个文件中要引用在另一文件中定义的全局变量，应该在需要引用它的文件中，用 extern 作说明——允许被其他源文件中的函数引用。其格式为：

extern 类型说明符 变量名 1,变量名 2,…;

【例 4.15】 程序的作用是：给定 b 的值，输入 a 和 m，求 a*b 和 a^m 的值。

```
file4_16_1.c
#include<stdio.h>
int  a;        /*定义全局变量*/
void main()
{
    int  power(int);
    int b=3,c,d,m;
    printf("enter the number a and its power m:");
    scanf("%d,%d",&a,&m);
    c=a*b;
    printf("%d*%d=%d\n",a,b,c);
    d=power(m);
    printf("%d^%d=%d",a,m,d);
}
file4_16_2.c
extern  int a;           /*声明 a 为一个已定义的全局变量*/
int power(int n)
{
    int i,y=1;
    for(i=1;i<=n;i++)
        y*=a;
    return(y);
}
```

运行情况如下：

```
enter the number a and its power m:2,3 ✓
2*3=6
2^3=8
```

程序说明：

本程序包含两个文件，在 file4_16_2.c 文件中的开头有一个 extern 说明（注意这个说明不是在函数的内部。函数内用 extern 说明使用本文件中的全局变量的方法，前面已作了介绍），它说明了在本文件中出现的变量 a 是一个已经在其他文件中定义过的全局变量，本文件不必再次为它分配内存。

本来全局变量的作用域是从它的定义点到文件结束，但可以用 extern 说明将其作用域扩大到有 extern 说明的其他源文件。假如一个 C 程序有 5 个源文件，只在一个文件中定义了外部整型变量 a，那么其他 4 个文件都可以引用 a，但必须在每一个文件中都加上一个"extern int a;"说明。在各文件经过编译后，将各目标文件连接成一个可执行的目标文件。

5．寄存器变量

寄存器变量也称寄存器存储变量，具有与自动存储变量完全相同的性质。当将一个变量定义为寄存器存储类别时，系统将它存放在 CPU 中的一个寄存器中。通常将使用频率较高的变量定义为寄存器存储变量。寄存器存储变量的定义格式为：

register 类型说明符 变量名

因计算机系统中寄存器数目不等，寄存器的长度也不同，因此 ANSI C 对寄存器存储类别只作为建议提出，不作硬性统一规定。一般在程序中的寄存器存储变量的数目有限，若超过规定的数目，超过部分按自动存储变量处理。一般将 int 和 char 型变量定义为寄存器变量。

【例 4.16】　使用寄存器变量。

```c
#include<stdio.h>
int  fun(int n)
{
    register  int i,p=1;   /*定义寄存器变量*/
    for(i=1;i<=n;i++)
        p=p*i;
    return p;
}
void main()
{
    int i;
    for(i=1;i<=5;i++)
        printf("%d!=%d\n",i,fun(i));
}
```

程序运行结果：

```
1!=1
2!=2
3!=6
4!=24
5!=120
```

程序中定义局部变量 p 和 i 是寄存器变量,如果 n 的值大,则能节约许多执行时间。一般对于循环次数较多的循环控制变量及循环体内反复使用的变量均可定义为寄存器变量。

对寄存器变量的说明:

(1)只有局部自动变量和形式参数才可以定义为寄存器变量。因为寄存器变量属于动态存储方式。凡需要采用静态存储方式的变量不能定义为寄存器变量。

(2)对寄存器变量的实际处理,随系统而异。例如,微机上的 MSC 和 TC 将寄存器变量实际当作自动变量处理。

(3)由于 CPU 中寄存器的个数是有限的,因此允许使用的寄存器数目是有限的,不能定义任意多个寄存器变量。

4.4 编译预处理

4.4.1 编译预处理概述

在前面各章中,已多次使用过以"#"号开头的预处理命令,如包含命令#include、宏定义命令#define 等。在源程序中这些命令都放在函数之外,而且一般都放在源文件的前面,它们称为预处理部分。

所谓预处理是指在进行编译的第一遍扫描(词法扫描和语法分析)之前所做的工作。预处理是 C 语言的一个重要功能,它由预处理程序负责完成。当对一个源文件进行编译时,系统将自动引用预处理程序对源程序中的预处理部分作处理,处理完毕自动进入对源程序的编译、连接、运行,如图 4.10 所示。

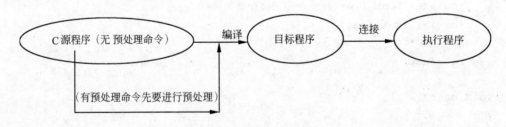

图 4.10 C 程序的执行过程

C 语言提供了多种预处理功能,如宏定义、文件包含、条件编译等。合理地使用预处理功能编写的程序便于阅读、修改、移植和调试,也有利于模块化程序设计。本节介绍常用的几种预处理功能。

编译预处理的特点:

(1)所有预处理命令均以#开头,在它前面不能出现空格以外的其他字符。

(2)每条命令独占一行。

(3)命令不以";"为结束符,因为它不是 C 语句。

(4)预处理程序控制行的作用范围仅限于说明它们的那个文件。

4.4.2　宏定义

在 C 语言程序中允许用一个标识符来表示一个字符串，称为"宏"。被定义为"宏"的标识符称为"宏名"。在编译预处理时，对程序中所有出现的"宏名"，都用宏定义中的字符串去代换，这称为"宏代换"或"宏展开"。

宏定义是由源程序中的宏定义命令完成的，宏代换是由预处理程序自动完成的。在 C 语言中，"宏"分为有参数和无参数两种。也可以使用#undef 命令终止宏定义的作用域。

1. 无参宏定义

无参宏的宏名后不带参数。其定义的一般形式为：

#define　标识符　字符串

其中的"#"表示这是一条预处理命令。"define"为宏定义命令，"标识符"为所定义的宏名，"字符串"可以是常数、表达式、格式串等。

宏定义的功能：在进行编译前，用字符串原样替换程序中的标识符。例如：

#define M (y*y+3*y)

在编写源程序时，所有的(y*y+3*y)都可由 M 代替，而对源程序作编译时，将先由预处理程序进行宏代换，即用(y*y+3*y)表达式去置换所有的宏名 M，然后再进行编译。

【例 4.17】　输入圆的半径，求圆的周长、面积和球的体积。要求使用无参宏定义圆周率。

```
#include<stdio.h>
#define PI 3.1415926  /*PI 是宏名,3.1415926 是用来替换宏名的常数*/
void main()
{
    double r,len,s,v;
    printf("请输入半径: ");
    scanf("%lf",&r);
    len=2*PI*r;              /*引用无参宏求周长*/
    s=PI*r*r;                /*引用无参宏求面积*/
    v=PI*r*r*r*3/4;          /*引用无参宏求体积*/
    printf("len=%.2lf,s=%.2lf,v=%.2lf\n",len,s,v);
}
```

程序运行情况：

请输入半径: 3✓
len=18.85,s=28.27,v=63.62

对于宏定义要说明以下几点：

（1）为了与变量相区别，宏名一般用大写字母表示。但这并非硬性规定，也可使用小写字母。

（2）宏定义是用宏名替换一个字符串，不管该字符串的词法和语法是否正确，也不管它的数据类型，即不作任何检查。如果有错误，只能由编译程序在编译宏展开后的源程序时发现。

（3）在宏定义时，可以使用已经定义的宏名。即宏定义可以嵌套，也可以层层替换。例如，

```
#define  R  3.0
#define  PI  3.14159
#define  L  2*PI*R
#define  S  PI*R*R
void main()
{
    printf("L=%f\nS=%f\n",L,S);
}
```

（4）在程序中，宏名在源程序中若用引号括起来，则预处理程序不对其作宏代换。

```
#define OK 100
void main()
{ printf("OK");
  printf("\n");
}
```

上例中定义宏名 OK 表示 100，但在 printf 语句中 OK 被引号括起来，因此不作宏代换。程序的运行结果为：OK，这表示把"OK"当字符串处理。

（5）宏定义是专门用于预处理命令的一个专用名词，它与定义变量的含义不同，只作字符替换，不分配内存空间。

2. 带参数的宏定义

C 语言允许宏带有参数。在宏定义中的参数称为形式参数，在宏调用中的参数称为实际参数。对带参数的宏，在调用中，不仅进行简单的字符串替换，还要进行参数替换。即不仅要宏展开，而且要用实参去替换形参。

带参宏定义的一般形式为：

```
#define   宏名(形参表)   字符串
```

其中，字符串中包含有括号中所指定的参数。

带参宏调用的一般形式为：

```
宏名(实参表);
```

例如：

```
#define M(y) y*y+3*y          /*宏定义*/
k=M(5);                       /*宏调用*/
```

在宏调用时，用实参 5 去替换形参 y，经预处理宏展开后的语句为：k=5*5+3*5;

【例 4.18】　带参数的宏定义与宏调用。

```
#include<stdio.h>
#define MAX(a,b) (a>b)?a:b
void main()
{
    int x,y,max;
    printf("input two numbers: ");
    scanf("%d%d",&x,&y);
    max=MAX(x,y);
    printf("max=%d\n",max);
}
```

上例程序的第 2 行进行带参宏定义，用宏名 MAX 表示条件表达式(a>b)?a:b，形参 a，b 均出现在条件表达式中。程序第 8 行 max=MAX(x,y)为宏调用，实参 x，y 将代换形参 a，b。宏展开后该语句为：max=(x>y)?x:y;，用于计算 x，y 中的大数。

对于带参数宏定义要说明以下几点：

（1）在宏定义中的形参是标识符，而宏调用中的实参可以是表达式。例如：

```
#define SQ(y) (y)*(y)
void main()
{
    int a,sq;
    printf("input a number: \n");
    scanf("%d",&a);
    sq=SQ(a+1);
    printf("sq=%d\n",sq);
}
```

本例中第 1 行为宏定义，形参为 y。程序第 7 行宏调用中实参为 a+1，是一个表达式，在宏展开时，用 a+1 替换 y，得到语句 "sq=(a+1)*(a+1);"，这与函数的调用是不同的，函数调用时要把实参表达式的值求出来后再赋予形参。而宏替换中对实参表达式不作计算直接地照原样替换。

（2）在带参宏定义中，形式参数不分配内存单元，因此不必作类型定义。而宏调用中的实参有具体的值。要用它们去替换形参，因此必须作类型说明。这是与函数中的情况不同的。在函数中，形参和实参是两个不同的量，各有自己的作用域，调用时要把实参值赋予形参，进行"值传递"。而在带参宏中，只是符号替换，不存在值传递的问题。

（3）在宏定义中，字符串内的形参通常要用括号括起来以避免出错。例如：

```
#include<stdio.h>
#define SQ(y) y*y
void main()
{
    int a,sq;
```

```
        printf("input a number:");
        scanf("%d",&a);
        sq=SQ(a+1);
        printf("sq=%d\n",sq);
}
```

本例中第 2 行为宏定义，形参为 y。程序第 8 行宏调用中实参为 a+1，是一个表达式，在宏展开时，用 a+1 替换 y，得到语句 "sq=a+1*a+1;"。

（4）定义带参宏时，宏名与左圆括号之间不能留有空格。否则，C 编译系统将空格以后的所有字符均作为替换字符串，而将该宏视为无参宏。

（5）带参宏和带参函数很相似，但有本质上的不同，把同一表达式用函数处理与用宏处理两者的结果有可能是不同的。例如：

```
程序 A:
#include<stdio.h>
int SQ(int y)
{  return((y)*(y));}
void main()
{  int i=1;
   while(i<=5)
     printf("%d\n",
     SQ (i++));
}
```

```
程序 B:
#include<stdio.h>
#define SQ(y) ((y)*(y))
void main()
{
  int i=1;
  while(i<=5)
    printf("%d\n",
    SQ(i++));
}
```

程序的运行结果如下：

程序 A	程序 B
1	1
4	9
9	25
16	
25	

在上例程序 A 中函数名为 SQ，形参为 y，函数体表达式为（(y)*(y)）。程序 B 中宏名为 SQ，形参也为 y，字符串表达式为((y)*(y))，二者是相同的。A 中的函数调用为 SQ(i++)，B 的宏调用为 SQ(i++)，实参也是相同的。从输出结果来看，却大不相同。请读者自己分析为什么会这样。

从上例可以看出函数调用和宏调用二者在形式上相似，在本质上是完全不同的。

（6）宏定义也可用来定义多个语句，在宏调用时，把这些语句又替换到源程序内。例如：

```
#define SSSV(s1,s2,s3,v) s1=l*w;s2=l*h;s3=w*h;v=w*l*h;
void main()
{
    int l=3,w=4,h=5,sa,sb,sc,vv;
```

```
        SSSV(sa,sb,sc,vv);
        printf("sa=%d\nsb=%d\nsc=%d\nvv=%d\n",sa,sb,sc,vv);
    }
```

程序第一行为宏定义，用宏名 SSSV 表示 4 个赋值语句，4 个形参分别为 4 个赋值符左部的变量。在宏调用时，把 4 个语句展开并用实参替换形参，使计算结果送入实参之中。

（7）较长的定义在一行中写不下时，可在本行末尾使用反斜杠表示续行。宏替换不占运行时间，只占编译时间。而函数调用则占运行时间。

3. 取消宏定义（#undef）

宏定义的作用范围是从宏定义命令开始到程序结束。如果需要在源程序的某处终止宏定义，则需要使用#undef 命令取消宏定义。取消宏定义命令#undef 的用法格式为：

```
#undef  标识符
```

其中的标识符是指定义的宏名。例如：

```
#include<stdio.h>
#define PI 3.14159
void main()
{
    float r=10.0;
    float b,c,d;
    b=PI*r;
    #undef PI        /*取消了宏定义*/
    c=PI*r*r;
    d=PI*r*r*r;
    printf("r=%6.2f\n",r);
    printf("b=%6.2f\nc=%6.2f\nd=%6.2f\n",b,c,d);
}
```

由于程序在第 8 行取消了宏定义，宏定义 PI 的有效范围为第 1～7 行，因此运行时会出现："Undefined sysmbol 'PI' in function main" 的出错信息。这时，只要将语句 "#undef PI" 后面使用过的 PI，全部写成 3.14159 即可。

4.4.3　文件包含

文件包含是指一个源文件可以将另一个源文件的全部内容包含进来，即将另外的文件包含到本文件之中。C 语言提供了#include 命令用来实现文件包含的操作。文件包含命令行的一般形式为：

```
#include  "包含文件名"
```

或

```
#include<包含文件名>
```

　　文件包含命令的功能是把指定的文件插入该命令行位置取代该命令行，从而把指定的文件和当前的源程序文件连成一个源文件。

　　在程序设计中，文件包含是很有用的。一个大的程序可以分为多个模块，由多个程序员分别编程。有些公用的符号常量或宏定义等可单独组成一个文件，在其他文件的开头用包含命令包含该文件即可使用。这样，可避免在每个文件开头都去书写那些公用量，从而节省时间，并减少出错。

　　对文件包含命令还要说明以下几点：

　　（1）包含命令中的文件名可以用双引号括起来，也可以用尖括号括起来。例如，以下写法都是允许的：

```
#include "stdio.h"
#include<math.h>
```

　　但是这两种形式是有区别的：使用尖括号表示在包含文件目录中去查找（包含目录是由用户在设置环境时设置的），而不在源文件目录中查找；使用双引号则表示首先在当前的源文件目录中查找，若未找到才到包含目录中去查找。用户编程时可根据自己文件所在的目录来选择某一种命令形式。

　　（2）一个 include 命令只能指定一个被包含文件，若有多个文件要包含，则需用多个 include 命令。

　　（3）文件包含允许嵌套，即在一个被包含的文件中又可以包含另一个文件。

　　（4）在包含文件中不能有 main()函数。

4.4.4　条件编译

　　一般情况下，源程序中所有的行都参加编译。但如果用户希望某一部分程序在满足某条件时才进行编译，否则不编译或按条件编译另一组程序，这时就要用到条件编译。预处理程序提供了条件编译的功能。可以按不同的条件去编译不同的程序部分，因而产生不同的目标代码文件。这对于程序的移植和调试是很有用的。

　　进行条件编译的宏指令主要有：#if、#ifdef、#ifndef、#endif、#else 等。它们按照一定的方式组合，构成了条件编译的程序结构。下面分别介绍。

1．第一种形式

```
#ifdef  标识符
    程序段 1
#else
    程序段 2
#endif
```

其功能是：如果标识符已被 #define 命令定义过，则对程序段 1 进行编译；否则对程序段 2 进行编译。

　　如果没有程序段 2（它为空），本格式中的#else 可以没有，即可以写为：

```
#ifdef  标识符
    程序段
#endif
```

格式中的"程序段"可以是语句组，也可以是命令行。

2．第二种形式

```
#ifndef 标识符
    程序段 1
#else
    程序段 2
#endif
```

其功能是：如果标识符未被#define 命令定义过，则对程序段 1 进行编译，否则对程序段 2 进行编译。这与第一种形式的功能正相反。

3．第三种形式

```
#if 常量表达式
    程序段 1
#else
    程序段 2
#endif
```

其功能是：如常量表达式的值为真（非 0），则对程序段 1 进行编译，否则对程序段 2 进行编译。因此可以事先给定一定条件，使程序在不同条件下，完成不同的功能。

【例 4.19】　条件编译示例。

```
#include<stdio.h>
#define R 1
#define PI 3.14159
void main()
{
    float r,s1,s2;
    printf("input a number:\n");
    scanf("%f",&r);
    #if R
        s1=PI*r*r;
        printf("area of round is: %f\n",s1);
    #else
        s2=r*r;
        printf("area of square is: %f\n",s2);
    #endif
}
```

程序运行情况：

```
Input a number : 2✓
```

```
area of round is : 12.57
```

本例中采用了第三种形式的条件编译。在程序第 2 行宏定义中，定义 R 为 1，因此在条件编译时，常量表达式的值为真，故计算并输出圆面积 s1。

上面介绍的条件编译当然也可以用条件语句来实现。但是用条件语句将会对整个源程序进行编译，生成的目标代码程序很长，而采用条件编译，则根据条件只编译其中的程序段 1 或程序段 2，生成的目标程序较短。如果条件选择的程序段很长，采用条件编译的方法是十分必要的。

4.5 应用举例

【例 4.20】 写两个函数，分别求两个整数的最大公约数和最小公倍数，用主函数调用这两个函数，并输出结果，两个整数由键盘输入。

分析：求最大公约数可用递归法和辗转相除法，在此我们用辗转相除法。设两个整数为 m 和 n，用辗转相除法的算法如下：

如果 m<n 将变量 m 和 n 的值互换（使 m 为大者，作为被除数）
while (m/n 的余数 r 不为 0)
{
    m=n   (使除数 n 变为被除数 m)
    n=r   (使余数 r 变为除数 n)
}
输出最大公约数 r
最小公倍数=m*n/最大公约数

设函数 hcf() 和 lcd() 分别为求最大公约数和最小公倍数的函数。程序如下：

```
#include<stdio.h>
int hcf(int m,int n)                /*定义求最大公约数的函数*/
{
    int r,temp;
    if(n>m)
    {   temp=n;n=m;m=temp;  }
    r=m%n;
    while (r!=0)
    {   m=n;    n=r;    r=m%n;  }
    return (n);
}
int lcd(int m,int n,int h)     /*定义求最小公倍数函数*/
{   return (m*n/h);}
void main()
{
int m,n,h,l;
```

```
        printf("please input m,n: \n");
        scanf("%d, %d",&m,&n);
        h=hcf(m,n);
        printf("H.C.F= %d\n",h);
        l=lcd(m,n,h);
        printf("L.C.D= %d\n",l);
    }
```

程序运行情况：

```
please input m,n:
12,4✓
H.C.F= 4
L.C.D= 12
```

【例 4.21】 抽奖游戏。编一程序从键盘上输入任一个 0～100 以内的两位数，机器随机产生一个数，如果两个数相等即为胜者。

分析：用模块化编程思想，定义一个函数判断是否为获奖者，主函数只需要获得数据调用函数判断即可。

在编写函数时，需要调用产生随机数的库函数 srand() 和 rand()。

```
#include<stdio.h>
#include<stdlib.h>
int iswinner(int m)
{
    int x,seed;
    static int i=0;
    seed=++i;
    srand(seed);       /*该库函数的功能是将随机种子传给 rand() 函数*/
    x=1+rand()%100; /*rand()----产生一个随机整数 */
    printf("the computer's data is %d\n",x);
    if(x==m)
        return 1;
    else
        return 0;
}
void main()
{
    int iswinner(int);
    int data;
    int flag;
    do
    {
        printf("please input your data:");
        scanf("%d",&data);
        if(iswinner(data)) /* 调用子函数来作为判断条件*/
```

```
            printf("you are winner!\n");
        else
            printf("you are loser!\n");
        printf("again?(1/0)");
        scanf("%d",&flag);
    }while(flag);
}
```

4.6　本章小结

在本章中，主要介绍的内容有：

1．函数的分类

从函数定义的角度分为：标准函数和用户自定义函数。

从函数参数的角度分为：有参函数和无参函数。

2．函数的定义与函数的说明

函数定义的一般形式：

类型说明符　函数名（形参表）

{

　　函数体

}

函数说明的一般形式：

类型说明符　函数名（形参表）；

函数定义是指对函数功能的定义，它是一个完整的、独立的函数单位，由函数首部和函数体组成。而函数的说明是指对已定义的函数在调用之前进行的函数类型声明，是由函数首部构成，不包括函数体。

3．函数调用的一般形式

函数调用的一般形式如下：

函数名（实参表）

函数调用时，要注意形参与实参在个数、类型上的对应关系及参数传递的方式（值传递）。

函数的嵌套调用和递归调用：调用一个函数的过程中又调用另一个函数，称为函数的嵌套调用。一个函数直接或间接地调用自身，称为函数的递归调用。

4．变量的作用域和存储方式

变量的作用域是指变量在程序中的有效范围，分为局部变量和全局变量。

变量的存储方式是指变量在内存中的存储类型，它表示了变量的生存期，分为静态存储和动态存储。

4 种存储类型变量的说明方式、特点和适用的范围，不同存储类型变量在使用时的区别，在函数之间使用外部变量传递数据的规定。

5．编译预处理

预处理功能是 C 语言特有的功能，它是在对源程序正式编译前由预处理程序完成的。程序员在程序中用预处理命令来调用这些功能。使用预处理功能便于程序的修改、阅读、移植和调试，也便于实现模块化程序设计。

宏定义是用一个标识符来表示一个字符串，这个字符串可以是常量、变量或表达式。在宏调用中将用该字符串代换宏名。宏定义可以带有参数，宏调用时是以实参代换形参，而不是"值传送"。

文件包含是预处理的一个重要功能，它可用来把多个源文件连接成一个源文件进行编译，结果将生成一个目标文件。

条件编译允许只编译源程序中满足条件的程序段，使生成的目标程序较短，从而减少了内存的开销，并提高了程序的效率。

习　题　4

一、单项选择题

1．关于建立函数的目的，以下正确的说法是（　　）。
　　A．提高程序的执行效率　　　　　　B．提高程序的可读性
　　C．减少程序的篇幅　　　　　　　　D．减少程序文件所占内存

2．以下对 C 语言函数的有关描述中，正确的是（　　）。
　　A．在 C 中，调用函数时，只能把实参的值传送给形参，形参的值不能传送给实参
　　B．C 函数既可以嵌套定义又可以递归调用
　　C．函数必须有返回值，否则不能使用函数
　　D．C 程序中有调用关系的所有函数必须放在同一个源程序文件中

3．以下正确的函数定义形式是（　　）。
　　A．double fun(int x,int y)　　　　　B．double fun(int x; int y)
　　C．double fun(int x, int y);　　　　D．double fun(int x,y);

4．C 语言规定，简单变量做实参时，它和对应形参之间的数据传递方式为（　　）。
　　A．地址传递　　　　　　　　　　　B．由实参传给形参，再由形参传回给实参
　　C．单向值传递　　　　　　　　　　D．由用户指定传递方式

5．C 语言允许函数值类型缺省定义，此时该函数值隐含的类型是（　　）。
　　A．float　　　　　　B．int　　　　　　C．long　　　　　D．double

6．以下叙述中不正确的是（　　）。
　　A．在 C 中，函数的自动变量可以赋值，每调用一次，赋一次初值
　　B．在 C 中，在调用函数时，实际参数和对应形参在类型上只需赋值兼容
　　C．在 C 中，外部变量的隐含类别是自动存储类别
　　D．在 C 中，函数形参可以说明为 register 变量

7. 以下叙述中不正确的是（　　）。

    A. 在不同的函数中可以使用相同名字的变量

    B. 函数中的形式参数是局部变量

    C. 在一个函数内定义的变量只在本函数范围内有效

    D. 在一个函数内的复合语句中定义的变量在本函数范围内有效

8. 以下所列的各函数首部中，正确的是（　　）。

    A. void play(var:Integer,var b:Integer)　　　　B. void play(int a,b)

    C. Sub play(a as integer,b as integer)　　　　D. void play(int a,int b)

9. 在 C 语言中，函数的隐含存储类别是（　　）。

    A. auto　　　　　　B. static　　　　　　C. extern　　　　　D. 无存储类别

10. 以下只有在使用时才为该变量分配内存单元的存储类型说明是（　　）。

    A. auto 和 static　　　　　　　　　　B. auto 和 register

    C. register 和 static　　　　　　　　D. extern 和 register

11. 以下正确的说法是（　　）。

    A. 定义函数时，形参的类型说明可以放在函数体内

    B. return 语句后面不能为表达式

    C. 如果 return 后表达式的类型与函数的类型不一致，以定义函数时的函数类型为准

    D. 如果形参与实参的类型不一致，以实参类型为准

12. 以下叙述中正确的是（　　）。

    A. 在程序的一行上可以出现多个有效的预处理命令行

    B. 使用带参的宏时，参数的类型应与宏定义时的一致

    C. 宏替换不占用运行时间，只占用编译时间

    D. 在以下定义中 C　　R 是称为"宏名"的标识符

```
#define  C  R  045
```

13. 以下正确的描述是（　　）。

    A. C 语言的预处理功能是指完成宏替换和包含文件的调用

    B. 预处理指令只能位于 C 源程序文件的首部

    C. 凡是 C 源程序中行首以"#"标识的控制行都是预处理指令

    D. C 语言的编译预处理就是对源程序进行初步的语法检查

14. 在"文件包含"预处理语句的使用形式中，当#include 后面的文件名用<>（尖括号）括起时，找寻被包含文件的方式是（　　）。

    A. 仅仅搜索当前目录

    B. 仅仅搜索源程序所在目录

    C. 直接按系统设定的标准方式搜索目录

    D. 先在源程序所在目录搜索，再按照系统设定的标准方式搜索

二、分析程序，写出运行结果

1. 下面程序运行结果是（　　）。

```
#include<stdio.h>
void fun(int a,int b,int c)
```

```
{
    a=456;b=567;c=678;
}
void main()
{
    int x=10,y=20,z=30;
    fun(x,y,z);
    printf("%d,%d,%d\n",z,y,x);
}
```

    A. 30,20,10   B. 10,20,30   C. 456,567,678   D. 678,567,456

2. 下面程序的运行结果是(　　)。

```
#include<stdio.h>
void num()
{ extern int x,y;
 int a=15,b=10;
 x=a-b;  y=a+b;
}
int x,y;
void main()
{ int a=7,b=5;
 x=a+b;  y=a-b;
 num();
 printf("%d,%d\n",x,y);
}
```

    A. 5,25   B. 25,5   C. 15,10   D. 10,15

3. 下面程序的运行结果是(　　)。

```
#include<stdio.h>
func(int a,int b)
{
    static int m=0,i=2;
    i+=m+1;
    m=i+a+b;
    return (m);
}
void main()
{
    int k=4,m=1,p;
    p=func(k,m);
    printf("%d, ",p);
    p=func(k,m);
    printf("%d\n",p);
}
```

　　A. 4,1　　　　　　B. 1,4　　　　　C. 2,0　　　　　D. 8,17

4. 下面程序的运行结果是（　　）。

```c
#include<stdio.h>
int d=1;
void fun(int p)
{
    int d=5;
    d+=p++;
    printf("%d",d);
}
void main()
{
    int a=3;
    fun(a);
    d+=a++;
    printf("%d\n",d);
}
```

　　A. 5　　　　　B. 84　　　　　C. 6　　　　　D. 1

5. 下面程序的运行结果是（　　）。

```c
#include<stdio.h>
void main()
{
void fun(int k);
    int w=5;
    fun(w);
    printf("\n");
}
void fun(int k)
{
    if(k>0)fun(k-1);
    printf("%d",k);
}
```

　　A. 012345　　　B. 543210　　　C. 12345　　　D. 54321

6. 下面程序的运行结果是（　　）。

```c
#include<stdio.h>
int d=1;
int fun(int p)
{
    static int d=5;
    d+=p;
    printf("%d",d);
```

```
        return(d);
}
void main()
{
    int a=3;
    printf("%d\n",fun(a+fun(d)));
}
```

  A. 6 15 15   B. 5 5 3   C. 3 3 5   D. 6 5 5

7. 下面程序的运行结果是（   ）。

```
#include<stdio.h>
#define  MIN(x,y)   (x)<(y)?(x):(y)
void main()
{
  int i=10,j=15,k;
  k=10*MIN(i,j);
  printf("%d\n",k);
}
```

  A. 10   B. 150   C. 100   D. 15

8. 下面程序的运行结果是（   ）。

```
#include<stdio.h>
#define   X    5
#define   Y    X+1
#define   Z    Y*X/2
void main()
{
    int a;
    a=Y;
    printf("%d\tn",Z);
    printf("%d\n",--a);
}
```

  A. 7   5   B. 5   7   C. 5   6   D. 6   7

9. 下面程序的运行结果是（   ）。

```
#include<stdio.h>
#define A 4
#define B(x) A*x/2
void main()
{
    float c,a=4.5;
    c=B(a);
    printf("%f\n",c);
}
```

　　A．9.000000　　　　　B．4.5　　　C．1　　　D．0

10．下面程序的运行结果是（　　）。

```
#include<stdio.h>
int max(int x,int y)
{ int z;
  z=(x>y)?x:y;
  return(z);
}
void main()
{ int a=1,b=2,c;
  c=max(a,b);
  printf("max is %d\n",c);
}
```

　　A．max is 2　　　B．max is c　　　C．2　　　D．1

三、编写程序题

1．编写一个函数计算任一输入的整数的各位数字之和。主函数包括输入输出和调用该函数。

2．编程输出如下的图形。要求每行输出字符由一个子函数完成。

```
    **********
     **********
      **********
       **********
```

3．编写一个求 $n!$ 的函数，计算：$c(m,n)=\dfrac{m!}{n!(m-n)!}$。

4．编写一个函数求任意整数的逆序数。

5．定义一个带参数的宏，使两个参数的值互换，并写出程序，输入两个数作为使用宏时的实参，输出已交换后的两个值。

第 5 章 数组

5.1 数组基础知识

在实际问题中，我们经常会遇到要对大量同类型的一批数据进行处理。例如：有 100 个实数，要求按从大到小进行排序。这时我们能否定义 100 个变量来保存这些数据，然后按前面的方法对它们进行排序呢？这样做可以，但写出的程序相当烦琐和冗长。那么怎样处理这个问题呢？

我们知道，在 C 语言中不仅提供了如整型、字符型和实型等基本数据类型，还允许自己定义构造数据类型，以满足较复杂情况下的需要。其中数组就是构造数据类型，用于处理大量同类型的相关数据。

下面是有关数组的一些概念。

数组：若干个具有相同数据类型的数据的有序集合。

数组元素：数组中的每一个数据称为数组元素。因为数组中的每一个数组元素具有相同的名称，不同的下标，可以作为单个变量使用，所以也称为下标变量。在定义一个数组后，在内存中使用一片连续的空间依次存放数组的各个元素。

数组的下标：是数组元素位置的一个索引或指示。

数组的维数：数组元素下标的个数。根据数组的维数可以将数组分为一维、二维、多维数组，我们主要介绍一维数组和二维数组。

根据数组元素的类型，数组又可分为数值数组、字符数组、指针数组、结构数组等各种类别。

5.2 一维数组

5.2.1 一维数组的定义

C 语言中，使用数组前必须先进行数组的定义。

定义一个一维数组的一般形式为：

```
类型说明符    数组名[常量表达式];
```

例如：

```
int  a[5];
```

说明：

（1）类型说明符表示数组元素具有的数据类型，可以是基本数据类型，也可以是构造数据类型、指针。

（2）数组名的命名规则遵循标识符命名规则。

（3）常量表达式的值表示数组中所包含的元素的个数，即数组的长度。在 C 语言中不允许对数组进行动态定义，数组的大小不会随着程序运行中的变化而改变。

例如：错误的定义。

```
int n=30; float a[n];
```

而这样的定义是允许的：

```
#define N30          /*定义符号常量*/
float a[N];
```

（4）相同类型的数组和变量可以在同一个类型说明符下一起说明，互相间用"，"隔开。例如：

```
int a[4],b[5],c[6],e;
```

（5）数组名不能与其他变量名相同。例如：

```
void main()
{    int a;
     float a[10];
     …
}
```

是错误的。

下面是常见的一维数组的定义：

```
int  a[10];          /*定义整型数组 a，它有 10 个元素*/
char str[20];         /*定义字符型数组 str，它有 20 个元素*/
float b[5],c[10];    /*定义实型数组 b 和 c，b 数组有 5 个元素，c 数组有 10 个元素*/
```

5.2.2   一维数组元素的引用

数组元素是组成数组的基本单元。数组元素也是一种变量，其标识方法为数组名后跟一个下标。下标表示了元素在数组中的顺序号。数组元素的一般形式为：

```
数组名[下标]
```

其中的下标只能为整型常量或整型表达式。C 语言中，规定下标从 0 开始，对下标的上界未作规定。例如，a[5]、a[i+j]、a[i++]都是合法的数组元素。

数组元素通常也称为下标变量。必须先定义数组，才能使用下标变量。在C语言中只能逐个地使用下标变量，而不能一次引用整个数组。

【例 5.1】 将数字 0～9 存入一个整型数组 a 中，并输出。

```
#include<stdio.h>
void main()
{
  int a[10];
  int i;
  for(i=0;i<10;i++)
  { a[i]=i;
   printf("%d",a[i]);
  }
}
```

5.2.3 一维数组的初始化

数组的初始化是指在数组定义时给数组元素赋予初值。数组初始化是在编译阶段进行的。这样将减少运行时间，提高效率。

初始化的一般形式为：

类型说明符 数组名[常量表达式]={值,值,…,值};

例如：

int a[10]={ 0,1,2,3,4,5,6,7,8,9 };

相当于

a[0]=0;a[1]=1;…;a[9]=9;

C 语言对数组的初始赋值还有以下几点规定：

（1）可以只给部分元素赋初值。当{ }中值的个数少于元素个数时，只给前面部分元素赋值。例如：

int a[10]={0,1,2,3,4};

表示只给 a[0]～a[4]5 个元素赋值，而后 5 个元素自动赋 0 值。

（2）只能给元素逐个赋值，不能给数组整体赋值。例如，给 10 个元素全部赋 1 值，只能写为：

int a[10]={1,1,1,1,1,1,1,1,1,1};

而不能写为：

int a[10]=1;

（3）如果给全部元素赋值，则在数组说明中，可以不给出数组元素的个数。例如：

int a[5]={1,2,3,4,5};

可写为：

```
int a[]={1,2,3,4,5};
```

（4）当数组指定的元素个数小于初值的个数时，作语法错误处理。例如：

```
int a[4]={1,2,3,4,5};
```

是不合法的，因为数组 a 只能有 4 个元素。

5.2.4　一维数组元素的存储

　　一维数组的各元素按下标的顺序依次存储在一片连续的存储空间中。空间的大小与数组类型有关，为元素的个数乘以每一个元素所占的空间。
　　例如：

```
int a[20];
```

空间为 20*sizeof(int)。

```
double b[20];
```

空间为 20*sizeof(double)。

5.2.5　一维数组程序举例

　　【例 5.2】　用数组求 Fibonacci 数列的前 20 项。

```
#include<stdio.h>
void main()
{
    int i;
    int f[20]={1,1};
    for(i=2;i<20;i++)  f[i]=f[i-2]+f[i-1];
    for(i=0;i<20;i++)
    {   if(i%5==0) printf("\n");
        printf("%6d",f[i]);
    }
}
```

　　【例 5.3】　输入 10 个数，输出小于平均的数。
　　分析：对于此问题，需要完成下面 3 件事。
　　　　s1：输入 10 个数；
　　　　s2：求平均；
　　　　s3：输出小于平均的数；

```
#include<stdio.h>
void main()
{
    int i;
```

```
float data[10],ave,sum=0;
for(i=0;i<10;i++)        /*输入 10 个数据*/
    scanf("%f",&data[i]);
for(i=0;i<10;i++)        /*求 10 个数据的和*/
    sum=sum+data[i];
 ave=sum/10;                 /*求 10 个数据的平均*/
for(i=0;i<10;i++)        /*输出小于平均的数据*/
    if(data[i]<ave)
        printf("%f  ",data[i]);
}
```

5.3　二维数组

5.3.1　二维数组的定义

具有两个下标的数组称为二维数组。在实际问题中有很多量是二维的或多维的。因为多维数组元素有多个下标，以标识它在数组中的位置，所以也称为多下标变量。

二维数组定义的一般形式是：

类型说明符　数组名[常量表达式 1][常量表达式 2]

其中常量表达式 1 表示第一维（行）下标的长度，常量表达式 2 表示第二维（列）下标的长度。例如：

```
int a[3][4];
```

说明了一个 3 行 4 列的数组，数组名为 a，其下标变量的类型为整型。该数组的下标变量共有 3×4 个。

5.3.2　二维数组元素的引用

二维数组元素的引用格式为：

数组名[下标 1]　[下标 2];

其中：下标 1（行标）、下标 2（列标）可以是整型常量或整型表达式，如 a[3][2]、b[i][j]、c[i+2][j*2]等形式都是被允许使用的。

二维数组的下标从 0 开始。因此，对一个具有 m 行 n 列的二维数组来说，它的数组元素的行标最大值为 m−1，列标最大值为 n−1。

例如：int a[2][3];　其行下标最大值为 1，列元素下标最大值为 2。其数组元素为：

```
a[0][0]、a[0][1]、a[0][2]、a[1][0]、a[1][1]、a[1][2]
```

对于这些数组元素可以像普通的变量一样进行基本的数据运算。

5.3.3　二维数组元素的存储

内存在表示数据时只能按照线性方式存放。二维数组中各元素在存放到内存中时也只能按线性方式存放。二维数组的各元素存放在一片连续的存储空间中，空间的大小为元素个数乘以每一个元素所占的空间。

C语言规定，二维数组中的元素在存储时要先存放第一行的数据，再存放第二行的数据，每行数据按下标规定的顺序由小到大进行存放。

例如，int a[4][5];其元素的存储顺序为：

a[0][0]→a[0][1]→a[0][2]→a[0][3]→a[0][4]→
a[1][0]→a[1][1]→a[1][2]→a[1][3]→a[1][4]→
a[2][0]→a[2][1]→a[2][2]→a[2][3]→a[2][4]→
a[3][0]→a[3][1]→a[3][2]→a[3][3]→a[3][4]

5.3.4　二维数组的初始化

与一维数组相似，二维数组也可以在数组定义时，给数组元素赋以初值。具体做法是：
（1）分行给多维数组赋初值。例如：

```
int s[3][4]={{1,2,3,4},{5,6,7,8},{9,10,11,12}};
```

即把第一对花括号内的值依次赋给s数组第一行的各列元素，把第二对花括号内的值依次赋给s数组第二行的各元素，…，以此类推。
（2）按行连续赋初值。

由于二维数组在计算机里是按一维数组存储的，所以也可以仿照一维数组初始化的方式，按行依次罗列出二维数组需要赋值的所有元素。例如：

```
int s[3][4]={1,2,3,4,5,6,7,8,9,10,11,12};
```

上述两种赋值方式结果完全相同，但相比之下前一种方式更加清晰，有助于程序的阅读。
（3）对全部元素赋初值，可以省略第一维的长度。例如：

```
int s[][4]={1,2,3,4,5,6,7,8,9,10,11,12};
```

（4）可以只对部分元素赋初值，未赋初值的元素自动取0值。例如：

```
int s[][4]={{1,2},{5},{9,10}};
```

它相当于

```
int s[][4]={{1,2,0,0}, {5,0,0,0}, {9,10,0,0}};
```

这种方法对于初始化时，需要赋非0元素较少的数组比较方便。

5.3.5　二维数组程序举例

【例5.4】　一个班有30个学生，每个学生有5门课的考试成绩，如表5-1所示。求全班分科的平均成绩和各科总平均成绩。

表 5-1 考试成绩表

	S1	S2	…	S29	S30
数学	80	61	…	85	76
英语	87	76	…	90	56
计算机	75	65	…	87	77
语文	92	71	…	90	85
体育	79	69	…	63	80

用一个二维数组 score[30][5] 存放 30 个学生的 5 门课的成绩。再设一个一维数组 c_ave[5] 存放所求得各分科平均成绩，设变量 average 为全班各科总平均成绩。编写的程序如下：

```c
#include<stdio.h>
#define M 30
#define N 5
void main()
{   int score[M][N],i,j,total;
    float c_ave[N],average,sum;
    for(i=0;i<N;i++)
    {   total=0;
        for(j=0;j<M;j++)
        {   scanf("%d",&score[j][i]);
            total+=score[j][i];
        }
        c_ave[i]=(float)total/M;
    }
    sum=0;
    for(i=0;i<N;i++)sum+=c_ave[i];
    average=sum/N;
    printf("各科的平均分分别为：");
    for(i=0;i<N;i++)printf("%6.2f",c_ave[i]);
    printf("\n 全班各科总平均成绩为：%6.2f\n",average);
}
```

请读者自己思考怎样求每个同学的平均成绩。

【例 5.5】 求矩阵的转置。

$$\begin{pmatrix} 1 & 2 & 3 & 4 \\ 5 & 6 & 7 & 8 \\ 9 & 10 & 11 & 12 \end{pmatrix} \qquad \begin{pmatrix} 1 & 5 & 9 \\ 2 & 6 & 10 \\ 3 & 7 & 11 \\ 4 & 8 & 12 \end{pmatrix}$$

转置前　　　　　　转置后

程序如下：

```c
#include<stdio.h>
#define M 3
```

```
#define N 4
void main()
{    int a[M][N]={1,2,3,4,5,6,7,8,9,10,11,12},b[N][M],i,j;
     printf("转置前的矩阵为：\n");
     for(i=0;i<M;i++)
     {    for(j=0;j<N;j++)printf("%3d",a[i][j]);
          printf("\n");
     }
     /*求转置矩阵*/
     for(i=0;i<N;i++)
          for(j=0;j<M;j++)
               b[i][j]=a[j][i];
     printf("转置后的矩阵为：\n");
     for(i=0;i<N;i++)
     {    for(j=0;j<M;j++)printf("%3d",b[i][j]);
          printf("\n");
     }
}
```

运行结果如图 5.1 所示。

图 5.1　例 5.5 运行结果图

5.4　字符数组与字符串

　　数组既可以存放数值数据，也可以存放字符数据。存放数值数据的数组称为数值数组，存放字符数据的数组称为字符数组。字符数组中的每一个元素存放一个字符。

　　C 语言中没有专门的字符串变量，通常用一个字符数组存放一个字符串。由于字符数组的长度一般在定义时就确定了，而字符串的长度经常改变，为了确定字符串的有效长度，C 语言规定：以 '\0' 作为字符串的结束标志。例如，字符串 "China" 在内存中的存储形式如下：

| C | h | i | n | a | \0 |

占用 6 个字节的空间。

5.4.1 字符数组的定义

字符数组的定义和前面介绍的数值数组类似。例如：

```
char  ch[10];          /*定义一个一维字符数组 ch，它有 10 个元素*/
char  name[3][10];   /*定义一个 3 行 10 列的二维字符数组 name，它有 30 个元素*/
```

5.4.2 字符数组的初始化

1. 逐个为数组中各元素指定初值字符
例如：

```
char a[5]={'C','h','i','n',' a'};
```

把 5 个字符分别赋给 a[0]，…，a[4]。

若字符个数少于元素个数，则对没有给出初值的数组元素，系统自动对它们赋值 0（或 '\0'）。

如果对全体元素赋初值，可以省略长度说明。例如：

```
char b[]={'C','h','i','n','a'};
```

系统认为这个 b 数组的长度或大小为 5。

2. 用字符串对字符数组进行初始化

```
char  a[]={"I am a student. "};
```

或

```
char  a[]= "I am a student. ";
```

此时字符数组的实际大小为字符串的实际字符个数+1。因最后还有一个空字符'\0'，它称为字符串结束标志。

3. 二维字符数组初始化
和一维数组的初始化类似。例如：

```
char  name[3][10]={{'M','u','s','i','c'},{'A','r','t','s'},{'S','p','o',
'r', 't'}};
char  str1[][20]={"math.","c","English"};
```

5.4.3 字符数组的引用

【例 5.6】 给字符数组赋值且输出。

```
#include<stdio.h>
```

```
void main()
{
    int i;
    char  str[]="I like C language";      /*对字符数组进行初始化*/
    for(i=0;i<17;i++)printf("%c",str[i]);
    printf("\n");
}
```

【例 5.7】　二维字符数组赋值与输出。

```
#include<stdio.h>
void main()
{
    int i,j;
    char a[][5]={{'B','A','S','I','C',},{'d','B','A','S','E'}};
    for(i=0;i<=1;i++)
    {    for(j=0;j<=4;j++)printf("%c",a[i][j]);
         printf("\n");
    }
}
```

5.4.4　字符串和字符串结束标志

在 C 语言中没有专门的字符串变量，通常用一个字符数组来存放一个字符串。前面介绍字符串常量时，已说明字符串总是以'\0'作为串的结束符。因此当把一个字符串存入一个数组时，也把结束符'\0'存入数组，并以此作为该字符串是否结束的标志。有了'\0'标志后，就不必再用字符数组的长度来判断字符串的长度了。

C 语言允许用字符串的方式对数组作初始化赋值。

用字符串方式赋初值比用字符逐个赋初值要多占一个字节，用于存放字符串结束标志'\0'。

一般在用字符串赋初值时无须指定数组的长度，而由系统自行处理。

5.4.5　字符数组的输入输出

1. 字符数组的输出

要将一个字符数组的内容显示出来，有两种方法：

（1）第一种是按%c 的格式：用 printf()函数将数组元素一个一个地输出到屏幕。

（2）第二种是按%s 的格式：用 printf()函数将数组中的内容按字符串的方式输出到屏幕（要判断'\0'字符）。例如：

```
char a[]={"Macao"};
printf("%s",a);
```

用此方式时，要将存放字符串的数组名写在此处。函数在工作的时候，从 a 数组的第一个元素开始，一个元素接一个元素地输出到屏幕，一直到遇到'\0'字符为止。'\0'字符将不会被输出到屏幕上。

注意：

（1）输出是要用存放字符串的数组名来进行输出的。

（2）系统在输出时只在遇到'\0'字符时才停止输出，否则，即使输出的内容已经超出数组的长度也不会停止输出。

2．字符数组的输入

从键盘对字符数组赋值，也有两种方法：

（1）第一种仍是按%c 的格式，用循环和 scanf()函数读入键盘输入的数据。

（2）第二种是用%s 的格式，通过 scanf()函数来进行字符串的输入。

例如：scanf ("%s",a); 将键盘输入的内容按字符串的方式送到 a 数组中，这里注意数组名 a 就代表了 a 数组的地址。输入时，在遇到分隔符时认为字符串输入完毕，并将分隔符前面的字符后加一个'\0'字符一并存入数组中。

例如（array 是某数组的数组名）：

```
scanf("%s",array);
```

输入时，若输入 abc✓，则 array 数组中存入'a'，'b'，'c'，'\0'4 个字符（这是在 array 数组的长度大于输入字符串的长度加 1 时才能正确执行）。

又如（array1，array2 是数组名）：

```
scanf("%s%s",a,b);
```

输入时，若输入 ab cde✓，则 array1 数组中存入 3 个字符，array2 数组中存入 4 个字符。

说明：

（1）输出字符不包括结束符'\0'。

（2）用"%s"格式符输出字符串时，printf()函数中的输出项是字符数组名，而不是数组元素名。写成下面这样是不对的。

```
printf("%s",c[0]);
```

（3）如果数组长度大于字符串实际长度，也只输出到遇'\0'结束。

（4）如果一个字符数组中包含一个以上'\0'，则遇第一个'\0'时输出就结束。

（5）可以用 scanf()函数输入一个字符串。

scanf()函数中的输入项 c 是字符数组名，它应该在先前已被定义。从键盘输入的字符串应短于已定义的字符数组的长度。

【例 5.8】　用 scanf()函数输入一个字符串。

```
#include "stdio.h"
void main()
{   char c[13];
    scanf("%s",c); /*用 scanf 函数输入一个字符串*/
    printf("%s",c);
}
```

5.4.6 字符串处理函数

C 语言提供了丰富的字符串处理函数，如字符串的输入输出、字符串复制、连接、比较、修改、转换等函数。这些字符串函数的使用，可大大减轻编程的工作量。但注意使用这些函数前，应包含相应的头文件。

1. 字符数组输入输出函数

（1）scanf 和 printf 函数在字符串的使用。

（2）输入字符串函数 gets。

格式：

```
gets(字符数组)
```

gets 函数用于从键盘读入一个字符串（包括空格符），并把它们依次放到字符数组中去，函数的返回值为字符串的首地址，即字符数组的起始地址。

（3）输出字符串函数 puts 函数。

格式：

```
puts(字符数组)
```

puts 函数输出一个字符串到终端。

说明：

（1）gets、puts 中的字符数组为字符数组名或字符指针。在使用这两个函数时，须包含头文件<stdio.h>。

（2）在用 gets 函数输入字符串时，只有按回车键才认为是输入结束。此时系统会自动在输入的字符的后面加一个结束标志'\0'。

（3）在用 puts 函数输出字符串时，遇'\0'结束。

【例 5.9】 从终端输入一个字符串到字符数组 s，并将字符串 s 输出到终端。

```
#include "stdio.h"
void main()
{   char s[80];
    gets(s);    /*从终端输入字符串到字符数组 s 中去*/
    puts(s);    /*输出字符串 s 到终端*/
}
```

运行时，如果输入

```
China✓
```

则输出结果为：

```
China
```

2. 字符串复制函数 strcpy

格式：

strcpy(字符数组名 1, 字符数组名 2)

功能：把字符数组 2 中的字符串复制到字符数组 1 中。串结束标志'\0'也一同复制。

【例 5.10】 将一个字符串复制到另外一个字符串中。

```c
#include "string.h"
void main()
{
    static char str1[15],str2[]="C Language";
    strcpy(str1,str2);
    puts(str1);
    printf("\n");
}
```

在使用这个函数时要注意以下几个问题：

（1）字符数组 1 的长度必须足够大，以便能容纳字符数组 2 中的字符串。

（2）字符数组名 2，也可以是一个字符串常量，如 strcpy(strl, "C Language")作用与前相同。

（3）复制时连同字符串后面的 '\0' 一起复制到字符数组 1 中。

（4）字符串只能用复制函数，不能用赋值语句进行赋值。例如，下列语句都是非法的，

str1=str2; str1="abcde";

但单个字符可以用赋值语句赋给字符变量或字符数组元素。

3. 字符串连接函数 strcat

格式：

strcat(字符数组名 1, 字符数组名 2)

功能：把字符数组 2 中的字符串连接到字符数组 1 中字符串的后面，并删去字符串 1 后的串标志'\0'。

【例 5.11】 将一个字符串连接到另外一个字符串中。

```c
#include<stdio.h>
#include<string.h>
main()
{
    char str1[50]="Hello";
    char str2[]="everyone";
    strcat(str1,str2);
    puts(str1);
}
```

上例将 str2 中的字符连接到 str1 的字符后面，并在最后加一个'\0'，连接后的新串存在 str1 中，并且 str1 必须定义得足够大，以存放连接后的字符串。

在使用这个函数时要注意以下几个问题：

（1）字符数组 1 的长度必须足够大，以便能容纳被连接的字符串。

（2）连接后系统将自动取消字符串 1 后面的结束符'\0'，只在新串最后保留一个'\0'。

（3）字符数组名 2，可以是字符串常量，如 strcat(s1,"cdef ")。

4．字符串比较函数 strcmp

格式：

```
strcmp(字符数组名 1,字符数组名 2)
```

功能：按照 ASCII 码顺序比较两个数组中的字符串，并由函数返回值返回比较结果。

字符串 1=字符串 2，返回值=0；

字符串 2>字符串 2，返回值>0；

字符串 1<字符串 2，返回值<0。

本函数也可用于比较两个字符串常量，或比较数组和字符串常量。字符串的比较规则为：从两个字符串中的第一个字符开始逐个进行比较（按字符的 ASCII 码值的大小），直至出现不同的字符或遇到'\0'为止。如果全部字符相同，则两个字符串相等；若出现了不相同的字符，则以第一个不同的字符的比较结果为准。

【例 5.12】 输入 5 个字符串，将其中最大的字符串输出。

```
#include<stdio.h>
#include<string.h>
void main()
{   char  str[10],temp[10];
    int i;
    gets(temp);
    for(i=0;i<4;i++)
    {   gets(str);
        if(strcmp(temp,str)<0)strcpy(temp,str);
    }
    printf("最大的字符串是：%s",temp);
}
```

在使用这个函数时要注意以下几个问题：

（1）执行这个函数时，自左到右逐个比较对应字符的 ASCII 码值，直到发现了不同字符或字符串结束符'\0'为止。

（2）对字符串不能用数值型比较符。

（3）字符数组名 1，字符数组名 2，可以是字符串常量。

（4）对两个字符串比较不能用以下形式：

```
if(str1==str2)  printf("yes");
```

而只能用以下形式：

```
if(strcmp(str1,str2)==0)  printf("yes");
```

5. 测字符串的长度函数 strlen

格式：

```
strlen(字符数组名)
```

功能：测字符串的实际长度（不含字符串结束标志'\0'）并作为函数返回值。

【例 5.13】 输入 5 个字符串，将其中最长的字符串输出。

```
#include<stdio.h>
#include<string.h>
void main()
{   char  str[50],temp[50];
    int i,len;
    gets(str);
    len=strlen(str);
    for(i=0;i<4;i++)
    {   gets(temp);
        if(strlen(temp)>len)    strcpy(str,temp);
    }
    printf("最长的字符串是：%s",str);
}
```

5.5　数组作函数的参数

5.5.1　数组元素作函数的参数

数组元素作函数的参数与普通变量作函数的参数本质相同。数组元素作函数实参时，仅仅是将其代表的值作为实参处理。

数组中元素作为函数的实参，与简单变量作为实参一样，结合的方式是单向的值传递。

【例 5.14】 求数组中的最大元素。

```
#include<stdio.h>
float max(float x,float y)
{
    if(x>y) return x;
    else    return y;
}
void  main()
{   int k;
    float m,a[]={12.34,123,-23.45,67.89,43,79,68,32.89,-34.23,10};
    m=a[0];        /*假设第一个元素是最大值*/
    for(k=1;k<10;k++)               /*循环 9 次*/
```

```
        m=max(m,a[k]);                    /*调用 max 函数, 实参 m 和 a[k]给形参 x,y*/
    printf("%5.2f\n",m);                  /*输出 m 的值 */

}
```

程序运行的结果为:

```
123.00
```

注意: 数组元素只能作为函数的实参, 不能作为函数的形参。

5.5.2　数组名作函数参数

用数组名作函数的参数可以解决函数只能有一个返回值的问题。数组名代表数组的首地址, 在数组名作为函数的参数时, 形参和实参都应该是数组名。在函数调用时, 实参给形参传递的数据是实参数组的首地址, 即实参数组和形参数组完全等同, 是存放在同一存储空间的同一个数组, 形参数组和实参数组共享存储单元。如果在函数调用过程中形参数组的内容被修改了, 实际上也是修改了实参数组的内容。

【例 5.15】 求数组中的最大元素。

```c
#include<stdio.h>
void inputdata(int a[],int n)
{   int i;
    for(i=0;i<n;i++)scanf("%d",&a[i]);
}
int max(int a[],int n)
{   int i,m;
    m=a[0];
    for(i=1;i<n;i++)
        if(m<a[i])m=a[i];
    return m;
}
void main()
{   int array[10];
    inputdata(array,10);
    printf("最大值为: %d\n",max(array,10));
}
```

运行时, 若输入:

```
12 23 34 45 56 54 43 32 21 10
```

则输出为:

最大值为: 56

在这个程序中有 3 个函数: 一个是数据输入的函数 inputdata(), 一个是求最大值的函数 max(), 一个是主函数 main()。在主函数中, 定义了一个一维数组, 调用 inputdata()函数对数组进行赋值，再调用函数 max()求数组中的最大值。函数 inputdata()和函数 max()中的第一个形参都是数组名，主函数中调用时的第一个实参也是数组名。

在 C 语言中，形参数组与实参数组之间的结合要注意以下几点：

（1）调用函数与被调用函数中分别定义数组，其数组名可以不同，但类型必须一致。

（2）在 C 语言中，形参变量与实参之间的结合是采用数值结合的，因此，如果在被调用函数中改变了形参的值，是不会改变实参值的。但是，形参数组与实参数组的结合是采用地址结合的，从而可以实现数据的双向传递。在被调用函数中改变了形参数组元素的值，实际上就改变了实参数组元素的值。

（3）被调用函数中一维数组当形参的要求（有几种情况）

① 主函数与函数在一个文件中，指定与不指定一维数组的下标的大小结果相同。

② 主函数与函数不在一个文件中，函数中的形参数组通常不指定一维数组下标的大小，指定一维下标的大小也可以。

5.5.3　二维数组作为函数参数

多维数组名也可以作为函数的实参和形参。在定义函数时，对形参数组的说明可以指定每一维的大小，也可以省略第一维的大小。假如函数的形参是二维数组 a，那么形参的说明可以描述为 int a[2][3];或者 int a[][3];二者是等价的。但是不能把多维数组的第二维及其他高维的大小说明省略。如形参说明 int a[][];是不合法的，因为从实参传来的是数组起始地址，如果在形参中不说明列数，则系统无法决定应为多少行多少列，也就无法确定数组元素在内存中的位置。

有关多维数组作为函数参数的其他规则和一维数组类似。

【例 5.16】 利用函数求两个矩阵的和矩阵。

```c
#include<stdio.h>
#define M 3
#define N 3
void inputdata(int a[][N],int m)
{   int i,j;
    for(i=0;i<m;i++)
        for(j=0;j<N;j++)
            scanf("%d",&a[i][j]);
}
void outputdata(int a[][N],int m)
{   int i,j;
    for(i=0;i<m;i++)
    {   for(j=0;j<N;j++)printf("%5d",a[i][j]);
        printf("\n");
    }
}
void sum(int a[][N],int b[][N],int c[][N],int m)
{   int i,j;
```

```
        for(i=0;i<m;i++)
            for(j=0;j<N;j++)
                c[i][j]=a[i][j]+b[i][j];
}
void main()
{   int matrix1[M][N],matrix2[M][N],matrix3[M][N];
    inputdata(matrix1,M);
    inputdata(matrix2,M);
    sum(matrix1,matrix2,matrix3,M);
    outputdata(matrix3,M);
}
```

5.6 数组应用举例

【例 5.17】 从键盘输入 10 个整数，对其进行排序，然后输出。

分析：排序算法很多。例如：比较排序法、选择排序法、冒泡排序法、快速排序法、插入排序法等。

冒泡排序法：冒泡排序法的基本思路是将相邻的两个数比较，把小的调换到前面。

比较排序法：比较排序法的基本思路是以第一个数据作为基点，将后面的所有数据与它进行比较，若不满足大小顺序关系就交换它们；再以第二个数据作为基点，将后面的所有数据与它进行比较，若不满足大小顺序关系就交换它们；…，最后以倒数第二个数据作为基点，将后面的数据与它进行比较，若不满足大小顺序关系就交换它们。

选择排序法：选择排序法的基本思路是以第一个数据作为基点，找出基点及其后面数据中最小的数据，将其与基点位置的数据交换；再以第二个数据作为基点，找出基点及其后面数据中最小的数据，将其与基点位置的数据交换；…，最后以倒数第二个数据作为基点，找出基点及其后面数据中最小的数据，将其与基点位置的数据交换。

如对下面 6 个数据，用选择排序（从小到大）的过程为（其中黑体数据表示所选择的基点）：

> 18，12，10，12，30，16

第一轮：**18**，12，10，12，30，16 基点及其后的最小元素是第 3 个元素，交换后变为
> 10，12，18，13，30，16

第二轮：10，**12**，18，12，30，16 基点及其后的最小元素是基点处的元素，不交换

第三轮：10，12，**18**，12，30，16 基点及其后的最小元素是第 4 个元素，交换后变为
> 10，12，12，18，30，16

第四轮：10，12，12，**18**，30，16 基点及其后的最小元素是第 6 个元素，交换后变为
> 10，12，12，16，30，18

第五轮：10，12，12，18，**30**，16 基点及其后的最小元素是第 6 个元素，交换后变为
> 10，12，12，16，18，30

至此，数据已经排序完毕。

编写的 C 程序如下：

```
#include<stdio.h>
#define M 10
void inputdata(int a[],int m)          /*对数组赋值*/
{
    int i;
    for(i=0;i<m;i++)
        scanf("%d",&a[i]);
}
void outputdata(int a[],int m)         /*输出数组元素*/
{
    int i;
    for(i=0;i<m;i++)
        printf("%5d",a[i]);
    printf("\n");
}
void sort(int a[],int m)               /*数组元素进行排序*/
{
    int i,j,t,temp;
    for(i=0;i<m-1;i++)                 /*以 i 处的元素为基点*/
    {
        t=i;
        for(j=i+1;j<M;j++)        /*找出基点后面最小的元素，将其下标保存到 t 中*/
            if (a[t]>a[j])t=j;
        if(t!=i)                  /*若基点后面有元素比基点处的元素小，进行交换*/
        {   temp=a[i];a[i]=a[t];a[t]=temp;}
    }
}
void  main()
{
    int array[M];
    inputdata(array,M);                /*对数组赋值*/
    outputdata(array,M);               /*输出排序前的数组元素*/
    sort(array,M);                     /*数组元素进行排序*/
    outputdata(array,M);               /*输出排序后的数组元素*/
}
```

请读者自己写出冒泡排序法、比较排序法的程序。

【例 5.18】 输入一行字符，统计其中有多少个单词（单词间以空格分隔）。

算法：单词的数目由空格出现的次数决定（连续出现的空格记为出现一次；一行开头的空格不算）。应逐个检测每一个字符是否为空格。如果测出某一个字符为非空格，则表示"新的单词开始了"，此时用 num 表示单词数（初值为 0）。word=0 表示前一字符为空格，word=1 表示前一字符不是空格，word 初值为 0。如果前一字符是空格，当前字符不是空格，说明出现新单词，num 加 1。

程序流程如图 5.2 所示。

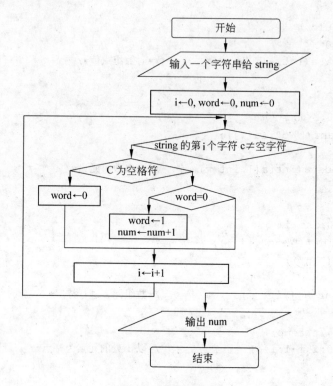

图 5.2　程序流程图

```
#include<stdio.h>
int words_num(char str[])
{
    int i, num=0, word=0;
    char c;
    for(i=0;(c=str[i])!='\0';i++)
        if (c==' ')
            word=0;
        else if (word==0)
        { word=1; num++; }
    return num;
}
void main()
{
    char string[81];
    gets(string);
    printf("There are %d words in the line\n",words_num(string));
}
```

【例 5.19】　用筛选法求 100 之内的素数。

所谓"筛选法"指的是在一张纸上写出 1 到 100 的全部整数，然后逐个判断它们是否是素数，找出一个非素数，就把它挖掉，最后剩下的就是素数。

具体做法如下：

（1）先将 1 挖掉（因为 1 不是素数）。

（2）用 2 去除它后面的各个数，把能被 2 整除的数挖掉，即把 2 的倍数挖掉。

（3）用 3 去除它后面各数，把 3 的倍数挖掉。

（4）分别用 4、5…各数作为除数去除这些数以后的各数。这个过程一直进行到在除数后面的数已全被挖掉为止。事实上，可以简化，如果需要找 1～n 范围内的素数表，只需进行到除数为 $\sqrt{n}$ （取其整数）即可。

程序如下：

```c
#include<stdio.h>
#include<math.h>                    /*程序中用到求平方根函数 sqrt */
void main( )
{
    int i,j,n,a[101];              /*定义 a 数组包含 101 个元素*/
    for(i=1;i<=100;i++)            /*a[0]不用，只用 a[1]到 a[100]*/
        a[i]=i;
    a[1]=0;                        /*先挖掉 a[1]*/
    for(i=2;i<sqrt(100);i++)       /*求平方根函数 sqrt */
        for(j=i+1;j<=100;j++)      /*使 a[1]到 a[100]的值为 1 到 100*/
        {
            if(a[i]!=0 && a[j]!=0)
                if(a[j]%a[i]==0)
                    a[j]=0;        /*把非素数"挖掉"*/
        }
    printf("\n") ;
    for(i=1,n=0;i<=100;i++)
    {
        if(a[i]!=0)                /*选出值不为 0 的数组元素，即素数*/
        {
            printf("%5d",a[i]);    /*输出素数，宽度为 5 列*/
            n++;                   /*累计本行已输出的数据个数*/
        }
        if(n==10)                  /*输出 10 个数后换行*/
        {
            printf("\n");
            n=0;
        }
    }
    printf("\n");
}
```

运行结果如图 5.3 所示。

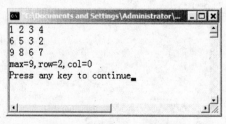

图 5.3　例 5.19 运行结果

【例 5.20】 有一个 3×4 的矩阵，要求编程以求出其中值最大的那个元素，以及它所在的行号和列号。

```
#include<stdio.h>
#define M 3
#define N 4
void inputdata(int a[][N],int m)
{
    int i,j;
    for(i=0;i<m;i++)
        for(j=0;j<N;j++)
            scanf("%d",&a[i][j]);
}
void max(int a[][N],int m,int b[3])
{   /*形参数组 b 的 b[0]保存最大值，b[1],b[2]分别保存最大值所在的行和列*/
    int i,j;
    b[0]=a[0][0];
    b[1]=b[2]=0;
    for(i=0;i<m;i++)
        for(j=0;j<N;j++)
            if(a[i][j]>b[0])
            {   b[0]=a[i][j];    b[1]=i; b[2]=j; }
}
void main()
{
    int array1[M][N],array2[3];
    inputdata(array1,M);
    max(array1,M,array2);
    printf("max=%d,row=%d,col=%d\n",array2[0],array2[1],array2[2]);
}
```

运行结果如图 5.4 所示。

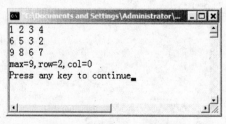

图 5.4　例 5.20 运行结果

【例 5.21】　编程输出以下的杨辉三角形（输出前 10 行）。

```
            1
            1   1
            1   2   1
            1   3   3   1
            1   4   6   4   1
            1   5  10  10   5   1
            1   6  15  20  15   6   1
                ...
```

分析：仔细观察上面的杨辉三角形，可找到以下规律：

第一列及对角线元素均为 1。

其他元素为其所在位置的上一行对应列和上一行前一列元素之和。即

a[i][j]=a[i-1] [j-1]+a[i-1].[j]

程序如下：

```
#include<stdio.h>
#define  N 10
void main()
{
    int i,j,a[N][N];
    for(i=0;i<N;i++)              /*对 a 数组的第一列和对角线元素赋值为 1*/
    {   a[i][i]=1;  a[i][0]=1;  }
    for(i=2;i<N;i++)             /*对除第一列和对角线之外的元素赋值*/
        for(j=1;j<=i-1;j++)
            a[i][j]=a[i-1][j-1]+a[i-1][j];
    for(i=0;i<N;i++)
    {
        for(j=0;j<=i;j++)    /*注意条件 j<=i 表示只输出 a 数组的左下三角形元素*/
            printf("%5d",a[i][j]); /*角形部分，a 数组其他未赋值元素值不定*/
        printf("\n");
    }
}
```

运行结果如图 5.5 所示。

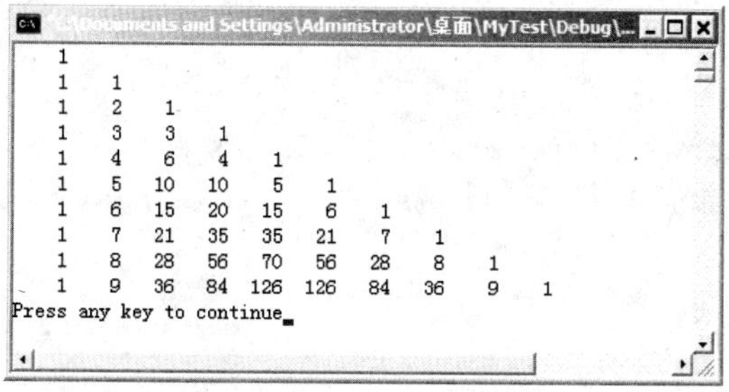

图 5.5　例 5.21 运行结果

【例 5.22】 从键盘输入一个正整数,判断其是否为回文数(如 12321 是回文数,12342 就不是)。

分析:要判断一个正整数是否为回文数,可以先把此数的各位数字求出来并保存到一个数组中,然后在判断数组中元素是否对应位相等。若对应位的数相等,则是回文数,否则不是回文数。

```c
#include<stdio.h>
void main()
{
    int n,digit[10],num=0,i,flag=0;
    scanf("%d",&n);                /*输入一个正整数 n*/
    printf("%d\n",n);
    while(n)                       /*求 n 的各位数字,并保存到数组 digit 的对应位置*/
    {   digit[num++]=n%10; n=n/10; }
    for(i=0;i<num/2;i++)
        if(digit[i]!=digit[num-1-i])     /*判断数组中元素是否对应位相等*/
            flag=1;
    if(flag==0)printf("YES\n");
    else    printf("NO\n");
}
```

【例 5.23】 不用 strcat 函数,将键盘输入的两个字符串连接起来形成一个新串。

```c
#include<stdio.h>
void mystrcat(char str1[],char str2[])
{
    int i,j;
    for(i=0;str1[i]!='\0';i++);
    for(j=0;str2[j]!='\0';j++)  str1[i+j]=str2[j];
    str1[i+j]='\0';
}
void main()
{
    char string1[50],string2[20];
    printf("请输入字符串 1:\n");
    gets(string1);
    printf("请输入字符串 2:\n");
    gets(string2);
    mystrcat(string1,string2);
    printf("\n 连接后的字符串为: %s\n",string1);
}
```

运行结果如图 5.6 所示。

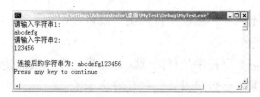

图 5.6 例 5.23 运行结果

5.7 本章小结

（1）数组是程序设计中最常用的数据结构，它是同类型数据的集合，每一个数据称为数组元素，数组元素又称为下标变量。数组可分为数值数组（整数组，实数组）、字符数组及后面要介绍的指针数组、结构数组等。

（2）根据确定数组元素在数组中的位置所用下标个数可将数组分为一维数组，二维数组或多维数组。

（3）数组的定义。

C 语言中使用数组前必须先进行数组的定义，数组的定义应包括数据类型、数组名和数组的长度。不允许对数组作动态定义。其一般格式为：

一维数组：

类型说明符 数组名[常量表达式 1]；

二维数组：

类型说明符 数组名[常量表达式 1][常量表达式 2]；

类型说明符表明数组元素的类型，可以是整型、字符型、实型及结构体等。数组名的取名规则遵循标识符的规则，常量表达式 1、常量表达式 2 的值的类型须为整型或字符型，它们的值确定了数组元素的个数。

（4）数组元素的引用。

一维数组：

数组名[下标]

二维数组：

数组名[行标][列标]

正确引用数组元素时，要注意下标、行标、列标的取值范围。

（5）对数组的赋值可以用数组初始化赋值、输入函数动态赋值和赋值语句赋值 3 种方法实现。对数值数组不能用赋值语句整体赋值、输入或输出，必须用循环语句逐个对数组元素进行操作。

（6）字符数组与字符串。

存放字符数据的数组称为字符数组。字符数组中的一个元素存放一个字符。

字符串是一种特殊的字符数组，它以'\0'作为字符串的结束标志。存放字符串的字符数组的长度必须比字符串中字符的个数多 1。在程序中可以依靠检测'\0'来判定字符串是否结束。

字符串的输入输出不同于一般的字符数组，既可逐个输入输出字符串中的字符，也允许对字符串进行整体的操作。

C 语言中还提供了很多字符串处理函数。这些字符串函数的使用，可大大减轻编程的工作量。我们也可以根据需要自己设计一些字符串函数。

（7）数组作函数的参数。

数组可以作函数的实参，也可以作函数的形参。当数组做参数时，参数的传递方式是传地址方式。

习　题　5

一、单项选择题

1. 在 C 语言中，引用数组元素时，其数组下标的数据类型允许是（　　）。
　　A．整型常量　　　　　　　　　　　B．整型常量或整型表达式
　　C．整型表达式　　　　　　　　　　D．任何类型的表达式

2. 以下对一维整型数组 a 的正确说明是（　　）。
　　A．int a(20);　　　　　　　　　　B．int N=30,a[N];
　　C．int m;　　　　　　　　　　　　D．#define SIZE 40;
　　　　scanf("%d",&m);　　　　　　　　　int a[SIZE];
　　　　int a[m];

3. 以下对二维数组 a 的正确说明是（　　）。
　　A．int a[5][];　　　　　　　　　　B．float a(5,7);
　　C．double　 a[5][7]　　　　　　　D．float a(5)(7);

4. 若有定义：int a[10]，则对数组 a 元素的正确引用是（　　）。
　　A．a[10]　　　　　B．a[3.5]　　　　　C．a(5)　　　　　D．a[10–10]

5. 以下能对一维数组 a 进行正确初始化的语句是（　　）。
　　A．int a[10]={0,0,0,0,0};　　　　　B．int a[10]={} ;
　　C．int a[ ] = {0} ;　　　　　　　　D．int a[10]={10*1} ;

6. 若二维数组 a 有 m 列，则计算任一元素 a[i][j] 在数组中位置的公式为（　　）。
（假设 a[0][0] 位于数组的第 1 个位置上。）
　　A．i*m+j　　　　　B．j*m+i　　　　　C．i*m+j–1　　　　D．i*m+j+1

7. 以下能对二维数组 a 进行正确初始化的语句是（　　）。
　　A．int a[2][]={{1,0,1},{5,2,3}} ;　　B．int a[][3]={{1,2,3},{4,5,6}} ;
　　C．int a[2][4]={{1,2,3},{4,5},{6}} ;　D．int a[][3]={{1,0,1},{},{1,1}} ;

8. 若有说明：int a[][4]={0,0}; 则下面不正确的叙述是（　　）。
　　A．数组 a 的每个元素都可得到初值 0
　　B．二维数组 a 的第一维大小为 1
　　C．因为二维数组 a 中第二维大小的值除以初值个数的商为 1，故数组 a 的行数为 1

D.　只有元素 a[0][0] 和 a[0][1] 可得到初值 0，其余元素均得不到初值 0

9.　有两个字符数组 a、b，则以下正确的输入语句是（　　　）。

A.　gets(a,b);　　　　　　　　　　　　B.　scanf("%s%s",a,b);

C.　scanf("%s%s",&a,&b);　　　　　　D.　gets("a"),gets("b");

10.　判断字符串 a 和 b 是否相等，应当使用（　　　）。

A.　if (a==b)　　　　　　　　　　　　B.　if (a=b)

C.　if (strcpy(a,b))　　　　　　　　　D.　if (strcmp(a,b))

11.　判断字符串 a 是否大于 b，应当使用（　　　）。

A.　if (a>b)　　　　　　　　　　　　　B.　if (strcmp(a,b))

C.　if (strcmp(b,a)>0)　　　　　　　　D.　if (strcmp(a,b)>0)

二、分析程序或程序段，写出运行结果或功能

1.　下面程序段的运行结果是（　　　）。

```
char a[7]="abcdef";
char b[4]="ABC";
strcpy(a,b);
printf("%c",a[5]);
```

A.　a　　　　　　　　B.　f　　　　　　C.　A　　　　　　　D.　C

2.　下面程序段的功能是（　　　）。

```
int a[]={4,0,2,3,1},i,j,t;
for(i=1;i<5;i++)
{
 t=a[i];j=i-1;
 while(j>=0 && t>a[j])
 { a[j+1]=a[j];j--;}
  a[j+1]=t;
}
```

A.　将数组元素按从小到大排序　　　　B.　将数组按从大到小排序

C.　按输入顺序排序　　　　　　　　　D.　按输入的逆序排序

3.　下面程序的运行结果是（　　　）。

```
#include<stdio.h>
void main()
{   int a[6],i;
    for(i=1;i<6;i++)
      {
       a[i]=9*(i-2+4*(i>3)) %5;
       printf("%2d",a[i]);
      }
}
```

A.　4 0 0 4 3　　　　　B.　–4 4 0 0 3　　　　C.　–4 0 4 4 3　　　　D.　4 0 4 4 3

4. 下面程序的运行结果是（　　）。

```c
#include<stdio.h>
void main()
{ int i;
  char a[5]="abcde";
  for(i=0;i<5;i++)
     putchar(a[i]);
  putchar('\n');
}
```

A. abcd   B. abcde   C. bcde   D. edcba

5. 当执行下面的程序时，如果输入 XYZ，则输出结果是（　　）。

```c
#include "stdio.h"
#include "string.h"
void main()
{
    char ss[10]="12345";
    gets(ss);
    strcat(ss, "9876");
    printf("%s\n",ss);
}
```

A. XYZ9876   B. 12345   C. 9876   D. XYZ

6. 下面程序的输出结果是（　　）。

```c
#include "stdio.h"
void main()
{
    int a[3][3]={{6,5},{4,3},{2,1}},i,j,s=0;
    for(i=1;i<3;i++)
       for(j=0;j<=i;j++)
          s+=a[i][j];
    printf("%d\n",s);
}
```

A. 2   B. 6   C. 4   D. 10

7. 下列程序执行后的输出结果是（　　）。

```c
#include<stdio.h>
void main ( )
{
    int n[3],i,j,k;
    for(i=0;i<3;i++) n[i]=0;
    k=2;
    for(i=0;i<k;i++)
```

```
        for(j=0;j<k;j++)
                n[j]=n[i]+1;
    printf("%d\n",n[1]);
}
```

    A．3　　　　　　　　B．4　　　　　　　　C．2　　　　　　　　D．1

三、编写程序题

1．用数组实现：求 n 个整数的平均值并输出其中小于平均值的数。

2．用数组实现：产生裴波拉契数列的前 20 项。

3．从键盘输入一行文字，分别统计出其中英文大写字母、小写字母、数字字符、空格及其他字符的个数。

4．编程将数组元素逆序存放，即第 1 个元素与最后 1 个元素对调，第 2 个元素与倒数第 2 个元素对调，以此类推。

第6章

指针

指针是 C 语言中的一种数据类型。运用指针编程是 C 语言最主要的风格之一。利用指针变量可以表示各种复杂的数据结构；能很方便地使用数组和字符串；并能像汇编语言一样处理内存地址，从而编出精练而高效的程序。指针极大地丰富了 C 语言的功能。

学习指针是学习 C 语言中最重要的一环，能否正确理解和使用指针是我们是否掌握 C 语言的一个标志。同时，指针也是 C 语言中最为困难的一部分，在学习中除了要正确理解基本概念，还必须要多编程，上机调试。

6.1 指针的概念

我们知道，在计算机中所有的数据都是存放在存储器中的。一般把存储器中的一个字节称为一个内存单元，不同的数据类型所占用的内存单元数不等，如单精度型量占两个单元，字符量占一个单元等。为准确方便地访问这些内存单元，必须为每个内存单元编上号。根据内存单元的编号即可准确地找到该内存单元。内存单元的编号也叫做地址。

根据内存单元的编号或地址就可以找到所需要的内存单元，我们通常也把这个地址称为指针。内存单元的指针和内存单元的内容是两个不同的概念。对于一个内存单元来说，单元的地址即为指针，其中存放的数据才是该单元的内容。在 C 语言中，允许用一个变量来存放指针，这种变量称为指针变量。因此，一个指针变量的值就是某个内存单元的地址或称为某内存单元的指针。

一般来说，程序中所定义的任何变量经相应的编译系统处理后，每个变量都占据一定数目的内存单元，不同类型的变量所分配的内存单元的字节数是不一样的。变量所占内存单元的首字节地址称作变量的地址。在程序中一般是通过变量名来对内存单元进行存取操作的，其实程序经过编译后已经将变量名转换为变量的地址，由此可知，程序在执行过程中，对变量的存取实际上是通过变量的地址来进行的。

在 C 语言中，可以通过变量名直接存取变量的值，这种方式称为"直接访问"方式。例如：

```
int x=3,y;    /*定义了整型变量 x 和 y，为 x 赋初值 3*/
y=x+1;
```

还可以采用另一种称为"间接访问"的方式，将变量的地址存放在另一个变量中。一个变量的地址称为该变量的"指针"。存放变量地址的变量就称为指针变量。指针变量的值（即指针变量中存放的值）就是指针（地址）。当要存取一个变量值时，首先从存放变量地址的指针变量中取得该变量的存储地址，然后再从该地址中存取该变量值。例如：

```
int x, *px; /*定义了整型变量 x，还定义了一个用于存放整型变量所占内存地址的指针变量
                 px*/
px=&x;        /*将整型变量 x 所占的内存地址赋给指针变量 px*/
*px=3;        /*在指针变量 px 所指向的内存地址中赋以整型值 3*/
```

其效果等价于

```
int x;
x=3;
```

假设编译时系统分配变量 x 的起始地址是 2000，分配变量 px 的起始地址是 3000，则内存单元中的数据如图 6.1 所示。

地址是指针变量的值，称为指针。指针变量也简称指针，因此，指针一词可以指地址值、指针变量，应根据具体情况加以区分。

赋值语句 px=&x;和*px=3;中用到了两个运算符&和*，关于这两个运算符的使用将在 6.2.2 小节中进行详细说明。

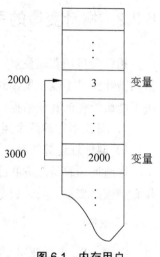

图 6.1 内存用户

6.2 指针变量的定义和引用

6.2.1 定义指针变量

变量的指针就是变量的地址。存放变量地址的变量是指针变量。即在 C 语言中，允许用一个变量来存放指针，这种变量称为指针变量。因此，一个指针变量的值就是某个变量的地址或称为某变量的指针。

对指针变量的定义包括 3 个内容：① 指针类型说明，即定义变量为一个指针变量；② 指针变量名；③ 变量值（指针）所指向的变量的数据类型。其一般格式为：

类型说明符 *变量名;

其中，*表示这是一个指针变量，变量名即为定义的指针变量名，类型说明符表示本指针变量所指向的变量的数据类型。例如：

```
int *p1;
```

表示 p1 是一个指针变量，它的值是某个整型变量的地址。或者说 p1 指向一个整型变量。至于 p1 究竟指向哪一个整型变量，应由向 p1 赋予的地址来决定。

再如：

```
int *p2;    /*p2 是指向整型变量的指针变量*/
float *p3;  /*p3 是指向浮点变量的指针变量*/
char *p4;   /*p4 是指向字符变量的指针变量*/
```

注意：一个指针变量只能指向同类型的变量，如 p1 只能指向整型变量，不能时而指向一个整型变量，时而又指向一个字符变量。

6.2.2　指针变量的引用

指针变量同普通变量一样，使用前不仅要定义说明，而且必须赋予具体的值。未经赋值的指针变量不能使用，否则将造成系统混乱，甚至死机。指针变量的赋值只能赋予地址，决不能赋予任何其他数据，否则将引起错误。

1．有关指针的两个运算符

1）取地址运算符&

取地址运算符&是单目运算符，其结合性为自右至左，其功能是取变量的地址，其操作数必须是变量。其一般形式为：

&变量名；

例如：&a 表示变量 a 的地址，&b 表示变量 b 的地址。变量本身必须先定义。

若一指针变量 p 的值为另一变量 a 的地址，我们称该指针变量 p 指向了变量 a。如若有：

```
int b=3,*p;
p=&b;
```

我们称 p 指向了 b。

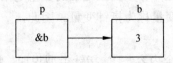

2）取内容运算符*

取内容运算符*是单目运算符，其结合性为自右至左，用来表示指针变量所指的变量。在*运算符之后的操作数必须是指针变量或指针常量。例如：

```
int b=3,*p;
p=&b;
```

则*p 得到的是变量 b（或 3）。

需要注意的是，取内容运算符*和指针变量定义中的指针说明符* 不是一回事。在指针变量定义中，"*"是类型说明符，表示其后的变量是指针类型。而表达式中出现的"*"

则是一个运算符用以表示指针变量所指的变量。

```
#include<stdio.h>
void main()
{
    int a=5,*p;
    p=&a;
    printf ("%d",*p);
}
```

表示指针变量p取得了整型变量a的地址

表示输出变量a的值

【例 6.1】　指针变量的引用。

```
#include<stdio.h>
void main()
{ int a=10,b=20,s,t,*pa,*pb;     /*说明 pa,pb 为整型指针变量*/
  pa=&a;                         /*给指针变量 pa 赋值，pa 指向变量 a*/
  pb=&b;                         /*给指针变量 pb 赋值，pb 指向变量 b*/
  s=*pa+*pb;                     /*求 a+b 之和，(*pa 就是 a,*pb 就是 b)*/
  t=*pa**pb;                     /*本行是求 a*b 之积*/
  printf("a=%d\nb=%d\na+b=%d\na*b=%d\n",a,b,a+b,a*b);
  printf("s=%d\nt=%d\n",s,t);
}
```

2．指针变量的运算

指针能参加的运算种类很少。

1）赋值运算

指针变量的赋值运算有以下几种形式：

（1）指针变量初始化赋值。例如：

`int a,*pa=&a;` /*用变量 a 的地址&a 对整型指针变量 pa 进行初始化*/

（2）把一个变量的地址赋予指向相同数据类型的指针变量。例如：

```
int a,*pa;
pa=&a;           /*把整型变量 a 的地址赋予整型指针变量 pa*/
```

（3）把一个指针变量的值赋予指向相同类型变量的另一个指针变量。例如：

```
int a,*pa=&a,*pb;
pb=pa;    /*把 a 的地址赋予指针变量 pb*/
```

由于 **pa**、**pb** 均为指向整型变量的指针变量，因此可以相互赋值。

（4）把数组的首地址赋予指向数组的指针变量。例如：

```
int a[5],*pa;
pa=a;
```

也可写为：

`pa=&a[0];`

注意：数组名表示数组的首地址，故可赋予指向数组的指针变量 pa，数组第一个元素的地址也是整个数组的首地址，也可赋予 pa。

当然也可采取初始化赋值的方法：

```
int a[5],*pa=a;
```

（5）把字符串的首地址赋予指向字符类型的指针变量。例如：

```
char *pc; pc="c language";
```

或用初始化赋值的方法写为：

```
char *pc="C Language";
```

这里应说明的是并不是把整个字符串装入指针变量，而是把存放该字符串的字符数组的首地址装入指针变量。

2）与整型量的加减运算

对指针变量，可以加上或减去一个整型量，指针变量也可以进行自增、自减运算。即下面的运算是合法的。

```
pa+n,  pa-n,  pa++,  ++pa,  pa--,  --pa
```

指针变量加或减一个整数 n 的意义是把指针指向的当前位置向前或向后移动 n 个位置。

注意：指针变量向前或向后移动一个位置和地址加 1 或减 1 在概念上是不同的。因为指针指向的数据可以有不同的类型，各种类型的数据所占的字节长度是不同的。如指针变量加 1，即向后移动 1 个位置表示指针变量指向下一个数据的首地址。而不是在原地址基础上加 1。例如：

```
int a[5],*pa;
pa=a;            /*pa 指向数组 a，也是指向 a[0]*/
pa=pa+3;         /*pa 指向 a[3]，即 pa 的值为&pa[3]*/
pa=pa-2;         /*pa 指向 a[1]，即 pa 的值为&pa[1]*/
```

指针变量的加减运算只能对数组指针变量进行，对指向其他类型变量的指针变量作加减运算是毫无意义的。

3）两个指针变量之间的运算

只有指向同一数组的两个指针变量之间才能进行运算，否则运算毫无意义。

（1）两指针变量相减。

两指针变量相减所得之差是两个指针所指数组元素之间相差的元素个数。实际上是两个指针值（地址）相减之差再除以该数组元素的长度（字节数）。

例如，pf1 和 pf2 是指向同一浮点数组的两个指针变量，设 pf1 的值为 2010H，pf2 的值为 2000H，而浮点数组每个元素占 4 个字节，所以 pf1-pf2 的结果为(2000H-2010H)/4=4，表示 pf1 和 pf2 之间相差 4 个元素。

注意：两个指针变量不能进行加法运算。

（2）两指针变量进行关系运算。

指向同一数组的两指针变量进行关系运算可表示它们所指数组元素之间的关系。例如：pf1==pf2 表示 pf1 和 pf2 指向同一数组元素。

pf1>pf2 表示 pf1 处于高地址位置。

pf1<pf2 表示 pf2 处于低地址位置。

6.2.3　多级指针变量

如果一个指针变量存放的是另一个指针变量的地址，则称这个指针变量为指向指针的指针变量。

通过指针访问变量称为间接访问。由于指针变量直接指向变量，所以称为单级间接访问。而如果通过指向指针的指针变量来访问变量则构成了二级或多级间接访问。

在 C 语言程序中，对间接访问的级数并未明确限制，但是间接访问级数太多时不容易理解，也容易出错，因此，一般很少超过二级间接访问。

指向指针的指针变量说明的一般形式为：

类型说明符 **指针变量名;

例如：

int **pp;

表示 pp 是一个指针变量，它指向另一个指针变量，而这个指针变量指向一个整型量。

【例 6.2】　二级指针变量的引用。

```c
#include<stdio.h>
void main()
{   int x,*p,**pp;
  x=10;
  p=&x;
  pp=&p;
  printf("x=%d\n",**pp);
}
```

上例程序中 p 是一个指针变量，指向整型量 x；pp 也是一个指针变量，它指向指针变量 p。通过 pp 变量访问 x 的写法是 **pp。程序最后输出 x 的值为 10。

【例 6.3】　输入两个数，输出其最大值。

```c
#include<stdio.h>
void main()
{   int x,y,*p;
    scanf("%d,%d",&x,&y);
    if(x>y) p=&x;
    else    p=&y;
    printf("%d\n",*p);
}
```

上例中，我们定义了一个指针变量 p，用来保存最大值所在的地址，在输出时，输出 p 所指向的地址中存储的值即为最大值。

6.3　指针与数组

指针和数组有着密切的关系，任何能由数组下标完成的操作也都可以用指针来实现，但程序中使用指针可使代码更紧凑、更灵活。

我们知道，每个变量都有一个地址，数组也有其起始地址，数组中的每个元素也有一个相应的地址。所以，可以设置指针变量指向数组或数组中的元素。

所谓数组的指针是指数组的起始地址，数组元素的指针是指数组元素的地址。

引用数组元素可以用下标（a[i]），也可以用指针，使用指针占用的内存较少，且运行速度快。

6.3.1　指向数组的指针变量的定义与赋值

一个数组是由连续的一块内存单元组成的。数组名就是这块连续内存单元的首地址。一个数组也是由各个数组元素（下标变量）组成的。每个数组元素按其类型不同占有几个连续的内存单元。一个数组元素的首地址也是指它所占有的几个内存单元的首地址。

定义一个指向数组元素的指针变量的方法，与以前介绍的指针变量相同。例如：

```
int a[10];  /*定义 a 为包含 10 个整型数据的数组*/
int *p;     /*定义 p 为指向整型变量的指针*/
```

若

```
p=&a[0];
```

即把 a[0]元素的地址赋给指针变量 p。也就是说，p 指向 a 数组的第 0 号元素，如图 6.2 所示。

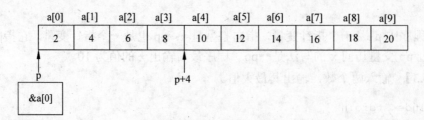

图 6.2　指向数组的指针

C 语言规定，数组名代表数组的首地址，也就是第 0 号元素的地址。因此，下面两个语句等价：

```
p=&a[0];
p=a;
```

在定义指针变量时可以赋给初值：

```
int *p=&a[0];
```

它等效于：

```
int *p;
p=&a[0];
```

当然定义时也可以写成：

```
int *p=a;
```

6.3.2　通过指针引用一维数组元素

前面我们已经知道，当指针变量 p 指向变量 a 时，可用*p 来引用变量 a。那么当指针变量 p 指向数组时，怎样用指针来引用数组元素呢？

设有如下说明：

```
int a[10],*p=a;
```

则有：p+i 就是数组元素 a[i]的地址，即 p+i 与&a[i]等价；*(p+i)就是数组元素 a[i]，即*(p+i)与 a[i]等价。

如果 p 指向数组 a（即 p=a），即

```
int a[10],*p=a;
```

（1）p++(p+=1)，p 指向下一元素，即 a[1]。

（2）*p++为：先得到指针变量 p 所指向的变量的值（即*p），然后再使 p+1→p。

（3）*（p++）与*（++p）的区别。

　　*（p++）：——先取*p 值，然后使 p 加 1；

　　*（++p）：——先 p 加 1，再取*p 值。

（4）（*p）++为：p 所指向的元素值加 1，即 (a[0])++，元素值加 1，不是指针值加 1。

（5）a+i 是数组元素 a[i]的地址，即&a[i]，那么，p+i 和 a+i 都可表示 a[i]的地址，指向数组的第 i 号元素。其中，*（p+i）和*（a+i）即表示 a+i 所指对象的内容，即数组元素的值；描述某个数组元素的值，其*(p+i)、*(a+i)、a[i] 3 种方式是等价的。

【例 6.4】　用指针方式完成数组元素的输入与输出。

```
#include<stdio.h>
void main()
{    int a[10],*p,i;
     p=a;      /*指针 p 指向数组 a*/
     /*从键盘对数组每一个元素赋值*/
     for(i=0;i<10;i++)   scanf("%d",p+i);  /* p+i 就是元素 a[i]的地址 */
     /*输出数组每一个元素的值*/
     for(i=0;i<10;i++)   printf("%d",*(p+i)); /* *(p+i)就是元素 a[i] */
}
```

【例 6.5】　求数组的最大元素。

```
#include<stdio.h>
void main()
{    int a[10],*p=a,i,max;
     for(i=0;i<10;i++)scanf("%d",p+i);
     max=*(p+0);
     for(i=1;i<10;i++)
         if(max<*(p+i))
             max=*(p+i);
     printf("最大值为: %d ",max);
}
```

6.3.3　通过指针引用二维数组元素

1. 二维数组元素的地址

在本小节中，我们介绍二维数组的行、列和每个元素的地址计算规则。

对于一个具有 n 行 m 列的二维数组 a，可以将 a 看成是一个长度为 n 的一维数组，数组中的每一个元素又是一个长度为 m 的一维数组。

从二维数组的角度来看，a 代表二维数组的首地址，当然也可看成是二维数组第 0 行的首地址。a+1 就代表第 1 行的首地址，a+2 就代表第 2 行的首地址。

因此，a[i]是一个一维数组名，即 a[i]代表第 i 行的首地址，a[i]+j 即代表第 i 行第 j 列元素的地址，即&a[i][j]。

另外，在二维数组中，我们还可用指针的形式来表示各元素的地址。如前所述，a[0]与*(a+0)等价，a[1]与*(a+1)等价，因此 a[i]+j 就与*(a+i)+j 等价，它表示数组元素 a[i][j]的地址。

因此，二维数组元素 a[i][j]可表示成*(a[i]+j)或*(*(a+i)+j)，它们都与 a[i][j]等价，或者还可写成(*(a+i))[j]。即有如下关系成立。

a+i↔a[i] ↔*(a+i) ↔&a[i][0]

((a+i)+j)=a[i][j]

例如：对于具有 3 行 4 列的二维数组 a，其各元素对应的地址如图 6.3 所示。

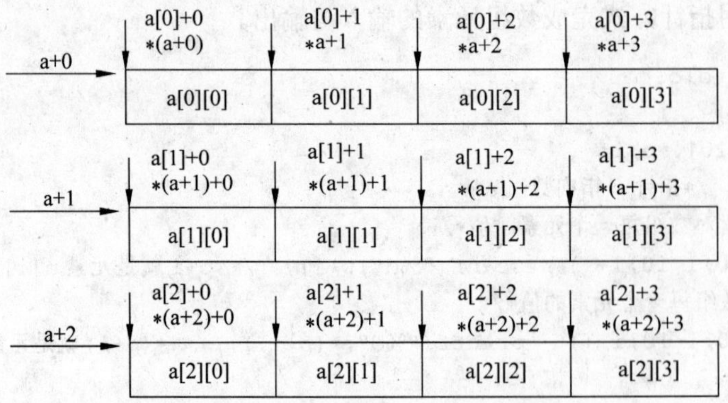

a[0]+0 *(a+0)	a[0]+1 *a+1	a[0]+2 *a+2	a[0]+3 *a+3
a[0][0]	a[0][1]	a[0][2]	a[0][3]

a+0

a[1]+0 *(a+1)+0	a[1]+1 *(a+1)+1	a[1]+2 *(a+1)+2	a[1]+3 *(a+1)+3
a[1][0]	a[1][1]	a[1][2]	a[1][3]

a+1

a[2]+0 *(a+2)+0	a[2]+1 *(a+2)+1	a[2]+2 *(a+2)+2	a[2]+3 *(a+2)+3
a[2][0]	a[2][1]	a[2][2]	a[2][3]

a+2

图 6.3　二维数组各元素的地址

2. 用一级指针引用二维数组元素

由于二维数组在存储时是线性存储的，因而可以用一级指针来引用二维数组的元素。其一般形式为：

设有如下定义(其中 M 和 N 是已经定义了的符号常量)：

```
int a[M][N], *p=a[0];
```

则有：p+i*N+j 表示了数组元素 a[i][j]的地址；*(p+i*N+j)表示了数组元素 a[i][j]。即有：

```
p+i*N+j ↔ &a[i][j]
*(p+i*N+j) ↔ a[i][j]
```

【例 6.6】 求 5 阶方阵的主对角元素之和。

```
#include<stdio.h>
#define M 5
void main()
{   int a[M][M],*p,sum=0;
    int i,j;
    p=a[0];
    for(i=0; i<M; i++)
        for(j=0; j<M; j++) scanf("%d",p+i*M+j);  /* p+i*M+j 表示元素 a[i][j]
                                                        的地址 */
    for(i=0; i<M; i++) sum=sum+*(p+i*M+i);   /* *(p+i*M+i) 表示元素 a[i][i] */
    printf("Sum=%d\n",sum);
}
```

3. 用指向由 n 个元素构成的一维数组的指针表示二维数组的元素

在 C 中，定义指向一个由 n 个元素所组成的数组指针的格式为：

类型说明符　(* 指针变量名)[大小];

此指针也称为行指针。

例如：int (*p)[5];指针 p 为指向一个由 5 个元素所组成的整型数组指针。在定义中，圆括号是不能少的，否则它是指针数组。这种数组的指针不同于前面介绍的整型指针，当整型指针指向一个整型数组的元素时，进行指针加 1 运算，表示指向数组的下一个元素，而如上述所定义的指向一个由 5 个元素组成的数组指针，进行指针加 1 运算时，是以整个数组所占的存储单元个数作为增减基本单元的，即指向下一个数组，也就是移动了 5 个元素。这种数组指针在 C 中用得较少，但在处理二维数组时，还是很方便的。

用行指针表示二维数组的一般形式为：

设有如下定义（其中 M 和 N 是已经定义了的符号常量）：

```
int a[M][N],(*p)[N]=a;
```

则有：

```
p+i ↔a+i ↔ a[i]
*(p+i)+j ↔ &a[i][j]
*(*(p+i)+j) ↔ a[i][j]
```

【例 6.7】 用行指针方式求 5 阶方阵的主对角元素之和。

```
#include<stdio.h>
#define M 5
void main()
{   int a[M][M],(*p)[M],sum=0;
    int i,j;
    p=a;
    for(i=0; i<M; i++)
    {   for(j=0; j<M; j++)
            scanf("%d",*(p+i)+j);/*  *(p+i)+j 表示元素 a[i][j]的地址 */
    }
    for(i=0; i<M; i++)
        sum=sum+*(*(p+i)+i); /*  *(*(p+i)+i)表示元素 a[i][i] */
    printf("Sum=%d\n",sum);
}
```

6.3.4　字符指针与字符串

在第 5 章中，我们知道对字符串的操作可以通过字符数组来进行。本小节介绍如何用字符指针对字符串进行操作。

我们知道可以用字符串对字符数组进行初始化，例如：

```
char astr[]= "It's a string";  /*数组长度为初值长度加 1*/
```

此时，数组的长度为字符串的长度加 1，数组中存储的是整个字符串。数组定义完后，就不能用字符串来对字符数组进行赋值了。即下面的操作是错误的。

```
astr= "It's string2";
```

在 C 语言中也可以用字符串来初始化一个字符指针，如：

```
char *pstr="It's a string";
```

此时，pstr 的空间中存储的是字符串的首地址，即 pstr 指向了字符串 "It's a string"。

与字符数组不同，字符串可以赋给一个字符指针。因此，使一个字符指针指向一个字符串，也可以采用下面的方式：

```
char *pstr;
pstr="It's a string";  /*将字符串的首地址赋给字符型指针变量 pstr*/
```

指针变量 pstr 可用于输入、输出整个字符串或作为函数调用的参数；通过指针逐步加 1，可由*pstr 引用字符串中的每个元素。

需要注意的是:

(1) 赋值语句 pstr="It's a string";不是字符串的复制,pstr 是一个字符指针变量,实际赋给 pstr 的仅仅是字符串的首地址,即字符'I'的地址。

(2) 使用下面的方式来获得一个字符串是错误的。例如:

```
char *pstr;
scanf("%s",pstr);
```

虽然 C 语言编译器可能不会指出任何错误,但这样的程序是不安全的。因为 pstr 并未指向确定的存储单元。

(3) 下面两种说明形式有重要的区别。

```
char astr[]= "It's a string";
char *pstr= "It's a string";
```

astr 和 pstr 都是指向字符串"It's a string"的指针,但 astr 是一个字符数组,字符数组是由若干个元素组成,每个元素中放一个字符,数组名字本身是一个地址常量。而 pstr 是指针变量,存放的是字符数组首地址(第 0 个元素的地址)。因而 pstr 可以被赋值,而 astr 不能。即:

pstr="It's a string";是合法的赋值语句。

astr="It's a string";是非法的赋值语句。

字符数组可以在定义时整体赋初值,但不能在赋值语句中整体赋值。

6.3.5　指针数组

一个数组的元素为指针时的数组称为指针数组。指针数组是一组有序的指针的集合。指针数组的所有元素都必须是具有相同存储类型和指向相同数据类型的指针变量。

1. 指针数组定义

格式:

类型标识符　*数组名[常量表达式]

其中,类型标识符表示每个指针数组元素所指向的变量的类型。例如:

```
int  *p[4];
```

定义了 4 个元素的指针数组 p[0]、p[1]、p[2]、p[3];数组中的每个数组元素都是一个指向整型变量的指针。

字符指针数组常用来表示一组字符串,这时指针数组的每个元素被赋予一个字符串的首地址。指向字符串的指针数组的初始化更为简单。例如:

```
char *name[]={"Illegal day", "Monday","Tuesday", "Wednesday","Thursday",
"Friday","Saturday", "Sunday"};
```

完成这个初始化赋值之后,name[0]即指向字符串"Illegal day",name[1]指向

"Monday", …, name[7]指向"Sunday"。

【例 6.8】 有 4 个字符串,按字母顺序排列输出。

```
#include<stdio.h>
#include<string.h>
void main()
{    char *st;
     char *cs[4]={"WXYZ","7654321","ABCD","ABDCFE"};
    int i,j,p;
    for(i=0;i<3;i++)
    {    p=i;    st=cs[i];
        for(j=i+1;j<4;j++)
            if(strcmp(cs[j],st)<0)
            {    p=j;    st=cs[j];    }
            if(p!=i)
            {    st=cs[i];    cs[i]=cs[p];    cs[p]=st;    }
    }
    for(i=0;i<4;i++)printf("%s\n",cs[i]);
}
```

2. 用指针数组表示二维数组

设有二维数组说明:

```
int a[4][3];
```

用指针数组表示 a 就是把 a 看成 4 个一维数组,并说明有 4 个元素的指针数组 pa,用于集中存放 a 的每一维元素的首地址,且使指针数组的每个元素 pa[i]指向 a 的相应行。例如:

```
int *pa[4],a[4][3];
pa[0]=&a[0][0];    或 pa[0]=a[0];
pa[1]=&a[1][0];    或 pa[1]=a[1];
pa[2]=&a[2][0];    或 pa[2]=a[2];
pa[3]=&a[3][0];    或 pa[3]=a[3];
```

则有:

```
pa[i]+j↔&a[i][j]
*(pa[i]+j)↔a[i][j];
```

用指针数组表示二维数组在效果上与数组的下标表示是相同的,只是表示形式不同;但用指针方式存取数组元素比用下标速度快,而且每个指针所指向的数组元素个数可以不同。

【例 6.9】 用指针数组操作二维数组。

```
#include<stdio.h>
void main()
{   int a[3][4],*p[3];
    int i,j;
    for(i=0;i<3;i++)    p[i]=a[i]; /* 将数组的每行的首地址赋给指针数组的对应元素*/
    for(i=0;i<3;i++)
```

```
        for(j=0;j<4;j++)
            scanf("%d",p[i]+j);  /* p[i]+j 表示了元素 a[i][j]的地址 */
    for(i=0;i<3;i++)
    {   for(j=0;j<4;j++)printf("%4d",*(p[i]+j));  /*  *(p[i]+j) 表示了元素
                                                        a[i][j]  */
        printf("\n");
    }
}
```

6.4 指针与函数

6.4.1 指针变量做函数参数

在第 4 章我们知道函数的参数可以是整型、实型、字符型等数据,本小节介绍指针类型作为函数的参数。它的作用是将一个变量的地址传送到另一个函数中。

我们知道函数间的参数传递有两种:值传递和地址传递。在值传递的方式下,实参是数值表达式,形参是普通变量,传递时,将实参的值传递给形参变量,对形参变量的操作不会改变实参变量的值(传值调用的单向性)。对于传址调用,在第 5 章我们学过数组做函数参数,即数组名做实参,数组定义做形参。本节介绍的指针做函数参数,参数传递时采用的是传址方式。其实现方法如下。

被调函数中的形参:指针变量。

主调函数中的实参:地址表达式,一般为变量的地址或取得变量地址的指针变量。

【例 6.10】 用函数调用交换两个变量的值。

```c
#include<stdio.h>
void swap(int *ptr1, int *ptr2)
{   int temp;
    temp=*ptr1;     /*  语句 1 */
    *ptr1=*ptr2;    /*  语句 2 */
    *ptr2=temp;     /*  语句 3 */
}
void main()
{   int a, b;
    printf("Enter two numbers:\n");
    scanf("%d%d", &a, &b);
    swap(&a, &b);
    printf("a=%d,b=%d\n",a, b);
}
```

程序说明:swap()函数的功能是交换两个变量(a 和 b)的值。swap()函数的形参 ptr1、ptr2 是指针变量。程序运行时,先执行 main()函数,输入 a 和 b 的值(设输入的值分别是 12 和 34),然后调用 swap 函数。在函数调用时,将实参地址传递给形参指针变量。因此

形参 ptr1 的值为&a，ptr2 的值为&b。这时 ptr1 指向变量 a，ptr2 指向变量 b，如图 6.4 所示。

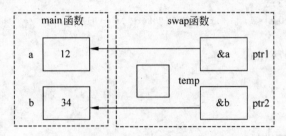

图 6.4　例 6.10 图示 1

然后执行 swap()函数中的语句 1，将 ptr1 所指向的空间的值（即 a 的值）赋给变量 temp，如图 6.5 所示。

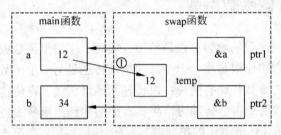

图 6.5　例 6.10 图示 2

再执行 swap()函数中的语句 2，将 ptr2 所指向的空间的值（即 b 的值）赋给 ptr1 所指向的变量（即 a），如图 6.6 所示。

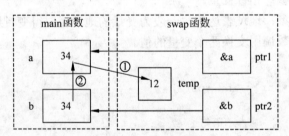

图 6.6　例 6.10 图示 3

最后执行 swap()函数中的语句 3，将 temp 的值赋给 ptr2 所指向的变量（即 b），如图 6.7 所示。

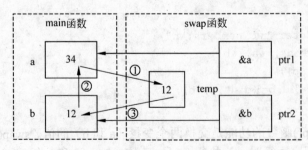

图 6.7　例 6.10 图示 4

至此，swap()函数执行完毕，为其运行分配的空间被释放，此时主函数中变量 a 和 b 的值发生了交换。最后在 main()函数中输出的 a 和 b 的值是已经过交换的值。

6.4.2　指向数组的指针作函数参数

在第 5 章中，我们知道数组可以作为函数的参数。在 C 语言中还允许指向数组的指针作函数参数。指向数组的指针既可以作为函数的形参，又可以作为函数的实参。当指向数组的指针作为函数的形参时，实参可以是数组名，也可以是指向数组的指针。

【例 6.11】　从键盘输入 10 个数，按从小到大的顺序输出。

分析：要完成本题，我们需要完成下面 4 步。

s1：输入 10 个数据；

s2：输出排序前的数据；

s3：将数据进行排序；

s4：输出排序后的数据。

对于每一步我们用一个函数来完成，为此，我们需要编写 3 个函数分别完成每一步，再编写一个主函数调用这 3 个函数完成本题。程序如下：

```c
#include<stdio.h>
void input_data(int *b,int n)  /*数据输入*/
{
    int i;
    for(i=0;i<n;i++)
        scanf("%d",b+i);
}
void out_data(int *b,int n)  /*数据输出*/
{
    int i;
    for(i=0;i<n;i++)
        printf("%7d",*(b+i));
}
void sort_xuanze(int *a,int n)  /*数据排序*/
{
    int i,j,t,temp;
    for(i=0;i<n-1;i++)
    {   t=i;
        for(j=i+1;j<n;j++)
            if (*(a+i)>*(a+j))
                t=j;
        temp=*(a+i);*(a+i)=*(a+t);*(a+t)=temp;
    }
}
void main()  /* 主函数*/
{
```

```
    int a[10];
    input_data(a,10);
    out_data(a,10);
    sort_xuanze(a,10);
    out_data(a,10);
}
```

在本例中，input_data()函数、out_data()函数和 sort_xuanze()函数的第一个形参是指向数组的指针，而调用它们时，对应的实参用的是数组名。当然，我们也可以用指向数组的指针。如将本例中的主函数改写成如下形式：

```
void main()  /* 主函数*/
{
    int a[10],*p;
    p=a;   /* 指针 p 指向数组 a*/
    input_data(p,10);
    out_data(p,10);
    sort_xuanze(p,10);
    out_data(p,10);
}
```

二者的运行结果是一样的。

有了指针作函数参数，我们就可以从一个函数中返回多个值了。

【例 6.12】 求出一批数据中的最大值与最小值。

```
#include<stdio.h>
void max_min(int *p,int n,int *max,int *min)
{
    int i;
    max=min=p;
    for(i=1;i<n;i++)
    {   if(*(p+i)>*max) *max=*(p+i);
        if(*(p+i)<*min) *min=*(p+i);
    }
}
void input_data(int *b,int n)
{
    int i;
    for(i=0;i<n;i++)
        scanf("%d",b+i);
}
void main()
{
    int a[30],Max,Min;
    input_data(a,30);
    max_min(a,30,&Max,&Min);
```

```
    printf("Max=%d,Min=%d\n",Max,Min);
}
```

6.4.3 字符串指针作函数参数

将一个字符串从一个函数传递到另一个函数，可以使用传地址的方式，即用字符数组名或字符指针变量作参数。有如表 6-1 所示的 4 种情况。

表 6-1 实参形参对照表

实参	形参	实参	形参
数组名	数组名	字符指针变量	字符指针变量
数组名	字符指针变量	字符指针变量	数组名

【例 6.13】 求字符串的长度(要求不用标准函数(strlen))。

```
#include<stdio.h>
int mystrlen(char *str)
{
    int i,len=0;
    for(i=0;*(str+i)!='\0';i++)
        len++;
    return len;
}
void main()
{
    char string[80];
    int str_len;
    gets(string);
    str_len=mystrlen(string);
    printf("%d\n",str_len);
}
```

6.4.4 指针数组作为 main()函数的参数

1. 指针数组作为函数参数

C 语言允许用指针数组作函数参数。下面用一例子来说明。

【例 6.14】 从键盘输入 5 个字符串，按大小顺序输出。

```
#include<stdio.h>
#include<string.h>
void sort(char *ch[],int n)        /*指针数组作函数形参*/
{
    char st[80];
    int i,j,k;
```

```
        for(i=0;i<n-1;i++)                /*用选择排序法对字符串排序*/
        {
            k=i;
            for(j=i+1;j<n;j++)
                if(strcmp(ch[j],ch[k])>0) k=j;
            if(k!=i)
            {   strcpy(st,ch[i]); strcpy(ch[i],ch[k]); strcpy(ch[k],st);   }
        }
    }
void main()
{
    char *string[5],a[5][80];
    int i;
    for(i=0;i<5;i++)string[i]=a[i];
    for(i=0;i<5;i++)                      /* 从键盘输入 5 个字符串 */
        gets(string[i]);
    sort(string,5);                       /* 排序，指针数组作实参*/
    for(i=0;i<5;i++)
        printf("%s\n",string[i]);
}
```

2．带参数的主函数

在前面程序的主函数中都没有参数，其实主函数可以有参数。若主函数带有参数，则必须是两个参数，其中第一个参数为整型，第二个参数为字符型指针数组。其一般格式为：

```
void  main(int argc,char *argv[])
{
 函数体
}
```

C 程序从主函数开始执行，除主函数外的其他函数可以被本程序中的某一个函数所调用，函数的形参从实参得到值。主函数不能被本程序中的任一个函数所调用，它只能由系统所调用，其形参值只能从命令行中得到。具体情况如下（**cfile** 是要执行的文件的名字）：

若命令行为：

```
cfile  C  Math English
```

则主函数的各形参得到的值为：

```
argc=4(参数个数+1);
argv[0]="cfile";  argv[1]="C";
argv[2]="Math";   argv[3]="English";
```

【例 6.15】 编程显示命令行输入的，除可执行文件名外的全部字符串，且每行一个字符串。

```
#include<stdio.h>
void main(int argc, char *argv[])
{
```

```
    int i;
    for(i=1;i<argc;i++)
    printf("%s\n",argv[i]);
}
```

【例 6.16】 从键盘输入 3 个字符串，按大小顺序输出（字符串从命令行输入）。

```
#include<stdio.h>
#include<stdlib.h>
#include<string.h>
void main(int argc,char *argv[])
{
    char st[80];
    int i,j,k;
    if(argc!=4)
    {
        printf("输入格式不对\n");
        exit(-1);
    }
    for(i=1;i<3;i++)
    {
        k=i;
        for(j=i+1;j<4;j++)
            if(strcmp(argv[j],argv[k])>0) k=j;
            if(k!=i)
            {
strcpy(st,argv[i]);strcpy(argv[i],argv[k]);strcpy(argv[k],st);}
    }
    for(i=1;i<4;i++)printf("%s\n",argv[i]);
}
```

6.4.5　返回指针值的函数

一个函数可以返回一个整型值、实型值等，在有的情况下，我们希望通过函数返回一个指针值。返回指针值的函数称为返回指针的函数（或称指针函数）。定义返回指针的函数形式为：

类型　* 函数名(类型　形参 1,类型 形参 2，…)
{
　　　　函数体
}

函数名前面的"*"表示该函数是返回指针的函数，"类型"是函数返回的指针所指向的数据类型。

返回指针的函数在被调用的时候必须注意：调用该函数给指针变量赋值时，该指针变量的基类型必须与该函数返回的指针的基类型相同。

【例 6.17】 输入一个 1~7 之间的整数，输出对应的星期名。

```
#include<stdio.h>
char *day_name(int n)
{
    char *name[]={"Illegalday", "Monday", "Tuesday",
                "Wednesday","Thursday","Friday",
                "Saturday","Sunday"};
    return((n<1||n>7)?name[0]:name[n]); /*将指针数组元素存放的地址值返回*/
}
void main()
{
    int i;
    printf("Input Day No.:\n");
    scanf("%d",&i);
    if(i<0 || i>7)
        i=0;
    printf("Day No.:%2d->%s\n",i,day_name(i));/*day_name 的返回值决定输出字
                                             符串*/

}
```

6.4.6　用函数指针变量调用函数

1. 指向函数的指针的定义

在 C 语言中规定，一个函数总是占用一段连续的内存区，而函数名就是该函数所占内存区的首地址。我们可以把函数的这个首地址（或称入口地址）赋予一个指针变量，使该指针变量指向该函数。然后通过指针变量就可以找到并调用这个函数。我们把这种指向函数的指针变量称为"函数指针变量"。

函数指针变量定义的一般形式为：

类型说明符 　(*指针变量名)()；

其中，"类型说明符"表示被指向的函数的返回值的类型。"(* 指针变量名)"表示"*"后面的变量是定义的指针变量。 最后的空括号表示指针变量所指的是一个函数。例如：

int (*pf)();

表示 **pf** 是一个指向函数入口的指针变量，该函数的返回值(函数值)是整型。

使用函数指针变量还应注意以下两点：

（1）函数指针变量不能进行算术运算。

（2）函数调用中"(*指针变量名)"的两边的括号不可少，其中的*不应该理解为求值运算，在此处它只是一种表示符号。

应该特别注意的是函数指针变量和指针函数这两者在写法和意义上的区别，如 int(*p)()

和 int *p()是两个完全不同的量。int (*p)()是一个变量说明，说明 p 是一个指向函数入口的指针变量，该函数的返回值是整型量，(*p)的两边的括号不能少。int *p() 则不是变量说明而是函数说明，说明 p 是一个指针型函数，其返回值是一个指向整型量的指针，*p 两边没有括号。作为函数说明，在括号内最好写入形式参数，这样便于与变量说明区别。对于指针型函数定义，int *p()只是函数头部分，一般还应该有函数体部分。

2．指向函数的指针变量的赋值

指向函数的指针变量的赋值格式为：

指向函数的指针变量名=函数名；

例如：

```
int func(int a,int b);
int (*p)( int a,int b);
p=func;
```

3．通过指向函数的指针变量调用函数

格式为：

(*指针变量名)(实参表)；

例如：

```
a=(*p)(3,4);
```

【例 6.18】 用指向函数的指针的方法求两个数中的最大值。

```
#include<stdio.h>
int max(int a,int b)
{
    if(a>b)
        return a;
    else
        return b;
}
void main()
{
    int max(int a,int b);      /*函数说明*/
    int(*pmax)();              /*定义指向函数的指针*/
    int x,y,z;
    pmax=max;                  /*指向函数的指针的赋值*/
    printf("input two numbers:\n");
    scanf("%d%d",&x,&y);
    z=(*pmax)(x,y);            /* 用指向函数的指针调用所指向的函数*/
    printf("maxmum=%d",z);
}
```

4．指向函数的指针作函数参数

指向函数的指针变量调用函数主要用在多次调用一些同类型的函数的情形。此外指向函数的指针变量可以作函数参数。

　　下面以用梯形法求定积分为例，对不同的被积函数来说，求定积分的算法都是一样的。因此，如果设计一个函数可以求任意函数的定积分，不同的被积函数都可以被它调用，这就需要在求定积分函数中设置一个指向函数的指针变量形参，调用求定积分函数时对应的实参为需要积分的被积函数名，从而实现通用性。

　　用梯形法计算定积分的算法如图 6.8 所示。其中梯形高 h=(b-a)/n，n 为等份数，n 越大积分越准确。积分近似值即曲边梯形面积和为：

$$s=\{[f(a)+f(a+h)]+[f(a+h)+f(a+2h)]+\cdots+[f(a+(n-1)h)+f(a+nh)]\}*h/2$$
$$=\{[f(a)+f(b)]/2+f(a+h)+f(a+2h)+\cdots+f(a+(n-1)h)\}*h$$

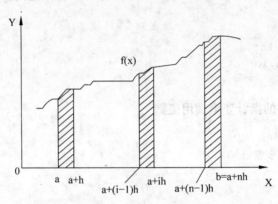

图 6.8　梯形法求定积分

【例 6.19】　利用梯形法计算定积分 $\int_0^{\pi/2}\sin^2(x)\mathrm{d}x$，$\int_0^{\pi/2}\cos(x)\mathrm{d}x$ 和 $\int_0^2\sqrt{4-x^2}\mathrm{d}x$。

```
#include<stdio.h>
#include "math.h"
float integral(double(*funp)(), float a, float b)  /* 定义工作函数 */
{
    float s, h, y;
    int n, i;
    s=((*funp)(a)+(*funp)(b))/2.0;  /* [f(a)+f(b)]/2 作为求和的初值 */
    n=100;   h=(b-a)/n;
    for(i=1; i<n; i++) s=s+(*funp)(a+i*h);
    y=s*h;
    return(y);
}
double f(double x)   /* 自定义被积函数 */
{   return sin(x)*sin(x);}
double g(double x)  /* 自定义被积函数 */
{   return(sqrt(4.0-x*x));}
void main( )
{   float s1, s2, s3;
    s1=integral(f, 0.0, 3.1415926/2);
    s2=integral(cos, 0.0, 3.1415926/2); /* sin 为系统库函数 sin(x) 的入口地址 */
    s3=integral(g, 0.0, 2.0);
```

```
        printf("s1=%f, s2=%f, s3=%f\n", s1, s2, s3);
}
```

6.5　指针应用举例

【例 6.20】　从字符串中删除指定的字符。

```
#include<stdio.h>
void delchar(char *str,char ch)
{
    int i,j;
    for(i=j=0;*(str+j)!='\0';j++)
        if(*(str+j)!=ch)
        {    *(str+i)=*(str+j);   i++;      }
    *(str+i)='\0';
}
void main()
{
    char string[80],ch;
    printf("请输入一个字符串：\n");
    gets(string);
    printf("请输入要删除的字符：");
    ch=getchar();
    delchar(string,ch);
    puts(string);
}
```

【例 6.21】　输入一个十进制正整数，将其转换为二进制、八进制、十六进制并输出。

```
#include<stdio.h>
#include<string.h>
void trans(char *p,int num,int base)
{
    int r;
    while(num)
    {
        r=num%base;
        if(r<10)
            *p=r+'0';
        else
            *p=r+55;
        num=num/base;
        p++;
    }
    *p='\0';
```

```
}
void exchange(char *p)
{
    char ch;
    int len,i,j;
    len=strlen(p);
    for(i=0,j=len-1;i<j;i++,j--)
    {    ch=*(p+i);*(p+i)=*(p+j);*(p+j)=ch; }
}
void main()
{   int n;
    char a[33];
    scanf("%d",&n);
    trans(a,n,2);
    exchange(a);
    puts(a);
    trans(a,n,8);
    exchange(a);
    puts(a);
    trans(a,n,16);
    exchange(a);
    puts(a);
}
```

【例 6.22】　用指针的方法将数组 a 中的 n 个整数按相反的顺序存放。

实现算法：由于是在同一个数组中逆序存放，可以通过交换元素的办法实现，即将 a[0] 与 a[n–1]交换，a[1]与 a[n–2]交换，…。可以设置两个指针变量一前一后，不断往中间移动（每次前面的指针自增 1，后面的指针自减 1），不要交错即可，如图 6.9 所示。

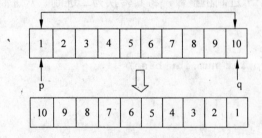

图 6.9　数组元素逆序存放

程序编写如下：

```
#include<stdio.h>
void inputdata(int *a,int n)
{
    int i;
    for(i=0;i<n;i++)
```

```
            scanf("%d",a+i);
}
void outputdata(int *a,int n)
{
    int i;
    for(i=0;i<n;i++)
        printf("%6d",*(a+i));
    printf("\n");
}
void exchange(int *a, int n)
{
    int *p, *q, temp;
    p=a;        /*p 指向数组的第一个元素*/
    q=a+n-1;  /*q 指向数组的最后一个元素*/
    for(; p<q; p++, q--)
    {   temp=*p; *p=*q; *q=temp; }
}
void main()
{
    int a[10];
    printf("请输入数组元素:\n");
    inputdata(a,10);
    printf("交换前的数组元素为:\n");
    outputdata(a,10);
    exchange(a,10);
    printf("交换后的数组元素为:\n");
    outputdata(a,10);
}
```

【例 6.23】 用指针方式求 N 阶方阵的最大值、最小值和平均值。

```
#include<stdio.h>
#define N 5
float max_min_ave(float (*p)[N],int m,float *max,float *min)
{   float sum=0;
    int i,j;
    *max=*min=*(*(p+0)+0);
    for(i=0;i<m;i++)
        for(j=0;j<N;j++)
        {   if(*(*(p+i)+j)>*max)
                *max=*(*(p+i)+j);
            if(*(*(p+i)+j)<*min)
                *min=*(*(p+i)+j);
            sum=sum+*(*(p+i)+j);
        }
    return sum/(N*m);
```

```
}
void inputdata(float (*p)[N],int m)
{   int i,j;
    for(i=0;i<m;i++)
        for(j=0;j<N;j++)
            scanf("%f",*(p+i)+j);
}
void main()
{   float a[N][N],Max,Min,Ave;
    inputdata(a,N);
    Ave=max_min_ave(a,N,&Max,&Min);
    printf("MAX=%f MIN=%f AVE=%f\n",Max,Min,Ave);
}
```

在本例中，我们用的行指针来做函数的参数。请读者试着用一级指针、指针数组作参数来解决此问题。

6.6　本章小结

指针是 C 语言最重要的内容之一，也是学习 C 语言的重点和难点。在 C 语言中，使用指针进行数据处理十分方便，而且在实际的编程过程中也大量使用指针。指针与变量、函数、数组、结构、文件等都有着密切的联系。

1．指针的基本概念

包括：变量的地址和变量的值、指针变量说明、指针变量初始化、指针的内容、指针基本运算（取变量地址、取指针的内容、指针与整型量的加减操作、指针的自增自减运算、指针之间相减、指针之间的关系运算等）、变量与指针的关系等。

2．指针与函数之间的关系

指针作为参数在函数之间传递，通过指针改变调用函数中变量的值、函数返回值为指针类型、指向函数的指针。

3．指针与数组之间的关系

包括：数组名与地址的关系、使用指针操作数组元素对于二维数组下标与指针之间的关系、在函数之间传递数组使用指针进行操作、数组指针与指针数组的概念及两者之间的区别、行指针、main()函数参数等。

4．指针与字符串

使用指针操作字符串的基本算法（求串长、串复制、串连接、串查找、串反向等）

习　题　6

一、单项选择题

1. 下列语句定义 px 为指向 int 类型变量 x 的指针，正确的是（　　　）。

A. int *px=x,x;   B. int *px=&x,x;

C. int x,*px=&x;   D. int *px,x; p=&x;

2. 指针变量 p1、p2 类型相同，要使 p1、p2 指向同一变量，正确的是（　　）。

A. p2=*&p1;   B. p2=**p1;

C. p2=&p1;   D. p2=*p1;

3. 变量的指针，其含义是指该变量的（　　）。

A. 值   B. 地址   C. 名   D. 一个标志

4. 声明语句为 "char a='%',*b=&a,**c=&b"，下列表达式中错误的是（　　）。

A. a==**c   B. b==*c

C. **c=='%'   D. &a=*&b

5. 已有定义 int k=2,*ptr1,*ptr2；且 ptr1 和 ptr2 均已指向变量 k，下面不能正确执行的赋值语句是（　　）。

A. k=*ptr1+*ptr2   B. ptr2=k

C. ptr1=ptr2   D. k=*ptr1*(*ptr2)

6. 若有说明：int *p,m=5,n；以下程序段正确的是（　　）。

A. p=&n; scanf("%d",&p);   B. p = &n; scanf("%d",*p);

C. scanf("%d",&n); *p=n;   D. p = &n; *p = m;

7. 数组定义为 "int a[4][5];"，下列错误的引用是（　　）。

A. *a   B. *(*(a+2)+3)

C. &a[2][3]   D. ++a

8. p1 和 p2 是指向同一个字符串的指针变量，c 为字符变量，则以下不能正确执行的赋值语句是（　　）。

A. c=*p1+*p2;   B. p2=c;

C. p1=p2;   D. c=*p1*(*p2);

9. 以下说明不正确的是（　　）。

A. char a[10]= "china" ;   B. char a[10],*p=a; p="china";

C. char *a; a="china" ;   D. char a[10],*p; p=a="china";

10. 若有定义:int a[5];则 a 数组中首元素的地址可以表示为（　　）。

A. &a   B. a+1   C. a   D. &a[1]

11. 表达式 "c=*p++" 的执行过程是（　　）。

A. 将*p 的赋值给 c 后再执行 p++   B. 将*p 的赋值给 c 后再执行*p++

C. 将 p 的赋值给 c 后再执行 p++   D. 执行 p++后将*p 赋值给 c

12. 若有定义:int (*p)[4];则标识符 p 是（　　）。

A. 一个指向整型变量的指针

B. 一个指针数组名

C. 一个指针，它指向一个含有 4 个整型元素的一维数组

D. 定义不合法

13. 已有定义 int (*p)( );指针 p 可以（　　）。

A. 代表函数的返回值   B. 指向函数的入口地址

  C. 表示函数的类型　　　　　　　　　　　D. 表示函数返回值的类型

二、分析程序或程序段，写出运行结果

1. 下面程序的运行结果是（　　　）。

```
#include<stdio.h>
void main()
{   static int a[]={1,2,3};
    int *pa=a,b;
    char *q="abcde";
    b=*++pa;
    printf("%d, %d, %d, %d, %d\n",a,a+1,*(a+2),*(pa+1),pa[1]);
    printf("%d, %d, %c, %s, %s\n",q,*q,q[3],q+3,q);
}
```

  A. 4338036,4338040,3,3,3　　　　　　　B. abcde,a,b,3

  C. 1,2,3,abcde　　　　　　　　　　　　　D. 以上答案都不对

2. 下面程序运行后，a 的值是（　　　），b 的值是（　　　）。

```
#include<stdio.h>
void main()
{   int a,b,k=4,m=6,*p1=&k,*p2=&m;
    a=p1==&m;
    b=(-*p1)/(*p2)+7;
    printf("a=%d\n",a);
    printf("b=%d\n",b);
}
```

  A. a=1,b=6　　　　B. a=2,b=4　　　　C. a=4,b=6　　　　D. a=0,b=7

3. 下面程序的运行结果是（　　　）。

```
#include<stdio.h>
#include<string.h>
void main()
{    char *s1="AbDeG";
     char *s2="AbdEg";
    s1+=2;
    s2+=2;
  printf("%d\n",strcmp(s1,s2));
}
```

  A. −1　　　　　　　B. AbDeG　　　　C. AbdEg　　　　　D. 0

4. 下面程序的运行结果是（　　　）。

```
#include<stdio.h>
void sub(int x,int y,int *z)
{*z=y-x;}
void main()
{    int a,b,c;
```

```
        sub(10,5,&a);
        sub(7,a,&b);
        sub(a,b,&c);
      printf("%4d,%4d,%4d\n",a,b,c);
}
```

    A. –5,–12,–7   B. 10,5,7   C. 7,5,10   D. 5,12,7

5. 下面程序的运行结果是（　　）。

```
#include<stdio.h>
void f(int y,int *x)
{
   y=y+*x;
   *x=*x+y;
}
void main()
{
   int x=2,y=4;
   f(y,&x);
   printf("%d,%d\n",x,y);
}
```

    A. 8,4   B. 4,8   C. 2,4   D. 4,2

6. 下列程序执行后的输出结果是（　　）。

```
include<stdio.h>
void func(int *a,int b[])
{
    b[0]=*a+10;
}
void main()
{
   int a,b[5];
   a=5;
   b[0]=5;
   func(&a,b);
   printf("%d\n",b[0]);
}
```

    A. 5   B. 15   C. 0   D. 10

7. 当运行以下程序时，从键盘输入 The C Program<CR>（<CR>表示回车），则下面程序的运行结果是（　　）。

```
#include<stdio.h>
char myfun(char *s)
{
    if (*s<='Z' && *s>='A')
```

```
        *s+=32;
    return *s;
}
void main()
{
    char c[80], *p;
    p=c;
    scanf("%s",p);
    while(*p)
    { *p=myfun(p);
        putchar(*p);
        p++;
    }
}
```

A．The C Program　　　　　　　　B．Program

C．The　　　　　　　　　　　　　D．C Program

三、编写程序题

1．用指针实现：求 *n* 个整数的平均值并输出其中小于平均值的数。

2．用指针实现：产生裴波拉契数列的前 20 项。

3．编程将数组元素逆序存放（要求用指针实现）。即第 1 个元素与最后 1 个元素对调，第 2 个元素与倒数第 2 个元素对调，以此类推。

4．编程实现将输入的字符串中的大写字母转换为小写字母，小写字母转换为大写字母，其他字符保持不变，如输入：I Love CHINA，则输出：i lOVE china。

5．编一程序，将字符串中的第 *m* 个字符开始的全部字符复制成另一个字符串。要求在主函数中输入字符串及 *m* 的值并输出复制结果，在被调函数中完成复制。

第7章 构造数据类型

在前边的章节中，我们已介绍了基本数据类型：整型（int）、实型（float）、字符型（char）和无值型（void）。但是只有这些数据类型是不够的，因为在实际问题中，一组数据往往具有不同的基本数据类型。例如，在学生登记表中，姓名应为字符型；学号可为整型或字符型；年龄应为整型；性别应为字符型；成绩可为整型或实型。显然，不能用一个数组来存放这一组数据。因为数组中各元素的类型和长度都必须一致，如果将姓名、学号、年龄、性别、成绩分别定义为互相独立的简单变量，难以反映它们之间的内在联系，应当把它们组织成一个整体，在这个整体项中包含若干个类型不同（当然也可以相同）的数据项。这就需要用基本数据类型来构成新的数据类型。

C 语言允许用户使用基本的数据类型（int、float、char、void）自己来做一个新的数据类型出来。这个用户自己做的数据类型被称为构造数据类型。这个构造过程是如何实现的？这些构造数据类型有哪些特点？如何应用它们？这些就是本章要讨论的问题。

7.1 结构体类型的定义

之前介绍的数组就是一种构造数据类型，只不过数组里边是单一的基本数据类型，如整型数组里边必须全是整数。如果我们自己做的这个新的数据类型，它里边不是单一的基本数据类型，如既有整型也有实型，那么这个构造出来的数据类型就不能还叫数组了，它必须有一个新名字，这就是下面介绍的"结构体类型"。

"结构体"是一种构造数据类型，它是由若干"成员"组成的。每一个成员可以是一个基本数据类型或者又是一个构造数据类型。结构体既然是一种"构造"而成的数据类型，那么在说明和使用之前必须先定义它，也就是构造它。如同在说明和调用函数之前要先定义函数一样。

定义一个结构体类型的一般形式为：

```
struct  结构体名
{成员列表};
```

"结构体名"用作结构体类型的标志，它又称"结构体标记"。大括弧内是该结构体中的各个成员列表，成员列表由若干个成员组成，每个成员都是该结构的一个组成部分。对每个成员也必须作类型说明。

成员列表的格式为：

类型　成员名;

成员名和结构体名的命名应符合 C 语言标识符的书写规定。例如:

```
struct sd
{
    int num;
    char name[20];
    char sex[3];
    float score;
};
```

在这个结构体定义中,结构体名为 sd,该结构体由 4 个成员组成。

第一个成员为 num,整型变量;

第二个成员为 name,字符数组;

第三个成员为 sex,字符数组;

第四个成员为 score,实型变量。

应注意在括号"}"后的分号是必不可少的。结构体定义之后,即可进行变量说明。凡说明为结构体 sd 的变量都由上述 4 个成员组成。由此可见,结构体是一种复杂的数据类型,是由数目固定、类型不同的若干有序变量组成的。

struct 是定义结构体类型的关键字,不能缩写,也不能省略。"结构体"这个词是根据英文单词 structure 译出的,有些 C 语言书把 structure 直译为"结构"。但译作"结构"会与一般含义上的"结构"容易混淆。例如,数据结构、程序结构、控制结构等。本书将采用"结构体"的译法。

7.2　结构体变量的定义、引用和初始化

前面只是指定了一个结构体类型,它相当于一个模型,如基本数据类型 int,系统不会为 int 分配实际的内存单元,只能为"int　a"中的整型变量 a 分配内存单元。同样,系统不会为一个结构体类型分配实际的内存单元,应当定义结构体类型的变量(简称结构体变量)。系统为这个变量分配实际的内存单元,再通过初始化或赋值,使其存放具体的数据,然后就可以引用这些数据了。

7.2.1　结构体变量的定义

可以采取以下 3 种方法定义结构体变量:

(1)先定义结构,再说明结构变量。例如:

```
struct sd
```

```
{
    int num;
    char name[20];
    char sex[3];
    float score;
};
struct sd b1,b2;
```

说明了两个变量 b1 和 b2 为 sd 结构体类型，下面以 b1 为例说明结构体变量的存储单元分配，如图 7.1 所示。

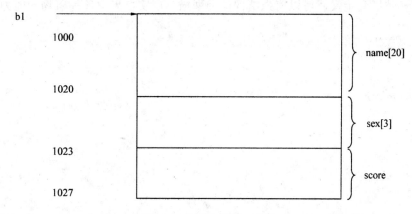

图 7.1 结构体变量示意图

也可以用宏定义使一个符号常量来表示一个结构类型。例如：

```
#define STU struct sd
STU
{
    int num;
    char name[20];
    char sex[3];
    float score;
};
STU b1,b2;
```

（2）在定义结构体类型的同时说明结构体变量。例如：

```
struct sd
{
    int num;
    char name[20];
    char sex[3];
    float.score;
}b1,b2;
```

（3）直接说明结构体变量。例如：

```
struct
{
    int num;
    char name[20];
    char sex[3];
    float score;
}b1,b2;
```

使用结构体嵌套定义，可以增强结构体类型描述现实世界中各种事物的能力。例如：

```
struct date{
    int month;
    int day;
    int year;
    }
struct{
    int num;
    char name[20];
    char sex[3];
    struct date birthday;
    float score;
    }b1,b2;
```

7.2.2　结构体变量的引用

不能对结构体变量的整体进行操作，只能分别引用结构体变量的各成员分量。引用的形式为：

　　结构体变量名. 成员分量名

这里的"."叫做成员运算符，它是左结合的，具有最高的优先级。如果成员分量又是结构体类型，必须一级一级地找到最低级分量，然后引用最低级分量，也就是说：只能对组成结构体的基本类型进行操作。例如：

```
b1.num＝1000011;
strcpy(b1.name,"zhang song");
b1.birthday.year=1990;
b1.birthday.month=8;
b1.birthday.day=25;
```

至于最低层成员分量所能进行的操作，将由它们自己的类型决定。

7.2.3 结构体变量的初始化

与简单类型变量相似，在定义结构体变量时可以对结构体变量进行初始化。其一般形式是：

struct 结构体类型名　变量名＝{初值表}

【例 7.1】 定义结构体变量时进行初始化。

```
#include "stdio.h"
struct sd
{
   int num;
   char *name;
   char sex;
   float score;
} b2,b1={100,"chen feng",'M',90};
void main()
{
   b2=b1;
   printf("Number=%d\nName=%s\n",b2.num,b2.name);
   printf("Sex=%c\nScore=%f\n",b2.sex,b2.score);
}
```

程序在定义 struct sd 类型的结构体变量 b1 的同时，将值赋给了 b1 中的各成员。运行结果如下：

```
Number=100
Name=chen feng
Sex=M
Score=90.000000
```

7.3 结构体数组

一个结构体变量只能对一个事物的特征进行描述，如果需要对多个相同事物进行描述，则需要使用多个结构体变量，通常采用结构体数组。例如，一个结构体变量中可以存放一组数据（如一个学生的学号、姓名、成绩等数据），如果有多个学生的数据需要参加运算，显然应该采用结构体数组。和其他类型的数组类似，在数组中都是存放多个同一数据类型的元素，同样，在结构体数组中都是同一结构体类型的元素，只不过每个元素又由多个成员项组成。

7.3.1 结构体数组的定义

定义结构体数组和定义结构体变量的方法相仿，只需要说明其为数组即可，结构体数组定义一般形式为：

> struct 结构体类型名 数组名[常量表达]

例如：

```
struct sd
{
    int num;
    char name[20];
    char sex;
    float score;
}boy[5];
```

其结构示意图如图 7.2 所示。

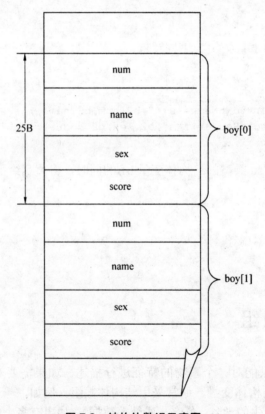

图 7.2 结构体数组示意图

7.3.2 结构体数组的初始化

定义结构体数组时，也可进行初始化，只要在定义数组的后面加上初值列表即可。在初值列表中，由于一个元素由多项数据项组成，所以每一个元素的初始值间最好用大括号分开，以免混淆或遗漏。

例如：

```
struct sd
{
  int num;
  char *name;
  char sex;
  float score;
}boy[5]={
  {1000,"Huang Ying",'M',77},
  {1001,"zhang ting ping",'M',66},
  {1002,"wang yong",'F',98},
  {1003,"wang jiao wei",'F',84},
  {1004,"jiang zhen",'M',44};
}
```

7.3.3　结构体数组应用举例

引用数组，通常使用循环语句来访问数组中的每一个元素，引用结构体数组也不例外，只是在访问数组元素时要遵守引用结构体变量的有关规则。下面综合例子说明结构体数组的引用方法。

【例 7.2】 建立同学通讯录。

```
#include "stdio.h"
struct txl
{
  char name[20];
  char call[10];
};
main()
{
  struct txl man[30];
  int i;
  for(i=0;i<30;i++)
  {
    printf("input name:\n");
    gets(man[i].name);
    printf("input call:\n");
    gets(man[i].call);
  }
  printf("name\t\tcall\n");
  for(i=0;i<30;i++)
    printf("%s\t\t\t%s\n",man[i].name,man[i].call);
}
```

本程序中定义了一个结构体 txl，它有两个成员 name 和 call，用来表示姓名和电话号码。在主函数中定义 man 为具有 txl 类型的结构体数组。在 for 语句中，用 gets 函数分别输入各个元素中两个成员的值，然后又在 for 语句中用 printf 语句输出各元素中两个成员值。

7.4　指针在结构体中的应用

一个结构体类型的数据在内存中占据一定的存储空间，我们可以设一个指针变量用来指向这个结构体变量，此时该指针变量的值是结构体变量的起始地址。指针变量也可以用来指向结构体数组中的元素。

7.4.1　指向结构体变量的指针

指向结构体变量的指针定义的一般形式是：

struct　结构体类型名　*指针变量名

例如：

Struct sd *p;

指针变量在定义时可以不给它赋值，而在程序运行时，通过赋值语句或内存分配语句把某个单元的地址赋给它。例如：

```
struct  sd *p, stul, stu[50];
(1) p=＆stu1;
(2) p=＆stu[0];
(3) p=stu;
```

在引用结构体变量指针时，不能整体引用，只有结构体变量的最低级成员才能进行输入输出及运算操作。指针变量引用的一般形式为：

（1）结构体变量.成员名；
（2）(*p).成员名；
（3）p->成员名；

其中->称为指向运算符。它是左结合的，具有最高的优先级。

在 C 语言中可以将(*p).num 改成 p->num。指向运算符的优先级是高于其他运算符的，如 p->num++相当于(p->num)++，++p->num 相当于++(p->num)。

如果 p 指向结构体数组元素，(++p)->num 的含义是 p 首先自增，指向数组的下一个元素，然后引用该元素的 num 项，(p++)->num 的含义是先引用 p 所指元素的 num 项，然后 p 自增，指向数组的下一个元素。

【例 7.3】　结构体变量成员的 3 种引用方式。

```
#include "stdio.h"
struct sd
```

```
{
    int num;
    char *name;
    char sex;
    float score;
} b1={1000,"Wang yong",'M',98},*p;
void main()
{
    p=&b1;
    printf("Number=%d\nName=%s\n",b1.num,b1.name);
    printf("Sex=%c\nScore=%f\n\n",b1.sex,b1.score);
    printf("Number=%d\nName=%s\n", (*p).num, (*p).name);
    printf("Sex=%c\nScore=%f\n\n", (*p).sex, (*p).score);
    printf("Number=%d\nName=%s\n",p->num,p->name);
    printf("Sex=%c\nScore=%f\n\n",p->sex,p->score);
}
```

运行结果：

```
Number=1000
Name=Wang yong
Sex=M
Score=98.000000

Number=1000
Name=Wang yong
Sex=M
Score=98.000000

Number=1000
Name=Wang yong
Sex=M
Score=98.000000
```

7.4.2 指向结构体数组的指针

前面已经介绍过，可以使用指向数组或数组元素的指针和指针变量。同样，对结构体数组及其元素也可以用指针或指针变量来使用。

【例 7.4】 结构体数组元素的使用。

```
#include "stdio.h"
struct student
{    int num;
    char name[20];
    char sex;
```

```
        int age;
}stu[3]={{1001,"wang gan",'M',20},
        {1002,"chen hong",'M',21},
        {1009,"zhao ping",'F',19}};
void main()
{   struct student *p;
    for(p=stu;p<stu+3;p++)
        printf("%d%s%c%d\n",p->num,p->name,p->sex,p->age);
}
```

其中的结构体数组与指针定义如图 7.3 所示，运行结果如下：

```
1001wang ganM20
1002chen hongM21
1009zhao pingF19
```

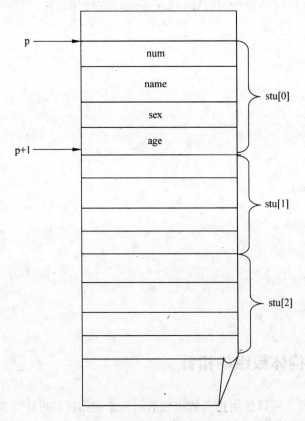

图 7.3 结构体数组与指针

结构体指针变量可以指向一个结构体数组，这时结构体指针变量的值是整个结构体数组的首地址。结构体指针变量也可指向结构体数组的某个元素，这时结构体指针变量的值是该结构体数组元素的首地址。设 p 为指向结构体数组的指针变量，则 p 也指向该结构体数组的 0 号元素，p+1 指向 1 号元素，p+i 则指向 i 号元素。这与普通数组的情况是一致的。

7.4.3 用结构体变量和指向结构体的指针作函数参数

将一个结构体变量的值传递给另一个函数，有 3 种方法。

（1）用结构体变量的成员作参数。例如，用 stu[1].num 或 stu[2].name 作函数实参，将实参值传给形参。用法和用普通变量作实参是一样的，属于"值传递"方式。应当注意实参与形参的类型应该保持一致。

（2）用结构体变量作实参。采取的也是"值传递"的方式，将结构体变量所占的内存单元的内容全部顺序传递给形参。形参也必须是同类型的结构体变量。在函数调用期间形参也要占用内存单元。这种传送方式在空间和时间上开销较大。因此一般较少用这种方法。

（3）用指向结构体变量（或数组）的指针作实参。将结构体变量（或数组）的地址传给形参。

【例 7.5】 用结构体变量作函数参数。

```c
#include "stdio.h"
struct Data
{   int a, b, c; };
void main()
{   void f(struct Data);
    struct Data AA;
    AA.a=55;   AA.b=30;   AA.c= AA.a+ AA.b;
    printf("AA.a=%d AA.b=%d AA.c=%d\n", AA.a, AA.b, AA.c);
    printf("main()....\n");
    f(AA);
    printf("AA.a=%d AA.b=%d AA.c=%d\n", AA.a, AA.b, AA.c);
}
void f(struct Data BB)
{   printf("BB.a=%d BB.b=%d BB.c=%d\n", BB.a, BB.b, BB.c);
    printf("f () ...\n");
    BB.a=11;   BB.b=15;   BB.c= BB.a* BB.b;
    printf("BB.a=%d BB.b=%d BB.c=%d\n", BB.a, BB.b, BB.c);
    printf("Return...\n");
}
```

运行结果：

```
AA.a=55 AA.b=30 AA.c=85
main()....
BB.a=55 BB.b=30 BB.c=85
f()...
BB.a=11 BB.b=15 BB.c=165
Return...
AA.a=55 AA.b=30 AA.c=85
```

7.5 结构体应用举例

【例 7.6】 计算一组学生的平均成绩和不及格人数。用结构指针变量作函数参数编程。

```c
#include "stdio.h"
struct sd
{
    int num;
    char *name;
    char sex;
    float score;}boy[5]={
                    {10101,"chen gong",'M',88},
                    {10102,"wang  ping",'M',66},
                    {10103,"shang  fang",'F',90},
                    {10104,"Cheng  gang",'F',77},
                    {10105,"Wang   he",'M',24},
};
void main()
{
    struct sd *pb;
    void ave(struct sd *pb);
    pb=boy;
    ave(pb);
}
void ave(struct sd *pb)
{
    int c=0,i;
    float ave,s=0;
    for(i=0;i<5;i++,pb++)
    {
        s+=pb->score;
        if(pb->score<60) c+=1;
    }
    printf("s=%f\n",s);
    ave=s/5;
    printf("average=%f\ncount=%d\n",ave,c);
}
```

运行结果：

```
s=345.000000
average=69.000000
count=1
```

7.6　共用体

共用体也是一种构造数据类型，它提供了一种可以把几种不同类型的数据存放于同一段内存的机制。现实社会中有时会有这种需求，如学生食堂主要是学生吃饭的场所，但有时也可以用来开会，有时也可以用来开展文娱活动等。在这里，"学生食堂"就是一个"共用体"。

7.6.1　共用体及共用体变量的定义

定义一个共用体类型的一般形式为：

```
union 共用体名
{
成员表
};
```

例如：

```
union data
{   int i;
        char ch;
        float f;
};
```

和定义结构体类型变量一样，定义共用体变量也有 3 种方法：

（1）定义共用体后，再定义共用体变量。例如：

```
union data a;
```

（2）定义共用体的同时，定义共用体变量。例如：

```
union data
{   int i;
        char ch;
        float f;
}a;
```

（3）如果定义的共用体只使用一次，共用体名可以省略。例如：

```
union
    {   int i;
        char ch;
```

```
        float f;
    }a;
```

共用体变量 a 内部的 3 种不同类型的成员存放在同一段内存单元中。如图 7.4 所示，以上 3 个成员在内存中所占的字节数不同，但都从同一地址开始存放。几个成员互相覆盖。这种占同一段内存的变量结构，称为"共用体"类型。

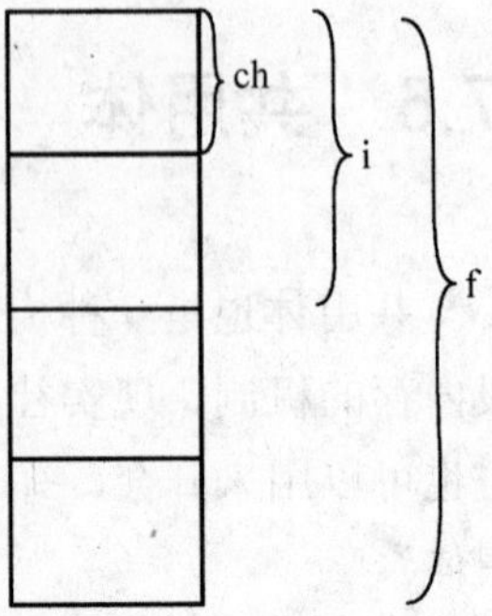

7.6.2 共用体变量的引用方式

引用共用体变量的一般形式如下：

共用体变量名.成员名

图 7.4 共用体变量示意图

例如：

```
a.i=5;
```

7.6.3 共用体类型数据的特点

由于共用体类型数据是用同一个内存段来存放几种不同类型的成员。但它在每一时刻只能存放其中一种而不是同时存放几种。也就是说每一瞬间只有一个成员起作用，其他的成员不起作用。而起作用的成员是最后一次存放的成员。

因此，引用共用体变量时要注意以下几点：

（1）必须先定义了共用体变量才能引用它。

（2）不能引用共用体变量整体，而只能引用共用体变量中的成员。例如，前边定义的 a 为共用体变量，下面的引用方式是正确的：

a.i　引用共用体变量中的整型成员变量 i。

a.ch 引用共用体变量中的字符成员变量 ch。

a.f　引用共用体变量中的实型成员变量 f。

不能整体引用共用体变量，例如：

```
printf("%d",a);
```

是错误的，a 的存储区有好几种类型，分别占不同长度的存储区，仅写共用体变量名 a，难以使系统确定究竟输出的是哪一个成员的值，应该写成 printf（"%d", a.i）或 printf（"%d", a.ch）等。

（3）共用体变量起作用的成员是最后一次被赋值的成员，其他成员的值会受最后一次被赋值的成员影响而发生变化。

例如：

```
a.i=65;
a.ch='x';
```

　　执行上面两个语句后，i 成员的值会受影响。

　　（4）共用体变量的地址和它的各成员的地址都是同一地址。例如，&a、&a.i、&a.f 都是同一地址值，其原因是显然的。

　　（5）不能对共用体变量名赋值，也不能企图引用共用体变量名来得到一个值，还不能在定义共用体变量时对它进行初始化。

　　例如，下面这些都是不对的：

```
union data
{   int i;
        char ch;
        float f;
}a（99,'y',9.9）；（不能初始化）
a=1；（不能对共用体变量赋值）
m=a；（不能引用共用体变量名以得到一个值）
```

7.7　枚举类型

　　如果一个变量只有几种可能的值，可以把它定义为枚举类型。例如，一个星期内只有 7 天，一年只有 12 个月等。如果把这些量说明为整型、实型或字符型显然是不妥当的。为此，C 语言专门提供了一种称为"枚举"的数据类型。

7.7.1　枚举类型的定义

　　定义枚举类型的一般形式是：

```
enum   枚举类型名
  {枚举值表}
```

　　例如：

```
enum weekday
{ sun,mon,tue,wed,thu,fri,sat }
```

7.7.2　枚举变量的定义

　　与其他数据类型一样，定义枚举类型后。能够以 3 种方法定义枚举变量：

　　（1）定义枚举类型后，再定义枚举类型变量。例如：

```
enum weekday g1,g2,g3;
```

　　（2）定义枚举类型的同时，定义枚举类型变量。例如：

```
enum weekday
{ sun,mon,tue,wed,thu,fri,sat }g1,g2,g3;
```

（3）如果定义的枚举类型只使用一次，枚举类型名可以省略。

在"枚举"类型的定义中列举出所有可能的取值，被说明为该"枚举"类型的变量取值不能超过定义的范围。枚举类型中，它的元素本身由系统定义了一个表示序号的数值，从 0 开始顺序定义，如在枚举类型 weekday 中，sun 值为 0，mon 值为 1，…，sat 值为 6。

枚举值是常量，不是变量。不能在程序中用赋值语句再对它赋值。例如，对枚举 weekday 的元素再作以下赋值：

```
sun=5;sun=mon;
```

是错误的。

只能把枚举值赋予枚举变量，不能把元素的数值直接赋予枚举变量。例如"a=sum;b=mon;"是正确的。而"a=0;b=1;"是错误的。

【例 7.7】 枚举应用。

```
#include "stdio.h"
void main()
{
    enum weekday
    { sun,mon,tue,wed,thu,fri,sat } a,b,c;
    a=sun;
    b=mon;
    c=tue;
    printf("%d,%d,%d",a,b,c);
}
```

运行结果：

```
0,1,2
```

7.8　自定义数据类型

自定义数据类型不是定义新的数据类型，而是把原来的数据类型改名，也就是说允许由用户为数据类型取"别名"，以便于记忆和阅读程序或增加程序的可移植性。类型定义符 **typedef** 即可用来完成此功能。

自定义数据类型的一般形式为：

```
typedef  类型名   新名称;
```

这里，定义的新数据类型名，通常用大写字母的标识符，以便与 C 语言中规定的其他数据类型相区别。

例如：

```
typedef struct student{ char name[20];
int age;
char sex;
} STU;
```

定义的"别名"STU 表示 struct student 的结构体类型，然后可用 STU 来说明结构体变量：

```
STU body1,body2;
```

和直接用 struct student 来说明结构体变量是一样的。

7.9 顺序表

数据元素是数据的基本单位，如果数据元素用一维地址连续的存储单元依次存放，称为顺序表。C 语言中用数组来实现顺序表。有关顺序表的处理实际上就是对数组的处理。由于数组中各元素的地址是可计算的，所以定位操作有很高的执行效率。但是这种顺序存储结构的缺点也相当明显，要获得连续的内存空间就必须一次性申请，而在程序执行之前往往无法精确得到所需空间的大小。所以顺序表往往用在一些经常使用却很少改动的数据上。

7.9.1 顺序表的定义和创建

（1）顺序表的定义。
定义顺序表 list：

```
typedef struct{
  int  data[100];
  int last;
}LIST;
LIST list;
```

（2）创建顺序表就是输入数据元素，设置表的长度。
创建顺序表函数：

```
void  create()
{
  int i,n;
  printf("输入元素个数：");
  scanf("%d",&n);
  printf("依次输入各元素的值：");
```

```
    for(i=0;i<n;i++)
        scanf("%d",&list.data[i]);
    list.last=n;
    }
```

7.9.2　顺序表的基本操作

1. 顺序表元素的插入

要在 i 的位置上插入一个新数据 d，必须先将元素 $D_i,\cdots,D_{n-1}$ 的位置向后移，然后在第 i 个位置上放入 d 的值。同时，顺序表的长度增加一个长度。

顺序表元素插入函数如下（i: 插入的位置；d: 插入的数据元素）：

```
void insert(int i,int d)
{
    int k;
    if((i<0)||(i>list.last));
        printf("错误! ");
    else
        {
        for(k=list; last-1;k>=i;k--)
            list.last[k+1]=list.last[k];
        list.last[i]=d;
        list.last=list.last+1;
        }
}
```

2. 顺序表元素的删除

要在 i 的位置上删除第 i 个元素，只要将元素 $D_{i+1},\cdots,D_{n-1}$ 的位置向前移一个位置。同时，顺序表的长度减少一个长度。

顺序表元素删除函数如下（i: 删除的位置）：

```
void delete(int i)
{
    int k;
    if((i<0)||(i>list.last-1));
        printf("错误! ");
    else
        {
        for(k=i+1;k<=list.last-1;k++)
            list.last[k-1]=list.last[k];
        list.last--;
        }
}
```

7.10　链表

所谓链表是指若干个数据项（每个数据项称为一个"结点"）按一定的原则连接起来。每个数据项都包含有若干个数据和一个指向下一个数据项的指针，依靠这些指针将所有的数据项连接起来，如图 7.5 所示。

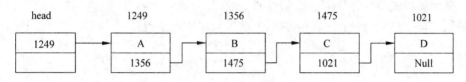

图 7.5　链表示意图

7.10.1　链表概述

链表是一种常见的重要的数据结构。它是动态地进行存储分配的一种结构。我们知道用数组存放数据时，必须事先定义元素的个数。如果事先难以确定个数，则必须把数组定得足够大，足以存放上限的数据。显然这将会很浪费内存。用动态存储的方法可以很好地解决这些问题。

例如，有一个学生就分配一个结点，无须预先确定学生的准确人数，某学生退学，可删去该结点，并释放该结点占用的存储空间，从而节约了宝贵的内存资源。

另一方面，用数组的方法必须占用一块连续的内存区域。而使用动态分配时，每个结点之间可以是不连续的。结点之间的联系可以用指针实现。即在结点结构中定义一个成员项用来存放下一结点的首地址，这个用于存放地址的成员，常把它称为指针域。可在第一个结点的指针域内存入第二个结点的首地址，在第二个结点的指针域内又存放第三个结点的首地址，如此串连下去直到最后一个结点。最后一个结点因无后续结点连接，其指针域可赋为 0。这样一种连接方式，在数据结构中称为"链表"，如图 7.6 所示。

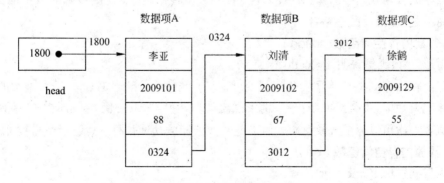

图 7.6　链表结点示意图

可以看到链表中各元素在内存中可以是不连续存放的。要找某一元素，必须先找到上一个元素，根据它提供的下一个元素地址才能找到下一个元素。如果不提供"头指针"（head），则整个链表都无法访问，链表如同一条铁链一样，一环扣一环，中间是不能断开的。打个通俗的比方：幼儿园的老师带领孩子出来散步，老师牵着第一个小孩的手，第一个小孩的手牵着第二个小孩的手……这就是一个"链"，最后一个孩子手空着，他是"链尾"。要找这个队伍，必须先找到老师，然后顺序找到每一个孩子。

前面介绍了结构体变量，用它做链表中的结点是最合适的。一个结构体变量包含着若干成员，这些成员可以是数值类型、字符类型、数组类型，当然也可以是指针类型。我们用这个指针类型成员来存放下一个结点的地址。

例如，可以这样来设计一个存放学生学号和成绩的结点：

```
struct student
{
    int num;
    int score;
    struct student *next;
}
```

前两个成员项 num 和 score 组成数据域，后一个成员项 next 构成指针域，它是一个指向 student 类型结构的指针变量。

7.10.2　链表的存储分配

前面讲过链表结构是动态的分配存储的，即在需要时才开辟一个结点的存储单元。怎样动态地开辟和释放存储单元呢？为了解决上述问题，C 语言提供了一些内存管理函数，这些内存管理函数可以按需要动态地分配内存空间，也可把不再使用的内存空间回收待用，为有效地利用内存资源提供了手段。

1．分配内存空间函数 malloc

调用形式：(类型说明符*) malloc (size)

功能：在内存的动态存储区中分配一块长度为"size"字节的连续区域。函数的返回值为该区域的首地址。"类型说明符*"用于强制类型转换。如果此函数未能成功地执行（如内存空间不足），则返回空格针（NULL）。

2．分配内存空间函数 calloc

调用形式：(类型说明符*)calloc(n,size)

功能：在内存动态存储区中分配 n 块长度为"size"字节的连续区域。函数的返回值为该区域的首地址。"类型说明符*"用于强制类型转换。calloc 函数与 malloc 函数的区别仅在于前者一次可以分配 n 块区域。如果此函数未能成功地执行，则返回空格针（NULL）。

3．释放内存空间函数 free

调用形式：free(void *ptr);

功能：释放 ptr 所指向的一块内存空间，ptr 是一个任意类型的指针变量，它指向被释放区域的首地址。被释放区应是由 malloc 或 calloc 函数所分配的区域。

7.10.3　链表的建立及输出

1. 链表的建立

所谓建立链表是指在程序执行过程中从无到有地建立起一个链表，即一个一个地开辟结点和输入各结点数据，并建立起前后相连的关系。

有如下两种方法可建立链表。

第一从链头到链尾：新结点插入到链尾。

第二从链尾到链头：新结点插入到链头。

（1）从头到尾建立链表

从头到尾建立链表的过程如图 7.7 所示。

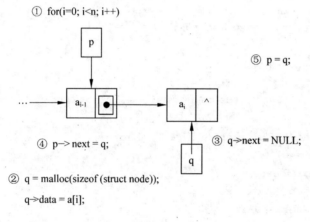

图 7.7　从头到尾建立链表

（2）从尾到头建立链表

从尾到头建立链表的过程如图 7.8 所示。

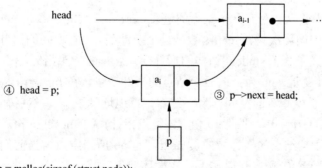

图 7.8　从尾到头建立链表

下面通过例题来说明从头到尾建立链表的操作。

【例 7.8】 建立一个含 N 个结点的链表，存放学号和成绩数据。编写一个建立链表的函数 creat。

程序如下：

```
#define NULL 0
struct student
{
    int num;
    float score;
    struct student *next;
};
struct student *creat(int n)
{
    struct student *head,*pf,*pb;
    int i;
    for(i=0;i<n;i++)
      {
          pb=( struct student *) malloc(sizeof (struct student));
          printf("input Number and Score\n");
          scanf("%d%d",&pb->num,&pb->score);
          if(i==0)
              pf=head=pb;
          else pf->next=pb;
          pb->next=NULL;
          pf=pb;
      }
    return(head);
}
```

在函数外首先对宏定义常量 NULL 作了定义。结构 student 定义为外部类型，程序中的各个函数均可使用该定义。

creat 函数用于建立一个有 n 个结点的链表，creat 函数的形参 n，表示所建链表的结点数，作为 for 语句的循环次数。creat 函数是一个指针函数，它返回的指针指向 student 结构。在 creat 函数内定义了 3 个 student 结构的指针变量。head 为头指针，pf 为指向两相邻结点的前一结点的指针变量。pb 为指向后一结点的指针变量。在 for 语句内，用 malloc 函数建立长度与 student 长度相等的空间作为一结点，首地址赋予 pb，然后输入结点数据。如果当前结点为第一结点(i==0)，则把 pb 值 (该结点指针)赋予 head 和 pf。如非第一结点，则把 pb 值赋予 pf 所指结点的指针域成员 next。而 pb 所指结点为当前的最后结点，其指针域赋 NULL，再把 pb 值赋予 pf 以作下一次循环准备。

2. 链表的输出

将链表中各结点的数据依次输出的操作很简单，首先要知道表头元素的地址，这可由 head 得到，然后顺着链表输出各结点中的数据，直到最后一个结点，其过程如图 7.9

所示。

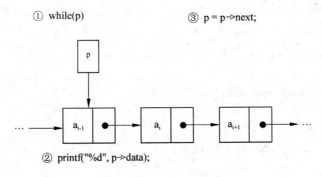

图 7.9 链表的输出

【例 7.9】 编写一个输出链表的函数 print。

程序如下：

```
void print(struct student * head)
{
    printf("Num\tScore\n");
    while(head!=NULL)
      {
      printf("%d\t\t%d\n",head->num,head->score);
      head=head->next;
      }
}
```

7.10.4 链表的基本操作

1. 链表的插入

对链表的插入操作是指将一个结点插入到一个已有的链表中。为了能做到正确插入，必须解决两个问题：① 怎样找到插入的位置；② 怎样实现插入。其过程如图 7.10 所示。

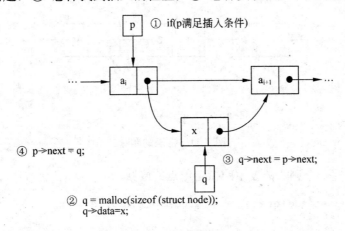

图 7.10 链表的插入

【例 7.10】 编写程序实现以下功能：在学生数据链表中，按学号顺序插入一个结点。设被插结点的指针为 pi。

程序如下：

```
struct student * insert(struct student * head, struct student *pi)
{
    struct student *pf,*pb;
    pb=head;
    if(head==NULL)  /*空表插入*/
        {head=pi;pi->next=NULL;}
    else
        {
        while((pi->num>pb->num)&&(pb->next!=NULL))
            {pf=pb;pb=pb->next; }                    /*找插入位置*/
        if(pi->num<=pb->num)
            {if(head==pb)head=pi;                    /*在第一结点之前插入*/
            else pf->next=pi;                        /*在其他位置插入*/
            pi->next=pb; }
        else
        {pb->next=pi;pi->next=NULL;}                 /*在表末插入*/
        }
    return head;
}
```

2. 链表的删除

已有一个链表，希望删除其中某个结点，并不是真正从内存中把它抹掉，而是把它从链表中分离开来，只要撤销原来的链接关系即可，其过程如图 7.11 所示。

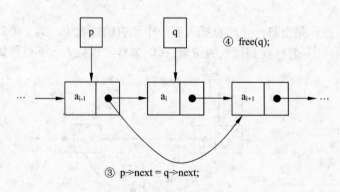

图 7.11 链表的删除

【例 7.11】 写一个删除链表中的指定结点的函数。

```
struct student *delete(struct student *head,int num)
{
    struct student *pf,*pb;
```

```
        if(head==NULL)                          /*如为空表，输出提示信息*/
          { printf("\nempty list!\n");
            return 0;}
        pb=head;
        while (pb->num!=num && pb->next!=NULL)
        /*当不是要删除的结点，而且也不是最后一个结点时，继续循环*/
          {pf=pb;pb=pb->next;}                   /*pf 指向当前结点，pb 指向下一结点*/
         if(pb->num==num)
          {if(pb==head)
              head=pb->next;
              /*如找到被删结点，且为第一结点，则使 head 指向第二个结点，否则使 pf 所指结
              点的指针指向下一结点*/
            else
              pf->next=pb->next;
            free(pb);
            printf("The node is deleted\n");}
        else
            printf("The node not been foud!\n");
    return head;
    }
```

3. 链表的应用

将以上建立链表、删除结点、插入结点、输出全部结点的函数组织在一起，然后用 main()函数调用它们。

【例 7.12】 链表的应用。

```
main()
{
    struct student *head,*pnum;
    int n,num;
    printf("input number of node: ");
    scanf("%d",&n);
    head=creat(n);
    print(head);
    printf("Input the deleted number: ");
    scanf("%d",&num);
    head=delete(head,num);
    print(head);
    printf("Input the inserted number and score: ");
    pnum=( struct student *)malloc(sizeof (struct student));
    scanf("%d%d",&pnum->num,&pnum->score);
    head=insert(head,pnum);
    print(head);
}
```

7.11　综合应用举例

【例 7.13】　设有一个经理与工人通用的表格，经理数据有姓名、年龄、职业、办公室 4 项。工人有姓名、年龄、职业、车间号 4 项。编程输入人员数据，再以表格输出。

```c
main()
{
  struct
    {
      char xm[10];
      int nl;
      char zy;
      union
        {
          int cjh;
          char bgs[10];
        } bm;
    }body[20];
  int n,i;
  for(i=0;i<20;i++)
    {
      printf("input 姓名,年龄,职业 and 部门\n");
      scanf("%s %d %c",body[i].xm,&body[i].nl,&body[i].zy);
      if(body[i].zy=='g')
        scanf("%d",&body[i].bm.cjh);
      else
        scanf("%s",body[i].bm.bgs);
    }
  printf("姓名\t 年龄 职业 车间号/办公室\n");
  for(i=0;i<20;i++)
    {
      if(body[i].zy=='g')
        printf("%s\t%3d %3c %d\n",body[i].xm,body[i].nl,
                body[i].zy,body[i].bm.cjh);
      else
        printf("%s\t%3d %3c %s\n",body[i].xm,body[i].nl,
                body[i].zy,body[i].bm.bgs);
    }
}
```

【例 7.14】　输入某班学生信息（学号、姓名、3 门课程成绩），要求按总分由高到低把该班学生信息输出。

```
#include<stdio.h>
struct stu
 {
   int num;                                      /*学号*/
   char name[10];                                /*姓名*/
   int score[3];                                 /*3 门课成绩*/
   int total;                                    /*总分*/
 };
/*输入学生信息*/
void input(struct stu a[],int n)
 { int i,j;
 printf("请输入学生信息(学号 姓名 3门课成绩\)：n");
  for(i=0;i<n;i++)
    {    scanf("%d%s",&a[i].num,&a[i].name);
     a[i].total=0;
     for(j=0;j<3;j++)
      {    scanf("%d",&a[i].score[j]);
       a[i].total=a[i].total+a[i].score[j];      /*求每个学生总分*/
       }
    }
 }
/*由高到低排序*/
void sort(struct stu a[],int n)
{
 int i,j,p;
 struct stu temp;
 for(i=0;i<n-1;i++)
   {
    p=i;
    for(j=i+1;j<n;j++)
     if(a[j].total>a[p].total)  p=j;
    if(p!=i)
     {temp=a[i];
      a[i]=a[p];
      a[p]=temp;
      }
   }
}
/*输出*/
void output(struct stu a[],int n)
 {int i,j,rink=1;                               /* rink 表示名次*/
 printf("\n 名次表:\n");
printf("学号  姓名  cj1 cj2 cj3  总分  名次\n");
 for(i=0;i<n;i++)
   {printf("%4d  %s",a[i].num,a[i].name);
```

```
      for(j=0;j<3;j++)
        printf("%4d",a[i].score[j]);
    printf("%d%d\n",a[i].total, rink);
    rink=rink+1;
        }
}
main()
{
    void input(struct stu a[],int n);
    void sort(struct stu a[],int n);
    void output(struct stu a[],int n);
    int n;
    printf("请输入该班学生人数：");
    scanf("%d",&n);
    struct stu a[10];
    input(a,n);
    sort(a,n);
    output(a,n);
}
```

7.12　本章小结

（1）结构体和共用体是两种构造数据类型。两者有很多的相似之处，都由成员组成。成员可以具有不同的数据类型。成员的表示方法相同，都可用 3 种方式作变量说明。在结构体中，各成员都占有自己的内存空间，结构体变量的总长度等于所有成员长度之和。在共用体中，所有成员不能同时占用它的内存空间。共用体变量的长度等于最长的成员的长度。

（2）"."是成员运算符，结构体和共用体变量用它操作成员项。"->"是指向运算符，结构体和共用体指针用它操作成员项。

（3）结构体变量可以作为函数参数、函数的返回类型。而共用体变量不能作为函数参数和函数的返回类型。

（4）结构体和共用体都可以组成数组。

（5）结构体允许嵌套共用体，共用体中也可以嵌套结构体。

（6）链表是一种重要的数据结构，它便于实现动态的存储分配。

习　题　7

一、判断题

1．结构体（struct）和共用体（union）类型实际上是相同的。（　　）

2．在定义枚举时，枚举常量可以是标识符或数字。（　　）

3．在程序中定义了一个结构体类型，将为此类型分配存储空间。（　　　）

4．结构体变量所占存储空间的大小是其所有成员占用空间大小的总和。（　　　）

5．结构体只有两种定义的方式。（　　　）

二、填空题

1．若有以下说明定义语句，则对 x.a 成员的另外两种引用方式是：_____和_____。

```
struct st
{ int a;
  struct st *b;
} *p,x;
    p=&x
```

2．如 int 类型占两个字节，有语句：struct st{int n；char m[6]；},则 sizeof（struct st）的值为_____。

三、单项选择题

1．以下对结构体类型变量的定义中，不正确的是（　　　）。

A. typedef struct aa
 {　int　n;
  float m;
 }AA;
 AA td1;

B. #define　AA　struct aa
 AA {　int n;
  float m;
 }td1;

C. struct
 {　int n;
  float m;
 }aa;
 struct aa td1;

D. struct
 {　int n;
  float m;
 }td1;

2．已知职工记录描述如下，设变量 w 中的"生日"是"1993 年 10 月 25 日"，下列对"生日"的正确赋值方式是（　　　）。

```
struct worker
  {int no; char name[20]; char sex;
   struct birth{ int day; int month; int year;}a;
};
struct worker w;
```

 A．day=25；　month=10；　year=1993;

 B．w.birth.day=25；　w.birth.month=10; w.birth.year=1993;

 C．w.day=25; w.month=10; w.year=1993;

 D．w.a.day=25; w.a.month=10; w.a.year=1993;

3．下列关于链表的叙述中不正确的是（　　　）。

A．通过链表可以实现内存的动态分配

B．单链表要求在逻辑上相邻的两个元素在物理存储上也是相邻的

C．在单链表中除尾结点外，每一个结点的指针域存储的是下一个结点的地址

　　D. 每个单链表必须用一个指向链表的指针来表示

4. 设有如下定义的枚举类型：enum color{red=2,yellow,blue=7,white,black}；则枚举量 black 的值为（　　）。

　　A. 4　　　　　　　　B. 6　　　　　　　　C. 9　　　　　　　　D. 10

5. 下面对 typedef 的叙述中不正确的是（　　）。

　　A. 用 typedef 可以定义各种类型名，但不能用来定义变量

　　B. 用 typedef 可以增加新类型

　　C. 用 typedef 只是将已存在的类型用一个新的标识符来代表

　　D. 使用 typedef 有利于程序的通用和移植

6. 若定义语句如下：

```
union{long x[2];short y[4][5];char z[10];}me;
```

则表达式 sizeof(me)的值是（　　）。

　　A. 8　　　　　　B. 40　　　　　　C. 10　　　　　　D. 58

四、编写程序题

1. 已知有 4 个学生的记录信息（包括学号、姓名和成绩），要求输出成绩最高者。

2. 编写一个函数 output，输出一个学生的成绩，该学生成绩在一个数组中，该数组中有 8 个学生的数据记录，每个记录包括学号、姓名、性别、年龄、5 门课的成绩，用主函数输入这些记录，用 output 函数输出这些记录和总分。

3. 有 10 个学生，每个学生学习 3 门功课。计算每人的平均成绩和总的不及格人数。

4. 编写一个函数 mynew，对自己定义的一个结构体类型开辟多个该类型连续的存储空间，此函数应返回一个指针，指向开始的空间地址。

第**8**章

文件

在前面的程序中，我们所有的输入数据都来自标准输入设备（键盘），所得到的结果也总是送到标准输出设备（显示器）上去。而我们需要保存的数据，主要通过变量和数组等方法把它们放在内存当中。而一旦停电，数据将全部丢失。如果数据量太大超过内存，我们也同样无能为力。因此急需一种把数据存储在外部介质上的办法，这就引出了"文件"这个概念。

8.1 文件概述

"文件"一般指存储在外部介质（磁盘）上数据的集合。一批批数据是以文件的形式存放在外部介质（如 U 盘）上的，操作系统是以文件为单位对数据进行管理的。如果想要找存在外部介质上的数据，必须找到文件名，然后再从该文件中读取数据。要在外部介质上存储数据也必须先建立一个文件，才能向它输出数据。

1. ASCII 文件和二进制文件

C 语言把文件看成是一个字符（字节）序列，而不是由记录组成的。对文件的存取也以字节为单位。根据文件中数据的组织形式，有两种类型的文件：文本文件（又称 ASCII 文件）和二进制文件。文本文件中每一个字节存放一个 ASCII 码，代表一个字符。二进制文件中的数据是按其在内存中的存储形式存放的，即按数据的二进制形式存放。两种文件形式与内存形式之间的关系如图 8.1 所示。

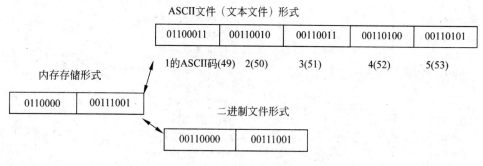

图 8.1 两种文件形式与内存形式之间的关系

例如，十进制数 12345 的存储形式：ASCII 码形式存储共占用 5 个字节，而采用二进制形式存储只需要 2 个字节。

2. 缓冲文件系统和非缓冲文件系统

所谓缓冲文件系统是指：系统自动地为每个正在使用的文件开辟一个缓冲区，从内存向外部介质（磁盘）存数据或从外部介质（磁盘）向内存取数据都通过这个缓冲区。

而非缓冲文件系统是指：系统不自动为文件开辟缓冲区，而由程序自己为所需的文件开辟缓冲区。

一般情况下，当数据是从内存向外的时候，需要将这个缓冲区写满后，才将缓冲区里的数据整体写入外部介质（磁盘）上。当数据是从外部向内存里读的时候，首先将这个缓冲区读满后，才根据需要将缓冲区里的数据分批读入内存中，从而避免了磁盘频繁的读写操作，如图 8.2 所示。

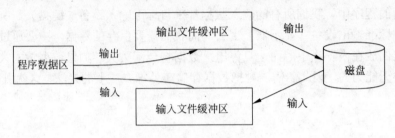

图 8.2　缓冲文件系统

由于这两种文件系统中有许多功能是重叠的，因此标准的 C 语言建议只保留缓冲文件系统，并扩展了它的功能。这样在我们学习 C 语言中，缓冲文件既用于处理文本文件，又用来处理二进制文件。

8.2　文件指针

在 C 语言中，用一个指针变量指向一个文件，这个指针称为文件指针。通过文件指针就可对它所指的文件进行各种操作。

文件指针的数据类型为 FILE，它在 stdio.h 头文件中的定义如下：

```
typedef struct {
    short           level;          /*缓冲区满空程度*/
    unsigned        flags;          /*文件状态标志*/
    char            fd;             /*文件描述符*/
    unsigned char   hold;           /*无缓冲则不读取字符*/
    short           bsize;          /*缓冲区大小*/
    unsigned char   *buffer;        /*数据缓冲区*/
    unsigned char   *curp;          /*当前位置指针*/
    unsigned        istemp;         /*临时文件指示器*/
    short           token;          /*用于有效性检查*/
} FILE;
```

其中 FILE 应为大写，它实际上是由系统定义的一个结构，该结构中含有文件名、文件状态和文件当前位置等信息。每个被使用的文件都在内存中开辟一个区，用来存放文件的以上有关信息。但我们在编写源程序时，可以不必关心 FILE 结构的细节。例如：

```
FILE *fp;
```

表示 **fp** 是指向 FILE 结构的指针变量及文件指针，通过 **fp** 即可找到存放某个文件信息的结构体变量，然后按结构体变量提供的信息找到该文件，实施对文件的操作。

常用的标准设备的文件指针由系统命名，标准输入文件 stdin 表示键盘，标准输出文件 stdout 表示显示器，标准输出文件 stdprn 表示打印机，标准出错输出 stderr 等文件指针不需要用户说明，可以在程序中直接使用它们。

8.3 文件的操作

在 C 语言中，没有专门的输入输出语句，对文件的读写操作都是用库函数来实现的。标准的 C 语言规定了标准的输入输出函数，可用它们对文件进行各种操作。

下面将介绍一些比较常用的文件操作函数。

8.3.1 文件的打开（fopen 函数）

函数原型：

```
FILE *fopen(char *filename,char *mode);
```

说明：

（1）若成功，返回指向被打开文件的指针。

（2）若出错，返回空指针 NULL(0)。

（3）filename：这是一个文件指针，对应实参为文件名字的字符串首地址，或用双引号括起来的文件名。此文件名可以带路径名，如 "C：\\windows\\xyz.txt"，表示打开 C 盘 windows 文件夹下的 xyz.txt 文件。

（4）mode 为文件的打开方式，其有效值如表 8-1 所示。

表 8-1 文件操作方式表

文件操作方式	含 义
r（只读）	为只读打开一个字符文件
w（只写）	为只写打开一个字符文件，文件指针指向文件首部
a（追加）	打开字符文件，指向文件尾，在已存在的文件中追加数据
rb（只读）	为只读打开一个二进制文件
wb（只写）	为只写打开一个二进制文件
ab（追加）	打开二进制文件，以向文件追加数据
r+（读写）	以读写方式打开一个已存在的字符文件
w+（读写）	为读写建立一个新的字符文件
a+（读写）	为读写打开一个字符文件，进行追加
rb+（读写）	为读写打开一个二进制文件
wb+（读写）	为读写建立一个新的二进制文件
ab+（读写）	为读写打开一个二进制文件进行追加

以"r"打开的文件只能用于读，而以"w"打开的文件只能用于写，如果这个文件不存在就创建这个文件。

如果文件已存在，则以"w"方式打开文件将使原来文件的内容全部丢失。

如果想在文件的末尾加新的数据，就要以"a"方式打开文件。

不能直接在文件的中间插入数据。例如：

```
FILE *fp1;
if (fp1=fopen("C:\\mybook\book.txt", "r"))
{
    printf("File  cannot  be ope 有以 ned!\n");
    exit(0);
}
```

这段程序的意义是：如果返回的指针为空，表示不能打开 C 盘 mybook 文件夹下的 book.txt 文件，则给出提示信息"File cannot be opened!"，exit(0)函数的功能是关闭所有打开的文件并强迫程序结束退出。

8.3.2　文件的关闭（fclose 函数）

函数原型：

```
int fclose(FILE *fp);
```

说明：

（1）若成功，返回 0。

（2）若出错，返回 EOF(-1)。

（3）fp：要关闭的文件指针。

"关闭"就是使文件指针变量不指向该文件，使文件指针和文件"脱钩"，使其不能再通过该指针对文件进行操作。

同时"关闭"文件可保证其数据的完整性，因为在写文件时，是先将数据输到缓冲区，待缓冲区充满后才正式输出到文件中的，如果当数据未充满缓冲区而程序结束运行，就会将缓冲区中的数据丢失。用 fclose 函数关闭文件，将避免这个问题，它先把缓冲区中的数据输出到磁盘文件，然后才释放文件指针变量。

例如，关闭文件的代码如下：

```
FILE *fp;
char *file="D:\\mybook\book.txt";
if (!(fp=fopen(file, "rb+")))
{
    printf("Open file %s error!\n", file);
    exit(0);
    }
...
fclose(fp);
```

当文件关闭出错时，也可以用 ferror() 函数进行测试。

8.3.3 字符读写函数 fgetc 和 fputc

1. 读字符函数 fgetc
函数原型：

```
int fgetc(FILE *fp);
```

说明：

（1）fp：文件指针。

（2）若成功，返回输入的字符。

（3）若失败或文件结束，返回 EOF。

fgetc 函数的功能是从指定的文件中读一个字符。

【例 8.1】 读入文件 book.txt，在屏幕上输出。

```
#include<stdio.h>
main()
{
    FILE *fp;
    char ch;
    if((fp=fopen("book.txt","r"))==NULL)
      {
          printf("File  cannot  be  opened ");
          exit(0);
      }
    ch=fgetc(fp);
    while (ch!=EOF)
      {
          putchar(ch);
          ch=fgetc(fp);
      }
    fclose(fp);
}
```

程序从文件中逐个读取字符，在屏幕上显示。在循环中，只要读出的字符不是文件结束标志 EOF，就把该字符显示在屏幕上，再读入下一字符，直到文件结束。

2. 写字符函数 fputc
函数原型：

```
int fputc(int c, FILE *fp);
```

说明：

（1）c：要输出到文件的字符。

（2）fp：文件指针。

（3）若成功，返回输出的字符。

（4）若失败或文件结束，返回 EOF。

fputc 函数的功能是把一个字符写入指定的文件中。

【例 8.2】 从键盘输入一行字符，写入一个文件。

```
#include<stdio.h>
main()
{
   FILE *fp;
   char ch;
   if((fp=fopen("book1.txt","w"))==NULL)
     {
         printf("File  cannot  be  opened!");
         exit(0);
     }
   printf("input a string:\n");
   ch=getchar();
   while (ch!='\n')
     {
         fputc(ch,fp);
         ch=getchar();
     }
   fclose(fp);
}
```

程序以写文本文件方式打开文件 book1，然后从键盘读入一个字符后进入循环，当读入字符不为回车符时，则把该字符写入文件之中，然后继续从键盘读入下一字符，直到读出的字符是回车符为止。

8.3.4　字符串读写函数 fgets 和 fputs

1. 读字符串函数 fgets

函数原型：

```
char *fgets(char *s, int n, FILE *fp);
```

说明：

（1）从 fp 输入字符串到 s 中，输入 n–1 个字符，或遇到换行符或 EOF 为止，读完后自动在字符串末尾添加'\0'。

（2）若成功，返回 s 首地址。

（3）若失败，返回 NULL。

fgets 函数的功能是从指定的文件中读一个字符串到字符数组中。

【例 8.3】 从 book.txt 文件中读入一个含 99 个字符的字符串。

```
#include<stdio.h>
main()
{
   FILE *fp;
   char string[100];
   if((fp=fopen("book.txt","rt"))==NULL)
```

```
        {
            printf("File  cannot  be  opened!");
            exit(0);
        }
    fgets(string,100,fp);
    printf("%s",string);
    fclose(fp);
}
```

程序定义了一个有 100 个字节的字符数组 string，以读文本文件的方式打开文件 book.txt，从中读出 99 个字符送入 string 数组，在数组最后一个单元内将加上'\0'，然后在屏幕上显示输出 string 数组。

2. 写字符串函数 fputs

函数原型：

```
int fputs(char *s, FILE *fp);
```

说明：

（1）字符串的结束标志'\0'不会输出到文件，也不会在字符串末尾自动添加换行符。

（2）若成功，返回输出字符个数（或最后的字符）。

（3）若失败，返回 EOF。

fputs 函数的功能是向指定的文件写入一个字符串。

【例 8.4】 在文件 book.txt 中追加一个字符串。

```
#include<stdio.h>
main()
{
    FILE *fp;
    char ch,string[20];
    if((fp=fopen("book.txt","at+"))==NULL)
      {
            printf("File  cannot  be  opened!");
            exit(0);
      }
    printf("input a string:\n");
    scanf("%s",string);
    fputs(string,fp);
    fclose(fp);
}
```

程序以追加读写文本文件的方式打开文件 book.txt，然后输入字符串，并用 fputs()函数把该字符串写入文件 book.txt 中。

8.3.5 数据块读写函数 fread 和 fwrite

函数原型：

```
size_t fread (void  *buffer, size, count, FILE  *fp);
```

函数原型：

```
size_t fwrite(void  *buffer, size, count, FILE  *fp);
```

说明：

（1）buffer：要读/写的数据块地址。

（2）size：要读/写的每个数据项的字节数。

（3）count：要读/写的数据项数量。

（4）fp：文件指针。

（5）若成功，返回实际读/写的数据项数量。

（6）若失败，一般返回 0。

【例 8.5】 从键盘输入两个学生数据，写入一个文件中，再读出这些数据显示在屏幕上。

```
#include<stdio.h>
struct student
{
   char name[10];
   int num;
}stu1[2],stu2[2],*p,*q;
main()
{
   FILE *fp;
   char ch;
   int i;
   p=stu1;
   q=stu2;
   if((fp=fopen("boy","w"))==NULL)
      {
         printf("File  cannot  be  opened!");
         exit(0);
      }
   printf("\n input data\n");
   for(i=0;i<2;i++,p++)
      scanf("%s%d ",p->name,&p->num);
   p=stu1;
   fwrite(p,sizeof(struct student),2,fp);
   fclose(fp);
   if((fp=fopen("boy","r"))==NULL)
   {
      printf("File  cannot  be  opened!");
      exit(0);
   }
   fread(q,sizeof(struct stuent),2,fp);
   printf("\n\n name\t number \n");
   for(i=0;i<2;i++,q++)
```

```
      printf("%s\t%5d \n",q->name,q->num);
   fclose(fp);
}
```

程序定义了一个结构体 student,说明了两个结构体数组 stu1 和 stu2 及两个结构体指针变量 p 和 q。p 指向 stu1,q 指向 stu2。程序以读的方式打开文件 "boy",输入两个学生数据之后,写入该文件中, 然后把文件关闭,再打开该文件,读出两个学生数据后,在屏幕上显示。

8.3.6　格式化读写函数 fscanf 和 fprintf

函数原型:

```
int fscanf(FILE *fp,char *format[,address,…]);
int fprintf(FILE *fp,char *format[,argument, …]);
```

说明:
(1) 各参数的含义与 printf 和 scanf 函数类似。
(2) 从文件输入或输出到文件。

fscanf 函数和 fprintf 函数与前面使用的 scanf 和 printf 函数的功能相似,都是格式化读写函数。两者的区别在于 fscanf 函数和 fprintf 函数的读写对象不是键盘和显示器,而是磁盘文件。

【例 8.6】 格式化读写文件。

```
#include<stdio.h>
void main()
{
   FILE  *fp;
   char  string[10];          /*姓名字符串*/
   int  age;                  /*年龄*/
   float  average;            /*平均成绩*/
   if((fp = fopen("book.txt", "w")) == NULL)
      {printf("Cannot open file! \ n");
      exit (0) ;}
   printf ("string: ");
   for(int i=0;i<9;i++)
      scanf ("%c",&string[i]);
   printf ("age,average: ");
   scanf ("% d % f",&age,& average);
   while  (strlen(string)> 1) {
        fprintf(fp,"% s % d % f",string,age,average);
        printf("string,age,average : ");
        scanf("% s % d % f",str,&age,& average);}
    fclose(fp);
}
```

8.3.7 常用文件操作函数

1. 文件结束检测函数 feof
函数原型：

```
int feof(FILE *fp);
```

说明：
（1）判断文件是否处于文件结束位置。
（2）如文件结束，则返回值为 1，否则为 0。
例如，读入一个文件直到文件尾的程序代码如下：

```
while(!feof(fp))
  ch=getc(fp);
```

2. 读写文件出错检测函数 ferror
函数原型：

```
int ferror(FILE *fp);
```

说明：
（1）检查文件在用各种输入输出函数进行读写时是否出错。
（2）如 ferror 返回值为 0 表示未出错，否则表示出错。
应该注意，对同一个文件每一次调用输入输出函数时，均产生一个新的 ferror 函数值，因此，应当在调用一个输入输出函数后立即检查 ferror 函数的值，否则信息会丢失。
在执行 fopen 函数时，ferror 函数的初始值自动置 0。

3. 文件出错标志和文件结束标志置零函数 clearerr
函数原型：

```
int clearerr(FILE *fp);
```

说明：
（1）清除出错标志和文件结束标志，使它们为 0 值。
（2）如在调用一个输入输出函数时出现错误，ferror 函数值为一个非零值。在调用 clearerr(fp)后，ferror(fp)的值变成 0。
（3）只要出现错误标志就一直保留，直到对同一文件调用 clearerr 函数或任何其他一个输入输出函数。

8.4 文件的定位

前面介绍的对文件的读写方式都是顺序读写，即读写文件只能从头开始，顺序读写各个数据。但在实际问题中我们并不总是希望按顺序读写文件，有时也需要在文件的任意指定位置读写数据，这就是文件随机读写的概念。实现随机读写的关键是按要求移动位置指针，这称为文件的定位。

文件中有一个位置指针，指向当前读写的位置，如果顺序读写一个文件，每次读写一个字符，则读写完这个字符后，该位置指针自动移动指向下一个字符位置。如果想改变这样的规律，强制使位置指针指向其他指定的位置，主要使用 rewind 函数、fseek 函数和 ftell 函数。

8.4.1 重新定位函数 rewind

函数原型：

```
void rewind(FILE *fp);
```

说明：

（1）fp：文件指针。

（2）使文件位置指针重新返回文件头，无返回值。

它的功能是把文件内部的位置指针移到文件头。不管当前文件的位置指针在何处，都强行让该指针指向文件头。

8.4.2 得到当前文件内部位置函数 ftell

函数原型：

```
long ftell(FILE *fp);
```

说明：

（1）fp：文件指针。

（2）得到文件中的当前位置，用相对于文件头的位移量来表示。

由于文件中的位置指针经常移动，人们往往不容易知道其当前位置。用 ftell 函数可以得到当前位置，如果 ftell 函数返回值为–1L，表示出错。例如：

```
i=ftell(fp);
if(i==-1L)
printf("error");
```

变量 i 存放当前位置，如调用函数出错（如不存在此文件），则输出"error"。

8.4.3 移动文件内部位置函数 fseek

函数原型：

```
int fseek(FILE *fp, long offset, int whence);
```

说明：

（1）fp：文件指针。

（2）offset：偏移量。

（3）whence：起始位置。

该函数的功能是可以随机改变文件的位置指针。"文件指针"指向被移动的文件。"偏移量"表示移动的字节数，要求偏移量是 long 型数据。当用常量表示偏移量时，要求加后缀"L"。

"起始位置"表示开始计算偏移量的起点，有 3 种表示方式：文件开始、当前位置和文件末尾，如表 8-2 所示。

表 8-2　文件位置指针

起始点	表示符号	数字表示
文件开始	SEEK_SET	0
文件当前位置	SEEK_CUR	1
文件末尾	SEEK_END	2

举例：

```
fseek(fp,10L, SEEK_SET); /*意义是把位置指针移到离文件开始10个字节处。*/
fseek(fp, -100L, 1);     /*其意义是把位置指针从当前位置向文件头移动100个字节。*/
fseek(fp, -28L, 2);      /*其意义是把位置指针从文件尾向文件头移动28个字节。*/
```

8.5　应用举例

【例 8.7】　在学生文件 student.txt 中读出第二个学生的数据。

```
#include<stdio.h>
struct student
{
    char name[10];
    ichar addr[20];
}stu,*q;
main()
{
    FILE *fp;
    char ch;
    int i=1;
    q=&stu;
    if((fp=fopen("student.txt","r"))==NULL)
      {
        printf("File  cannot  be  opened!");
```

```
            exit(0);
        }
    rewind(fp);
    fseek(fp,i*sizeof(struct student),0);
    fread(q,sizeof(struct student),1,fp);
    printf("\n\nname\t addr\n");
    printf("%s\t %s\n",q->name, q->addr);
}
```

【例 8.8】 综合应用举例。

① 建立一个含有 30 个学生成绩的文件：file1.txt。每个学生的数据包括：姓名、学号及语文、数学、外语 3 门课的成绩。

② 求每个学生的总分和平均分，文件名为 file2.txt。

③ 对 file2.txt 按总分排序，结果存入文件 file3.txt。

```
#include "stdio.h"
struct stu1
 {
  char name[10];                          /*姓名*/
  char num[10];                           /*学号*/
  int score[3];                           /*三门课成绩*/
 }s1[30];
struct stu2
 {
  char name[10];
  char num[10];
  int score[3];
  int total;                              /*总分*/
  float average;                          /*平均分*/
 }s2[30];
/*从键盘输入基本数据放到 file1.txt 文件中*/
void inputfile1()
{ FILE *f;
 int k;
 f=fopen("file1.txt","w");
 for(k=0;k<30;k++)
 {  scanf("%s %s %d %d %d",s1[i].name,s1[i].num,
        &s1[i].score[0],&s1[i].score[1],&s1[i].score[2]);
    if(fwrite(&s1[i],sizeof(struct stu1),1,f)!=1)
    {printf("File file1.txt write error\n"); return;}
  }
  fclose(f);
}
/*建立 file2.txt 文件*/
void computefile2()
```

```
{ FILE *f,*f1; int m,n;
 f=fopen("file2.txt","w");
 f1=fopen("file1.txt","r");
 for(m=0;m<30;m++)
    {  strcpy(s2[i].name,s1[i].name);
     strcpy(s2[i].num,s1[i].num);
     for(n=0;n<3;n++)
      {s2[i].score[j]=s1[i].score[j]; s2[i].total+=s1[i].score[j];}
     s2[i]. average=s2[i].total/3;
     if(fwrite(&s2[i],sizeof(struct stu2),1,f)!=1)
         {printf("File file1.txt write error\n"); return;}
     fseek(f1,sizeof(struct stu1),1);    }
  fclose(f);   fclose(f1);
}
/*按总分排序，把结果存放到 file3.txt 中并在屏幕上显示*/
void sort()
{
 FILE *f1,*f2;
 int m,n;
 struct stu2 temp;
 f1=fopen("file2.txt","r");
 f2=fopen("file3.txt","w");
   for(m=0;m<30;m++)
   {
   for(n=m+1;n<30;n++)
     if(s2[m].total<s2[n].total)
         {temp=s2[m]; s2[m]=s2[n];s2[n]=temp;}
   fwrite(&s2[i],sizeof(temp),1,f2);
   printf("%-10s%-10s%3d%3d%3d%4d%4.1f\n",s2[i].name,s2[i].num,
   s2[i].score[0],s2[i].score[1],s2[i].score[2],
   s2[i].total,s2[i]. average);
   }
   fclose(f1);
   fclose(f2);
}
main()
{
  inputfile1();
  computfile2();
  sort();
}
```

8.6 本章小结

（1）介绍了二进制文件和 ASCII 文件。

（2）标准输入输出文件的概念。

（3）FILE 类型、文件指针的概念。

（4）当一个文件被打开时，如何取得该文件指针，读写结束时怎样关闭文件。

（5）二进制文件和文本文件的只读、只写、读写、追加 4 种打开方式。

（6）文件可以字节、字符串、数据块为单位读写，文件也可按指定的格式进行读写。

（7）文件内部位置指针的操作，文件随机读写的实现。

习 题 8

一、简答题

1．什么是缓冲文件系统？

2．文件的打开与关闭的含义是什么？

3．为什么要打开和关闭文件？

4．什么是文件指针？

5．二进制文件与文本文件的区别是什么？

6．文件使用完毕后必须关闭，否则的严重后果是什么？

二、单项选择题

1．要打开一个已存在的非空文件"file"用于修改，选择正确的语句（　　）。

    A．fp＝fopen("file","r");　　　　　　　　B．fp=fopen("file","w");

    C．fp=fopen("file","r+");　　　　　　　　D．fp=fopen("file","w+");

2．标准库函数 fgets(s,n,f)的功能是（　　）。

    A．从文件 f 中读取长度为 n 的字符串存入指针 s 所指的内存

    B．从文件 f 中读取长度不超过 n–1 的字符串存入指针 s 所指的内存

    C．从文件 f 中读取 n 个字符串存入指针 s 所指的内存

    D．从文件 f 中读取长度为 n–1 的字符串存入指针 s 所指的内存

3．C 语言中的文件类型只有（　　）。

    A．索引文件和文本文件两种　　　　　　B．文本文件一种

    C．二进制文件一种　　　　　　　　　　D．ASCII 码文件和二进制文件两种

4．如果程序中有语句 FILE *fp；fp=fopen("xyz. txt","w")；则程序准备做（　　）。

    A．对文件读写操作　　B．对文件读操作　　C．对文件写操作　　D．对文件不操作

5．若 fp 已正确定义并指向某个文件，当未遇到该文件结束标志时函数 feof(fp)的值为（　　）。

    A．0　　　　　　　　B．1　　　　　　　C．–1　　　　　　　D．一个非 0 值

6．执行如下程序段：

```
#include<stdio. h>
FILE  *fp;
fp=fopen("file","w");
```

则磁盘上生成的文件的全名是（　　　）。

  A．file   B．file.c   C．file.dat   D．file.txt

7．当已经存在一个 file1.txt 文件，执行函数 fopen("file1.txt","r+")的功能是（　　　）。

  A．打开 file1.txt 文件，清除原有的内容

  B．打开 file1.txt 文件，只能写入新的内容

  C．打开 file1.txt 文件，只能读取原有内容

  D．打开 file1.txt 文件，可以读取和写入新的内容

8．fread(buf,64,2,fp)的功能是（　　　）。

  A．从 fp 所指向的文件中，读出整数 64，并存放在 buf 中

  B．从 fp 所指向的文件中，读出整数 64 和 2，并存放在 buf 中

  C．从 fp 所指向的文件中，读出 64 个字节的字符，读两次，并存放在 buf 地址中

  D．从 fp 所指向的文件中，读出 64 个字节的字符，并存放在 buf 中

9．以下程序的功能是（　　　）。

```
#include<stdio. h>
main()
{
  FILE  *fp;
  char  str[]="Beijing  2008";
  fp=fopen("file2","w");
  fputs(str,fp);
  fclose(fp);
}
```

  A．在屏幕上显示"Beijing　2008"

  B．把"Beijing　2008"存入 file2 文件中

  C．在打印机上打印出"Beijing　2008"

  D．以上都不对

三、分析程序，写出运行结果

1．已知磁盘上有一文件 text. txt，其中的内容为：Happy_new_year。设下列程序中，该文件已经以"读"方式正确打开，并由文件指针 my_fp 指向该文件，则程序的输出结果是（　　　）。

```
#include<stdio. h>
main()
{   FILE *my_fp;char str[40];
    ……
    fgets(str,5,my_fp);
    printf("%s\n",str);
    fclose(my_fp);
}
```

  A．happy   B．happ   C．my_fp   D．my.

2．以下程序的运行结果是（　　）。

```
#include<stdio. h>
main()
{    FILE *fp; int i=20,j=30,k,n;
     fp=fopen("d1. dat","w");
     fprintf(fp,"%d\n",i);fprintf(fp,"%d\n",j);
     fclose(fp);
     fp=fopen("d1. dat", "r");
     fp=fscanf(fp,"%d%d",&k,&n);  printf("%d %d\n",k,n);
     fclose(fp);
}
```

A．20　30　　　　　　B．30　20　　　　　　C．d1.dat　　　　　　D．fp

四、编写程序题

1．从键盘输入一个字符串，将其中的小写字母全部转换成大写字母，然后输出到一个磁盘文件"myfile"中保存，以字符串以"？"结束。

2．有 5 个学生，每个学生有 3 门课的成绩，从键盘输入以上数据（包括学生号、姓名、3 门课成绩），计算出平均成绩，将原有的数据和计算出的平均分数存放在磁盘文件"stud"中。

3．有两个磁盘文件 x 和 y，各存放一行字母，要求把这两个文件中的信息合并，输出到一个新文件 z 中。

ASCII 码表

十进制	八进制	十六进制	字符	十进制	八进制	十六进制	字符
000	000	00	(null)	032	040	20	(space)
001	001	01	☺	033	041	21	!
002	002	02	●	034	042	22	"
003	003	03	♥	035	043	23	#
004	004	04		036	044	24	$
005	005	05	♣	037	045	25	%
006	006	06	♠	038	046	26	&
007	007	07	●	039	047	27	'
008	010	08	▣	040	050	28	(
009	011	09	tab	041	051	29	)
010	012	0A	line feed	042	052	2A	*
011	013	0B	♂	043	053	2B	+
012	014	0C	♀	044	054	2C	,
013	015	0D	♪	045	055	2D	-
014	016	0E	♫	046	056	2E	.
015	017	0F	☼	047	057	2F	/
016	020	10	►	048	060	30	0
017	021	11	◄	049	061	31	1
018	022	12	↕	050	062	32	2
019	023	13	‼	051	063	33	3
020	024	14	¶	052	064	34	4
021	025	15	§	053	065	35	5
022	026	16	▬	054	066	36	6
023	027	17		055	067	37	7
024	030	18	↑	056	070	38	8
025	031	19	↓	057	071	39	9
026	032	1A	→	058	072	3A	:
027	033	1B	←	059	073	3B	;
028	034	1C	└	060	074	3C	<
029	035	1D	↔	061	075	3D	=
030	036	1E	▲	062	076	3E	>
031	037	1F	▼	063	077	3F	?

续表

十进制	八进制	十六进制	字符	十进制	八进制	十六进制	字符
064	100	40	@	105	151	69	i
065	101	41	A	106	152	6A	j
066	102	42	B	107	153	6B	k
067	103	43	C	108	154	6C	l
068	104	44	D	109	155	6D	m
069	105	45	E	110	156	6E	n
070	106	46	F	111	157	6F	o
071	107	47	G	112	160	70	p
072	110	48	H	113	161	71	q
073	111	49	I	114	162	72	r
074	112	4A	J	115	163	73	s
075	113	4B	K	116	164	74	t
076	114	4C	L	117	165	75	u
077	115	4D	M	118	166	76	v
078	116	4E	N	119	167	77	w
079	117	4F	O	120	170	78	x
080	120	50	P	121	171	79	y
081	121	51	Q	122	172	7A	z
082	122	52	R	123	173	7B	{
083	123	53	S	124	174	7C	|
084	124	54	T	125	175	7D	}
085	125	55	U	126	176	7E	~
086	126	56	V	127	177	7F	⌂
087	127	57	W	128	200	80	Ç
088	130	58	X	129	201	81	ü
089	131	59	Y	130	202	82	é
090	132	5A	Z	131	203	83	â
091	133	5B	[	132	204	84	ä
092	134	5C	\	133	205	85	à
093	135	5D	]	134	206	86	å
094	136	5E	^	135	207	87	ç
095	137	5F	—	136	210	88	ê
096	140	60	`	137	211	89	ë
097	141	61	a	138	212	8A	è
098	142	62	b	139	213	8B	ï
099	143	63	c	140	214	8C	î
100	144	64	d	141	215	8D	ì
101	145	65	e	142	216	8E	Ä
102	146	66	f	143	217	8F	Å
103	147	67	g	144	220	90	É
104	150	68	h	145	221	91	æ

续表

十进制	八进制	十六进制	字符	十进制	八进制	十六进制	字符
146	222	92	Æ	187	273	BB	╕
147	223	93	ô	188	274	BC	╜
148	224	94	ö	189	275	BD	╜
149	225	95	ò	190	276	BE	╛
150	226	96	û	191	277	BF	┐
151	227	97	ù	192	300	C0	└
152	230	98	ÿ	193	301	C1	┴
153	231	99	Ö	194	302	C2	┬
154	232	9A	Ü	195	303	C3	├
155	233	9B	¢	196	304	C4	─
156	234	9C	£	197	305	C5	┼
157	235	9D	¥	198	306	C6	╞
158	236	9E	Pts	199	307	C7	╟
159	237	9F	ƒ	200	310	C8	╚
160	240	A0	á	201	311	C9	╔
161	241	A1	í	202	312	CA	╩
162	242	A2	ó	203	313	CB	╦
163	243	A3	ú	204	314	CC	╠
164	244	A4	ñ	205	315	CD	═
165	245	A5	Ñ	206	316	CE	╬
166	246	A6	ª	207	317	CF	╧
167	247	A7	º	208	320	D0	╨
168	250	A8	¿	209	321	D1	╤
169	251	A9	⌐	210	322	D2	╥
170	252	AA	¬	211	323	D3	╙
171	253	AB	½	212	324	D4	╘
172	254	AC	¼	213	325	D5	╒
173	255	AD	¡	214	326	D6	╓
174	256	AE	«	215	327	D7	╫
175	257	AF	»	216	330	D8	╪
176	260	B0	░	217	331	D9	┘
177	261	B1	▒	218	332	DA	┌
178	262	B2	▓	219	333	DB	█
179	263	B3	│	220	334	DC	▄
180	264	B4	┤	221	335	DD	▌
181	265	B5	╡	222	336	DE	▐
182	266	B6	╢	223	337	DF	▀
183	267	B7	╖	224	340	E0	α
184	270	B8	╕	225	341	E1	ß
185	271	B9	╣	226	342	E2	Γ
186	272	BA	║	227	343	E3	π

续表

十进制	八进制	十六进制	字符	十进制	八进制	十六进制	字符
228	344	E4	Σ	242	362	F2	⩾
229	345	E5	σ	243	363	F3	⩽
230	346	E6	μ	244	364	F4	⌠
231	347	E7	τ	245	365	F5	⌡
232	350	E8	Φ	246	366	F6	÷
233	351	E9	Θ	247	367	F7	≈
234	352	EA	Ω	248	370	F8	°
235	353	EB	δ	249	371	F9	•
236	354	EC	∞	250	372	FA	·
237	355	ED	φ	251	373	FB	√
238	356	EE	ε	252	374	FC	ⁿ
239	357	EF	∩	253	375	FD	²
240	360	F0	≡	254	376	FE	■
241	361	F1	±	255	377	FF	Blank

运算符和结合性

优先级	运算符	含义	要求运算 对象个数	结合方向
1	( ) [ ] -> .	圆括弧 下标运算符 指向结构体成员运算符 结构体成员运算符		自左至右
2	! ~ ++ − − − （类型） * & sizeof	逻辑非运算符 按位取反运算符 自增运算符 自减运算符 负号运算符 类型转换运算符 指针运算符 取地址运算符 长度运算符	1 单目运算符	自右至左
3	* / %	乘法运算符 除法运算符 求余运算符	2 双目运算符	自左至右
4	+ −	加法运算符 减法运算符	2 双目运算符	自左至右
5	<< >>	左移运算符 右移运算符	2 双目运算符	自左至右
6	< <= > >=	关系运算符	2 双目运算符	自左至右
7	== ! =	等于运算符 不等于运算符	2 双目运算符	自左至右
8	&	按位与运算符	2 双目运算符	自左至右
9	∧	按位异或运算符	2 双目运算符	自左至右
10	|	按位或运算符	2 双目运算符	自左至右
11	&&	逻辑与运算符	2 双目运算符	自左至右
12	||	逻辑或运算符	2 双目运算符	自左至右
13	? :	条件运算符	3 三目运算符	自右至左
14	= += −= *= /= %= >>= <<= &= ∧= !=	赋值运算符	2 双目运算符	自右至左
15	,	逗号运算符		自左至右

常用函数

输入输出函数（使用时应包含头文件"stdio.h"）

函数名称	调用形式	函数功能	返回值
Close	int close(int handle);	关闭与 handle 相关联的文件	关闭成功返回 0；否则返回-1
creat	int creat(char *path,int amode);	以 amode 指定的方式创建一个新文件或重写一个已经存在的文件	创建成功时返回非负整数给 handle；否则返回-1
eof	int eof(int handle);	检查与 handle 相关的文件是否结束	若文件结束返回1。否则返回0；返回值为-1 表示出错
fclose	int fclose(FILE *stream);	关闭 stream 所指的文件并释放文件缓冲区	操作成功返回 0，否则返回非 0
feof	int feof(FILE *stream);	测试所给的文件是否结束	若检测到文件结束，返回非 0 值；否则返回为 0
ferror	int ferroe(FILE *stream);	检测 stream 所指向的文件是否有错	若有错返回 0；否则返回非 0
fflush	int fflush(FILE *stream);	把 stream 所指向的所有数据何控制信息存盘	若成功返回 0；否则返回非 0
fgetc	int fgetc(FILE *stream);	从 stream 所指向的文件中读取下一个字符	操作成功返回所得到的字符；当文件结束或出错时返回 EOF
fgets	char *fgets(char *s,int n,FILE stream);	从输入流 stream 中读取 n-1 个字符，或遇到换行符"\n"为止，并把读出的内容存入 s 中	操作成功返回所指的字符串的指针；出错或遇到文件结束符时返回 NULL
fopen	FILE *fopen(char *filename,char *mode);	以 mode 指定的方式打开以 filename 为文件名的文件	操作成功返回到相连的流；出错时返回 NULL
printf	intfprintf(FILE *stream, char *format[,argument]);	照原样输出格式串 format 的内容到流 stream 中，每遇到一个%，就按规定的格式依次输出一个 argument 的值到流 stream 中	返回所写字符的个数；出错时返回 EOF
fputc	int fputc(char *s,FILE *stream);	写一个字符到流中	操作成功返回所写的字符；失败或出错时返回 EOF
fputs	int fputs(char *s,FILE *stream);	把 s 所指的以空字符结束的字符串输出到流中，不加换行符"\n"，不拷贝字符串结束标记"\0"	操作成功返回最后写的字符；出错时返回 EOF
fread	int fread(void *ptr,int size, intn,FILE *stream);	从所给的流 stream 中读取 n 项数据，每一项数据的长度是 size 字节,放到又 ptr 所指的缓冲区中	操作成功返回所读取的数据项数（不是字节数）；遇到文件结束或出错时返回 0

续表

函数名称	调用形式	函数功能	返回值
freopen	FILE *freopen(char Filename,char *mode, FILE *stream);	用 filename 所指定的文件代替与打开的流 stream 相关联的文件	若操作成功返回 stream；出错时返回 NULL
fscanf	int fscanf(FILE *stream, char *format,address,…);	从流 stream 中扫描输入字段，每读入一个字段，就按照从 format 所指定的格式串中区一个从%开始的格式进行格式化，之后存在对应的地址 address 中	返回成功地扫描、转换和存储地输入字段的个数；遇到文件结束返回 EOF；如果没有输入字段被存储则返回为 0
fseek	int fseek(FILE *stream, long offset,int whence);	设置与流 stream 相联系的文件指针到新的位置，新位置与 whence 给定的文件位置的距离为 offset 个字节	调用 fseek 之后，文件指针指向一个新的位置，成功的移动指针时返回 0；出错或失败时返回非 0 值
fwrite	int fwrite(void *ptr,int size,int n,FILE *stream);	把指针 ptr 所指的 n 个数据输出到流 stream 中，每个数据项的长度是 size 个字节	操作成功返回确切写入的数据项的个数（不是字节数）；遇到文件结束或出错时返回 0
getc	int getc(FILE *stream);	Getc 是返回指定输入流 stream 中一个字符的宏，它移动 stream 文件的指针，使其指向下一个字符	操作成功返回所读取的字符；到文件结束或出错时返回 EOF
getchar	int getchar();	从标准输入流读取一个字符	操作成功返回输入流中的一个字符；遇到文件结束 Ctrl+z 或出错时返回 EOF
gets	char *gets(char *s);	从输入流中读取一个字符串，以换行符结束，送入 s 中，并在 s 中用"\0"空字符代替换行符	操作成功时返回指向字符串的指针；出错或遇到文件结束时返回 NULL
getw	int getw(FILE *stream);	从输入流中读取一个整数，不应用于当 stream 以 text 文本方式打开的情况	操作成功时返回输入流 stream 中的一个整数；遇到文件结束或出错时返回 EOF
kbhit	int kbhit( );	检查当前按下的键	若按下的键有效，返回非 0 值，否则返回 0 值
lseek	long lseek(int handle,long offset,int fromwhere);	Lseek 把与 handle 相联连的文件指针从 fromwhere 所指的文件位置移动到偏移量为 offset 的新位置	返回从文件开始位置算起到指针新位置的偏移量字节数；发生错误返回–1L
open	int open(char *path,int mode);	根据 mode 的值打开由 path 指定的文件	调用成功返回文件句柄为非负整数；出错时返回–1
printf	int printf(char *format [,argu,…]);	照原样复制格式串 format 中的内容到标准输出设备，每遇到一个%，就按规定的格式，依次输出一个表达式 argu 的值到标准输出设备上	操作成功返回输出的字符值；出错返回 EOF
putc	int putc(int c, FILE *stream);	将字符 c 输出到 stream 中	操作成功返回输出字符的值；否则返回 EOF
putchar	int putchar(int ch);	向标准输出设备输出字符	操作成功返回 ch 值；出错时返回 EOF
puts	int puts(char *s);	输出以空字符结束的字符串 s 到标准输出设备上，并加上换行符	返回最后输出的字符；出错时返回 EOF
putw	int putw(int w,FILE *stream);	输出整数 w 的值到流 stream 中	操作成功返回 w 的值；出错时返回 EOF

续表

函数名称	调用形式	函数功能	返回值
read	int read(int handle, void *buf,unsigned len);	从与 handle 相联连的文件中读取 len 个字节到由 buf 所指的缓冲区中	操作成功返回实际读入的字节数，到文件的末尾返回 0；失败时返回–1
remove	int remove (char *filename);	删除由 filename 所指定的文件，若文件已经打开，则先要关闭该文件再进行删除	操作成功返回0值，否则返回–1
rename	int rename(char *oldname, char *newname);	将 oldname 所指定的旧文件名改为由 newname 所指定的新文件名	操作成功返回0值，否则返回–1
rewind	void rewind(FILE *stream);	把文件的指针重新定位到文件的开头位置	无
scanf	int scanf(char *format, address,…);	scanf 扫描输入字段，从标准输入设备中每读入一个字段，就依次按照 format 所规定的格式串取一个%开始的格式进行格式化，然后存入对应的一个地址 address 中	操作成功返回扫描、转换和存储的输入的字段的个数；遇到文件结束，返回值为 EOF
sprintf	int sprintf(char *buffer, char *format,[argu,…]);	本函数接受一系列参数和确定输出格式的格式控制串（由 format 指定），并把格式化的数据输出到 buffer 中	返回输出的字节数；出错返回 EOF
sscanf	int sscanf(char *buffer, char *format,address,…);	扫描输入字段，从 buffer 所指的字符串每读入一个字段，就依次按照由 format 所指的格式串中取一个从%开始的格式进行格式化，然后存入到对应的地址 address 中	操作成功返回扫描，转换和存储的输入字段的个数；遇到文件结束则返回 EOF
write	int write(int handle, void *buf,unsigned len);	从 buf 所指的缓冲区中写 len 个字节的内容到 handle 所指的文件中	返回实际所写的字节数；如果出错返回–1

数学函数（使用时应包含头文件 "math.h"）

函数名称	调用形式	函数功能	返回值
acos	double acos(double x);	计算 x 的反余弦值	计算结果
asin	double asin(double x);	计算 x 的反正弦值	计算结果
atan	double atan(double x);	计算 x 的反正切值	计算结果
atan2	double atan2(double y,double x);	计算 y/x 的反正切值	计算结果
ceil	double ceil(double x);	舍入	返回≥x 的用双精度浮点数表示的最小整数
cos	double cos(double x);	计算 x 的余弦值	计算结果
cosh	double cosh(double x);	计算 x 的双曲余弦值	计算结果
exp	double exp(double x);	计算 e 的 x 次方的值	计算结果
fabs	double fabs(double x);	计算双精度 x 的绝对值|x|	计算结果
floor	double floor(double x);	下舍入	返回≤x 的用双精度浮点数表示的最大整数
fmod	double fmod(double x,double y);	计算 x 对 y 的模，即 x/y 的余数	计算结果
log	double log(double x);	计算 x 的自然对数 ln x 的值	计算结果
log10	double log10(double x);	计算 10 为底的常用对数 log10x 的值	计算结果

续表

函数名称	调用形式	函数功能	返回值
pow	double pow(double x, double y);	计算 x 的 y 次方的值	计算结果
sin	double sin(double x);	计算 x 的正弦值	计算结果
sinh	double sinh(double x);	计算 x 的双曲正弦值	计算结果
sqrt	double sqrt(double x);	计算 x 的平方根的值	计算结果
tan	double tan(double x);	计算 x 的正切值	计算结果
tanh	double tanh(double x);	计算 x 的双曲正切值	计算结果

动态存储分配函数

函数名称	调用形式	函数功能	返回值
calloc	void *calloc(size_tnitem,size_tsize);	动态分配内存空间,内存量为 nitem×size 个字节	返回新的分配内存块的起始地址;若无 nitem 乘 size 个字节的内存空间返回 NULL
free	void free(void *block);	释放以前分配的首地址为 block 的内存块	无
malloc	void*malloc(size_t size);	分配长度为 size 个字节的内存块	返回指向新分配内存块首地址的指针;否则返回 NULL
realloc	void *realloc(void *block,size_t size);	收缩或扩充已分配的内存块大小改为 size 个字节	返回指向该内存区的指针

注：在 ANSI 标准中使用时应包含头文件 "stdlib.h"，不过目前很多 C 编译器都把这些信息放在 "malloc.h" 中

时间函数（使用时应包含头文件 "time.h"）

函数名称	调用形式	函数功能	返回值
astime	char *astime(struct tm *tblock);	转换日期和时间为 ASCII 字符串	返回指向字符串的指针
ctime	char *ctime(time_t *time);	把日期和时间转换为对应的字符串	返回指向包含日期和时间的字符串的指针
difftime	double difftime(time_t time2, time_t time1);	计算两个时刻之间的时间差	返回两个时刻的秒差值
gmtime	struct tm *gmtime(time_t *time);	把日期和时间转换为格林尼治时间 (GMT)	返回指向 tm 结构体的指针
time	time_t time(time_t *time);	取系统当前时间	返回系统的当前日历时间；若系统无时间，返回−1

注：在"time.h"文件中定义的结构 tm 如下：

```
struct tm{
    int tm_sec;     /* 秒, 0~59 */
    int tm_min;     /* 分, 0~59 */
    int tm_hour;    /* 小时, 0~23 */
    int tm_mday;    /* 每月天数, 1~31 */
    int tm_mon;     /* 从一月开始的月数, 0~11 */
    int tm_year;    /* 自1900 的年数, */
    int tm_wday;    /* 自星期日的天数, 0~6 */
    int tm_yday;    /* 自1月1日起的天数, 0~365 */
    int tm_isdst;   /* 采用夏时制为正, 否则为0; 若为负, 则无此信息 */
}
```

字符串函数（使用时应包含头文件"string.h"）

函数名称	调用形式	函数功能	返回值
memchr	void memchr(void *s,int c,size_t n);	由 s 指向的内存块的前 n 个字节中搜索字符 c 中的内容	成功时返回指向 s 中 c 首次出现的位置的指针；其他情况返回 NULL
memcmp	int memcmp(void *s1, void *s2,size_t n);	从首字符开始，逐位比较 s1 和 s2 所指向的内存块的前 n 个字节	s1 所指的内容小于 s2 所指的内容，返回小于 0 的整数；s1 所指的内容等于 s2 所指的内容，返回 0；s1 所指的内容大于 s2 所指的内容，返回大于 0 的整数
memcpy	void memcpy(void *dest,void *src,size_t n);	从 stc 拷贝 n 个字节的内容放到 dest，若 src 于 dest 重叠 memcpy 无意义	返回 dest
memmove	void *memmove(void *dest, void *src,size_t n);	从 src 拷贝 n 个字节 d 的内存块到 dest	返回 dest
memset	void *memset(void *s,int c,size_t n)	设置数组 s 的前 n 个字节均为字符 c 中的内容	返回 s
strcat	char *strcat(char *dest, char *src);	在 dest 所指的字符串的尾部添加由 src 所指的字符串	返回指向连接后的字符串的指针
strchr	char *strchr(char *s,int c);	扫描字符串，搜索由 c 指定的字符第 1 次出现的位置	返回指向串 s 中首次出现字符 c 的指针；若找不到由 c 所指的字符，返回 NULL
strcmp	int strcmp(char *s1, char*s2);	比较串 s1 和串 s2，从首字符开始比较，接着比较随后对应的字符，直到发现不同，或到达字符串的结束为止	当 s1<s2 时，返值<0；当 s1=s2 时，返值=0；当 s1>s2 时，返值>0；
strcpy	char *strcpy(char *dest, char *stc);	把串 stc 的内容拷贝到 dest	返回指向 dest 的指针
strcspn	size_t strcspn(char *s1, char *s2);	寻找第一个不包含 s2 的 s1 的字符串的长度	返回完全不包含串 s2 的 s1 的字符串的长度
strlen	size_t strlen(char *s);	计算字符串的长度	返回 s 的长度(不计空字符)串
strncat	char *strncat(char *dest, char *src,size_t maxlen)	把源串 src 最多 maxlen 个字符添加到目的串 dest 后面，再加一个空字符	返回指向 dest 的指针
strncmp	int strncmp(char *s1, char *s2,size_t maxlen);	比较串 s1 和串 s2，从首字符开始比较，接着比较随后对应的字符，直到发现不同，或到达 maxlen 位为止	当 s1<s2 时，返值<0；当 s1=s2 时，返值=0；当 s1>s2 时，返值>0；
strncpy	char *strncpy(char *dest, char *src,size_t maxlen);	拷贝 src 串中的最多不超过 maxlen 个字符拷贝到 dest	返回指向 dest 的指针
strpbrk	char *strpbrk(char *s1, char *s2);	扫描字符串 s1，找出字符串 s2 中的任一字符的第 1 次出现	若找到，返回 指向 s1 中第 1 个与 s2 中任何一个字符相匹配的字符的指针；否则返回 NULL
strpn	size_t strspn(char *s1, char *s2);	搜索给定字符集的子集在字符串中第一次出现的段	返回字符串 s1 中开始发现包含字符串 s2 中全部字符的起始位置的初始长度

函数名称	调用形式	函数功能	返回值
strstr	char strstr(char *s1, char *s2);	搜索给定子串 s2 在 s1 中第一次出现的位置	返回 s1 中第一次出现子串 s2 位置的指针；如果在串 s1 中找不到子串 s2，返回 NULL

接口函数（头文件为："dos.h" 可移植性:仅使用于 DOS 系统)

函数名称	调用形式	函数功能
bdos	int bdos(int dosfun,unsigned dosdx, unsigned dosal);	提供直接访问许多由 dosfun 指定的 MS DOS 系统调用.dosdx 是寄存器 DX 的值，dosal 是寄存器 AL 的值
getdate	void getdate(struct date *datep);	取 MS DOS 的系统时间
getfat	void getfat(unsigned char drive,struct fatinfo *dtable);	取得指定的驱动器的文件分配表信息
Inport	int inport(int portid);	从 portid 指定的端口读入一个字
Inportb	int inportb(int portid);	从 portid 指定的端口读入一个字节
Int86	int int86(int int_num,union REGS *in_regs,union REGS *out_regs,struct SREGS *out_regs);	Int86 执行参数 int_num，指定的 8086 软中断
intdos	int intdos(union REGS *in_regs,union REGS *out_regs);	执行 DOS 软中断 0X21，调用一个指定的 DOS 功能调用
keep	void keep(unsigned char status, unsigned size	退出并继续驻留:keep 返回 MS-DOS，把出口状态置为 status，当前程序仍驻留在内存，程序所占内存空间为 size 字节，其余内存空间被释放
outport	void outport(int portidunsigned value);	把 value 的值写入到由 portid 指定的输出端口
outportb	void outportb(int portidunsigned value);	把 value 的字节值写入到由 portid 指定的输出端口
peek	int peek(unsigment,unsigned offset);	返回存储地址 segment:offset 中的一个字的值
peekb	int peekb(unsigment,unsigned offset);	返回存储地址 segment:offset 中的一个字节的值
poke	void poke(unsigned segment,unsigned offset,int value);	将整型数 value 的值存入到存储单元(segment:offset)中
pokeb	int randbrd(struct fcb *fcb,int rcnt);	将字符型 value 的值存入到存储单元 segment:offset 中
randbrd	int randbrd(struct fcb *fcb,int rcnt);	随机块写函数，randbrd 使用 fcb 所指的文件打开文件控制块 FCB 读取 rcnt 个记录
randbwr	int randbrd(struct fcb *fcb,int rcnt);	随机块写函数，randbwr 使用 fcb 所指的文件打开文件控制块 FCB 读取 rcnt 个记录
segread	void segread(struct SREGS *segp);	把段寄存器的当前值存入由 segp 所指向的结构体中
setdate	void setdate(struct date *datep);	设置 MS DOS 系统时间的月、日、年，设置日期到由 datep 所指的 date 结构体中
sttime	void settime(struct time *timep);	设置系统时间到由 timep 所指的 time 结构体中
sleep	void sleep(unsigned seconds);	将当前进程挂起 seconds 秒

C 语言常见错误

C 语言的最大特点是：功能强、使用方便灵活。C 编译的程序对语法检查并不像其他高级语言那么严格，这就给编程人员留下"灵活的余地"，但还是由于这个灵活给程序的调试带来了许多不便。尤其对初学 C 语言的人来说，经常会出一些连自己都不知道错在哪里的错误，看着有错的程序，不知该如何修改。现将一些 C 语言编程时常犯的错误介绍给读者以供参考。

（1）书写标识符时，忽略了大小写字母的区别。

```
main()
  { int a=5;
    printf("%d",A);
}
```

编译程序把 a 和 A 认为是两个不同的变量名，而显示出错信息。C 认为大写字母和小写字母是两个不同的字符。习惯上，符号常量名用大写，变量名用小写表示，以增加可读性。

（2）忽略变量的类型，进行不合法的运算。

```
main()
{  float a,b;
   printf("%d",a%b);
}
```

"%"是求余运算，得到 a/b 的整余数。整型变量 a 和 b 可以进行求余运算，而实型变量则不允许进行"求余"运算。

（3）将字符常量与字符串常量混淆。

```
char c;
c="a";
```

在这里就混淆了字符常量与字符串常量，字符常量是由一对单引号括起来的单个字符，字符串常量是一对双引号括起来的字符序列。C 规定以"\0"作字符串结束标志，它是由系统自动加上的，所以字符串"a"实际上包含两个字符：'a'和'\0'，而把它赋给一个字符变量是不行的。

（4）忽略了"="与"=="的区别。

在许多高级语言中，用"="符号作为关系运算符"等于"。但在 C 语言中，"="是赋值运算符，"=="是关系运算符。如：

```
if (a==3)  a=b;
```

前者是进行比较，a 是否和 3 相等，后者表示如果 a 和 3 相等，把 b 值赋给 a。由于习惯问题，初学者往往会犯这样的错误。

（5）忘记加分号。

分号是 C 语句中不可缺少的一部分，语句末尾必须有分号。如：

```
a=1
b=2
```

编译时，编译程序在"a=1"后面没发现分号，就把下一行"b=2"也作为上一行语句的一部分，这就会出现语法错误。改错时，有时在被指出有错的一行中未发现错误，就需要看一下上一行是否漏掉了分号。再如：

```
{ z=x+y;
  t=z/100;
printf("%f",t)
}
```

对于复合语句来说，最后一个语句中最后的分号不能忽略不写（这是和 PASCA 不同的）。

（6）多加分号。

对于一个复合语句，如：

```
{ z=x+y;
t=z/100;
printf("%f",t);
};
```

复合语句的花括号后不应再加分号，否则将会画蛇添足。

又如：

```
if (a%5==0);
    I++;
```

本是如果 5 整除 a，则 I 加 1，但由于 if(a%5==0)后多加了分号，则 if 语句到此结束，程序将执行 I++语句，不论 5 是否整除 a，I 都将自动加 1。

再如：

```
for (I=0;I<6;I++);
{scanf("%d",&x);
printf("%d",x);}
```

本意是先后输入 6 个数，每输入一个数后再将它输出。由于 for()后多加了一个分号，使循环体变为空语句，此时只能输入一个数并输出它。

（7）输入变量时忘记加地址运算符"&"。

```
int a,b;
scanf("%d%d",a,b);
```

这是不合法的。Scanf()函数的作用是：按照 a、b 在内存的地址将 a、b 的值存进去。
"&a"指 a 在内存中的地址。

（8）输入数据的方式与要求不符。

① scanf("%d%d",&a,&b);

输入时，不能用逗号作为两个数据间的分隔符，如下面输入不合法：

```
3,4
```

输入数据时，在两个数据之间以一个或多个空格间隔，也可用 Enter 键或 Tab 键。

② scanf("%d,%d",&a,&b);

C 规定：如果在"格式控制"字符串中除了格式说明以外还有其他字符，则在输入数据时应输入与这些字符相同的字符。下面输入是合法的：

```
3,4
```

此时不用逗号而用空格或其他字符是不对的。

```
3 4 或 3:4
```

又如：

```
scanf("a=%d,b=%d",&a,&b);
```

输入应如以下形式：

```
a=3,b=4
```

（9）输入字符的格式与要求不一致。

在用"%c"格式输入字符时，"空格字符"和"转义字符"都作为有效字符输入。

```
scanf("%c%c%c",&c1,&c2,&c3);
```

如输入 a b c。

字符"a"送给 c1，字符"␣"送给 c2，字符"b"送给 c3，因为%c 只要求读入一个字符，后面不需要用空格作为两个字符的间隔。

（10）输入输出的数据类型与所用格式说明符不一致。

例如，a 已定义为整型，b 定义为实型。如下：

```
a=3;b=4.5;
printf("%f%d\n",a,b);
```

编译时不给出出错信息，但运行结果将与原意不符。这种错误尤其需要注意。

（11）输入数据时，企图规定精度。

```
scanf("%7.2f",&a);
```

这样做是不合法的，输入数据时不能规定精度。

（12）switch 语句中漏写 break 语句。

例如，根据考试成绩的等级打印出百分制数段。

```
switch(grade)
{ case 'A':printf("85~100\n");
case 'B':printf("70~84\n");
case 'C':printf("60~69\n");
case 'D':printf("<60\n");
default:printf("error\n");}
```

因为 case 后面的常量只起标号的作用，而不起判断作用。因此，当漏写了 break 语句，而 grade 值为 A 时，printf()函数在执行完第一个语句后接着执行第二、三、四、五个 printf()函数语句。正确写法应在每个分支后再加上"break;"。例如：

```
case 'A':printf("85~100\n");break;
```

（13）忽视了 while 和 do-while 语句在细节上的区别。

```
(1) main()                          (2) main()
    { int a=0,I;                        { int a=0,I
      scanf("%d",&I);                     scanf("%d",&I);
      while(I<=8)                       do
        {a=a+I;                           {a=a+I;
         I++;                              I++;
        }                                 }while(I<=8);
    printf("%d",a);                    printf("%d",a);
    }                                  }
```

可以看到，当输入 I 的值小于或等于 8 时，二者得到的结果相同。而当 I>8 时，二者结果就不同了。因为 while 循环是先判断后执行，而 do-while 循环是先执行后判断。对于大于 8 的数，while 循环一次也不执行循环体，而 do-while 语句则要执行一次循环体。

（14）定义数组时误用变量。

```
int n;
scanf("%d",&n);
int a[n];
```

数组名后用方括号括起来的是常量表达式，可以包括常量和符号常量。即 C 不允许对数组的大小作动态定义。

（15）在定义数组时，将定义的"元素个数"误认为是可使用的最大下标值。

```
main()
{static int a[10]={1,2,3,4,5,6,7,8,9,10};
printf("%d",a[10]);
}
```

C 语言规定：定义时用 a[10]，表示 a 数组有 10 个元素。其下标值由 0 开始，所以数组元素 a[10]是不存在的。

（16）在不应加地址运算符&的位置加了地址运算符。

```
scanf("%s",&str);
```

C 语言编译系统对数组名的处理是：数组名代表该数组的起始地址，且 scanf()函数中的输入项是字符数组名，不能再加地址符&。应改为：scanf("%s",str);

（17）同时定义了形参和函数中的局部变量。

```
int max(x,y)
int x,y,z;
{z=x>y?x:y;
return(z);
}
```

形参应该在函数体外声明，或在形参所在位置定义而局部变量应该在函数体内定义。应改为：

```
int max(x,y)                    int max(int x,int y)
int x,y;                          {int z;
{int z;              或           z=x>y?x:y;
z=x>y?x:y;                        return(z);
return(z);                        }
}
```

附录 E

计算机等级考试 C 语言（二级）笔试模拟试卷

（考试时间120分钟，满分共100分）

模拟试卷 I

一、单项选择题（每小题 1 分，共 20 分）

1. 若N为整型变量，则for(N=10;N=1;N--);循环里的循环体被（　　）。

    A．无限循环   B．执行9次   C．执行一次   D．一次也不执行

2. 以下程序的输出结果是（　　）（注：备选答案中，⌴代表空格）。

```
main()
{
  printf("\n*s1=%15s*","chinabeijing");
  printf("\n*s2=%-5s*","chi");
}
```

    A．*s1=chinabeijing⌴*   B．*s1=chinabeijing⌴*

       *s2=**chi*;   *s2=chi⌴*;

    C．*s1=*⌴chinabeijing*   D．*s1=⌴chinabeijing*

       *s2=⌴chi;   *s2=chi⌴*;

3. 设有整型变量a，单精度型变量f和双精度型变量x，则表达式a+'b'+x*f值的类型为（　　）。

    A．int   B．float   C．double   D．不能确定

4. 有以下说明语句（0≤i＜10），则下面（　　）是对数组元素的错误引用。

```
int a[]={1,2,3,4,5,6,7,8,9,0}, *p,i;
p=a;
```

    A．*(a+i)   B．a[p-a]   C．p+i   D．*(&a[i])

5. 以下所列的各函数首部中，正确的是（　　）。

    A．void play(var:Integer,var b:Integer)   B．void play(int a,b)

C. Sub play(a as integer,b as integer)　　　　D. void play(int a,int b)

6. 下面程序运行情况是（　　）。

```c
#include<stdio.h>
void main()
{ int x=3,y=-10,z=10;
  if (x=y+z)
     printf("####");
  else
     printf("****");
}
```

　　A. 有语法错误，不能通过编译　　　　　　　B. 输出####
　　C. 可以通过编译，但不能通过连接，因而不能运行　　　D. 输出****

7. 下面程序运行后x的值为（　　）。

```c
#include <stdio.h>
void main()
{ int x=5,b=3,x=10,y=20;
  (a<b)&&(x++);
  printf("x=%d\n",x);
}
```

　　A. 9　　　　　　　B. 10　　　　　　　C. 11　　　　　　　D. 12

8. 表达式k=(12<10)?4:1?2:3的值为（　　）。
　　A. 1　　　　　　　B. 2　　　　　　　C. 3　　　　　　　D. 4

9. 在下列程序中，调用fabona(8)的返回值是（　　）。

```c
int  fabona(int n)
{ if(n==1) return(1);
  else if(n==2) return(2);
      else return(fabona(n-1)+fabona(n-2));
}
```

　　A. 13　　　　　　　B. 21　　　　　　　C. 55　　　　　　　D. 34

10. C语言中，函数调用时若实参是数组名，则被调用函数对应形参（　　）。
　　A. 可以是相应类型简单变量　　　　　　B. 必须是相应类型的指针变量
　　C. 必须是相应类型数组名　　　　　　　D. 可以是相应类型的指针变量

11. sizeof('a'+12)的值为（　　）类型。
　　A. int　　　　　　　B. float　　　　　　　C. double　　　　　　　D. char

12. 判断字符串 a 和 b 是否相等，应当使用（　　）。
　　A. if (a==b)　　　　　　　　　　　B. if (a=b)
　　C. if (strcpy(a,b))　　　　　　　　D. if (strcmp(a,b))

13. 以下对 C 语言函数的有关描述中，正确的是（　　）。
　　A. 在C中，调用函数时，只能把实参的值传送给形参，形参的值不能传送给实参
　　B. C函数既可以嵌套定义又可以递归调用

  C．函数必须有返回值，否则不能使用函数

  D．C程序中有调用关系的所有函数必须放在同一个源程序文件中

14．在"文件包含"预处理语句的使用形式中，当#include 后面的文件名用<>（尖括号）括起时，找寻被包含文件的方式是（　　）。

  A．仅仅搜索当前目录

  B．仅仅搜索源程序所在目录

  C．直接按系统设定的标准方式搜索目录

  D．先在源程序所在目录搜索，再按照系统设定的标准方式搜索

15．若二维数组 a 有 m 列，则计算任一元素 a[i][j]在数组中位置的公式为（　　）（假设 a[0][0]位于数组的第 1 个位置上）。

  A．i*m+j   B．j*m+i   C．i*m+j–1   D．i*m+j+1

16．一个数据类型为 void 的函数中可以没有 return 语句，那么函数被调用时（　　）。

  A．没有返回值   B．返回一个系统默认值

  C．返回只有用户临时决定   D．返回一个不确定的值

17．有定义"int y,*p=&y;"，假定变量 y 在内存中所占地址为100～103，那么 p 的值为（　　）。

  A．100   B．101   C．102   D．103

18．设有定义如下：

```
struct sk
{int a;float b;}data,*p;
```

  若有"p=&data;"，则对 data 中的 a 域的正确引用是（　　）。

  A．(*p).data.a   B．(*p).a   C．p–>data.a   D．p.data.a

19．有定义"int a[10][10],*p=a[0],j,k;"，其中 j 和 k 表示数组元素下标并在数组允许范围内，那么能够正确引用元素 a[j][k]值的是（　　）。

  A．*(a[j]+k)   B．*((p+j)+k)   C．*(p[j]+k)   D．(a+j)+k

20．有定义"char *s="\t\"Name\\Address\"\n";"，那么 strlen(s)等于（　　）。

  A．15   B．16   C．17   D．18

二、不定项选择题（每小题 1 分，共 10 分，错选、漏选均不得分）

1．在下面 C 语言的函数说明语句中，正确的是（　　）。

  A．int fun(int,int);   B．int fun(int x,y);   C．int fun(x,y);

  D．int fun(int x;int y);   E．int fun(int x,int y);

2．C 语言中，形式参数不能使用的存储类型说明为（　　）。

  A．auto   B．register   C．extern

  D．static   E．static register

3．在 C 语言中，对函数而言正确的概念有（　　）。

  A．函数可以嵌套定义   B．函数不能嵌套定义   C.函数可以嵌套调用

  D．函数可以递归调用   E．函数可以没有返回值

4．有定义"int a[5][4],*p=a[0];"，则能正确引用 a[2][3]元素地址的有（　　）。

　　A．a[2]+3　　　　　　　　B．*((p+2)+3)　　　　　C．*(p[2]+3)

　　D．*(a+2)+3　　　　　　　E．p+2*4+3

5．下列选项中，对变量的初始化定义正确的是（　　　）。

　　A．int a,b,c=3;　　　　　B．int a=3,b=3,c=3;　　　　C．int a=b=c=3;

　　D．int a=3;b=3;c=3;　　　E．int a,b=c=3;

6．在下列语句所构成的程序结构中，break语句和continue语句均可使用的是（　　　）。

　　A．用goto语句和if语句构成的循环　　　　　　　B．while循环

　　C．do-while循环　　　　　　　　　　　　　　　D．for循环

　　E．switch语句构成的分支结构

7．对结构类型不能进行的操作有（　　　）。

　　A．赋值和存取　　　　　　B．复制　　　　　　　　C．作实际参数

　　D．作函数的返回值类型　　E．&操作

8．C语言中的语句中除了控制语句外，还应包括（　　　）。

　　A．函数调用语句　　　　　B．表达式语句　　　　　C．空语句

　　D．复合语句　　　　　　　E．输入输出语句

9．下列关于文件的结论中正确的是（　　　）。

　　A．对文件操作必须先关闭文件　　B．对文件操作必须先打开文件

　　C．对文本文件只能顺序操作　　　D．C语言不能操作二进制文件

　　E．对文件操作结束后必须关闭文件

10．以下说法中不正确的是（　　　）。

　　A．宏名必须大写

　　B．预处理时要检查宏定义中的拼写错误

　　C．程序中所有与宏名相同的字符串都要进行置换

　　D．可以用$undef命令终止宏定义的作用域

　　E．宏定义有带参数和不带参数两种

三、判断分析题（如正确，选择√；如错误，选择×。每小题 1 分，共 10 分）

1．在一个函数定义中，可以根据需要使用多个return语句。

2．一个C程序无论有多少个源程序文件组成，在其中一个源程序文件中定义的全局变量的作用域默认为整个C程序。

3．对任一变量一旦指定为某一确定类型后，该变量在程序运行时所占存储空间的多少和所能参加的运算类型便已确定。

4．可以将一个整型指针变量的值赋给一个实型指针变量，但可能引起符号位扩展。

5．在程序的运行过程中，符号常量的值是可以改变的。

6．函数返回值的数据类型取决于主调函数传递过来的实参的数据类型。

7．表达式128>>2的值是32。

8．用C语言编写的程序是一种需要经过编译和连接才能运行的程序。

9．函数fseek(fp,10L,1)的作用是将fp指向的文件内部指针从当前位置后移10个字节的位置。

10．C语言中，所有函数之间都可以互相调用。

四、填空题（每空 2 分，共 20 分）

1. 以下程序中，主函数调用了 LineMax 函数，实现在 N 行 M 列的二维数组中，找出每一行上的最大值。请填空。

```
#include<stdio.h>
#define N 3
#define M 4
void LineMax(int x[N][M])
{
  int i,j,p;
  for(i=0;i<N;i++)
    {
      p=0;
      for(j=1;j<M;j++)
         if(x[i][p]<x[i][j])  ①  ;
      printf("The max value in line is %d\n", ②  ;
    }
}
void main()
{
    int x[N][M]={1,5,7,4,2,6,4,3,8,2,3,1};
              ③                ;
}
```

2. 以下程序的功能是：从整数 10～99 之间选出那些能被 3 整除且有一位数字是 5 的数，存放到 x 数组中，并输出这些数的个数。请填空。

```
#include<stdio.h>
 void main()
 {
    int x[100],k, a ,b,i ④ ;
    for(k=10;k<=99;k++)
        {b=k/10;
        a=k-b*10;
        if( ⑤ )}
        {x[i]=k ;
           i++;
         }
      }
    printf("数据个数是: \n",i);
}
```

3. 函数 hs 的功能是根据下面的公式求出满足精度要求的 π 值，请填空完成函数。

$$\frac{\pi}{4}=1-\frac{1}{3}+\frac{1}{5}-\frac{1}{7}+\cdots$$

```
double hs(double ep)
```

```
{double s=0.0,t=1.0;
int n,fg=1;
for(   ⑥   ;t>ep;n++ )
{s=s+fg*t;
 t=1.0/(2*n+1);
 fg=-fg ;
}
return   ⑦   ;
}
```

4. 函数yh的功能是构成一个杨辉三角形，请填空完成该函数。

```
#include<stdio.h>
#define N 11
void yh(a[][N])
{
int j,k;
   for (    ⑧    ;j<N;j++)
     for (k=2;k<=j-1;k++)
         a[j][k]=    ⑨    +a[j-1][k];
}
```

5. 下述程序用"辗转相除法"计算两个正整数m和n的最大公约数。请填空完成程序。

```
#include<stdio.h>
void main()
{
    int m,n,w;
    scanf("%5d,%d",&m,&n);
    while (n)
       { w=    ⑩    ;    m=n;    n=w;    }
    printf("%d",m);
}
```

五、阅读程序，写出运行结果（每小题 4 分，共 20 分）

1.

```
#include<stdio.h>
int x,y,a=15,b=10;
void num()
{
  x=a-b;
  y=a+b;
}
void main()
{
```

```
    int a=7,b=5;
    x=x+a;
    y=y-b;
    num();
    printf("%d,%d\n",x,y);
}
```

2.

```
#include<stdio.h>
unsigned fun6(unsignednum)
{   unsigned k=1;
    do
    {   k*=num%10;
        num/=10;
    }while(num);
    return(k);
}
void main()
{   unsigned n=26;
    printf("%d\n",fun6(n));
}
```

3.

```
#include<stdio.h>
void ff(char *p1,char *p2)
{   while(*p2++=*p1++)
        ;
}
void main()
{   char *p1="abcde",*p2="1234567";
    ff(p1,p2);
    printf("%s\n%s\n",p1,p2);
}
```

4.

```
#include<stdio.h>
void main()
{   char *ay="abcdefghijk",*p;
    for(p=&ay[5];p>=ay;p--)
        printf("%2c",*p);
    printf("\n");
}
```

5.

```
#include<stdio.h>
```

```
void main()
{  int fun(int a);
   int a=2,j;
   for (j=0;j<3;j++)
      printf("%d",fun(a));
}
int fun(int a)
{  int b=0;
   static int c=3;
   b++,c++;
   return a+b+c;
}
```

六、编写程序（每小题 10 分，共 20 分）

1. 函数adddigit的原型为"int adddigit(int num);"，其功能是求num各位数字之和。要求编制该函数并用相应的主函数进行测试。

2. 函数的原型说明为"int chrn(char *s,char c);"，其功能是测试c在s中出现的次数。编制该函数并用相应的主函数对其进行测试。

模拟试卷II

一、单项选择题（每小题 1 分，共 20 分）

1. 逻辑运算符两侧运算对象的数据类型（　　）。
   - A. 只能是0或1
   - B. 只能是0或非0正数
   - C. 只能是整型或字符型数据
   - D. 可以是任何类型的数据

2. 表达式 "c=*p++" 的执行过程是（　　）。
   - A. 将*p的赋值给c后再执行p++
   - B. 将*p的赋值给c后再执行*p++
   - C. 将p的赋值给c后再执行p++
   - D. 执行p++后将*p赋值给c

3. 有定义 "int a[]={1,3,5,7,9},*p=a;"，则下列表达式中值为5的是（　　）。
   - A. p+=2,*p++
   - B. p+=2,*p++
   - C. p+=2,(*p)++
   - D. a+=2,*a

4. 在C语言中，函数返回值的数据类型取决于（　　）。
   - A. 函数的名字
   - B. return语句中表达式的数据类型
   - C. 在定义该函数时所指定的数据类型
   - D. 主调函数的数据类型

5. 设x，y分别为单精度和双精度类型变量，则下列（　　）可将表达式x+y的运算结果强制转换为整型数据。
   - A. (int)x+y
   - B. int(x)+y
   - C. int(x+y)
   - D. (int)(x+y)

6. 设x、y和z是int型变量，且x=3, y=4, z=5，则下面表达式中值为0的是（　　）。
   - A. x&&y;
   - B. x<=y;
   - C. x||y+z&&y−z;
   - D. !((x<y)&&!z||1);

7. 如果程序中有#include "文件名"，则意味着（　　）。
   - A. 将"文件名"所指的该文件的全部内容，嵌入到此语句行处
   - B. 指定标准输入输出
   - C. 宏定义一个函数
   - D. 条件编译说明

8. 若有说明 "int a[][4]={0,0};"，则下面不正确的叙述是（　　）。
   - A. 数组a的每个元素都可得到初值0
   - B. 二维数组a的第一维大小为1
   - C. 因为二维数组a中第二维大小的值除以初值个数的商为1，故数组a的行数为1
   - D. 只有元素a[0][0]和a[0][1]可得到初值0，其余元素均得不到初值0

9. 以下只有在使用时才为该变量分配内存单元的存储类型说明是（　　）。
   - A. auto和static
   - B. auto和register
   - C. register和static
   - D. extern和register

10. 有定义 "int a[5],*p1=a,*p2=p1;"，则能够正确表示元素a[2]的是（　　）。
    - A. *(p2+2)
    - B. p2+2
    - C. *p1+2
    - D. *p2+2

11. 以下为一维整型数组 a 的正确说明的是（　　）。
    - A. int a(20);
    - B. int N=30,a[N];

  C．int m;
    scanf("%d",&m);
    int a[m];

  D．#define SIZE 40;
    int a[SIZE];

12．设有如下程序：

```
#include<stdio.h>
void main()
{  int **k,*j,i=100;
   j=&i;k=&j;
   printf("%d\n",**k);
}
```

上述程序的输出结果是（ ）。

  A．运行错误   B．100   C．i的地址   D．j的地址

13．结构化程序的三种基本结构是（ ）。

  A．顺序结构、选择结构、循环结构   B．递归结构、循环结构、转移结构
  C．嵌套结构、递归结构、顺序结构   D．循环结构、转移结构、顺序结构

14．C语言在判断一个量时，用（ ）表示逻辑真值。

  A．true   B．T   C．整型值0   D．非0整型值

15．C语言源程序经过编译后，生成文件的后缀是（ ）。

  A．.c   B．.obj   C．.cc   D．.exe

16．下列常数中不能作为 C 的常量的是（ ）。

  A．0xA5   B．2.5e−2   C．3e2   D．0582

17．若有定义"float x,y;int a,b;"，则合法的switch语句是（ ）。

  A．switch(a)
   { case 3+x: printf("abc");
    case 4: printf("123abc");}

  B．switch(a)
    case 3 printf("abc");
    case 4 printf("123abc"); }

  C．switch(b)
   { default: a++;
    case 1: printf("abc");
    case 1+2: printf("1234"); }

  D．switch(a+b);
   { case 1+2: printf("1234");
    case 1: printf("abc");
    default: a++;}

18．针对typedef的叙述中，不正确的是（ ）。

  A．用typedef可以增加系统内置新类型
  B．用typedef可以用来定义各种类型名，但不能用来定义变量
  C．用typedef只是将已经存在的类型用一个新的标识符来代表
  D．用typedef有利于程序的通用和移植

19．在16位系统中，要将一个整数12000分别以ASCII码文件和二进制文件形式存放，各自所占的存储空间数分别是（ ）字节。

  A．5和2   B．2和5   C．2和2   D．5和5

20．设有整型变量a、实型变量f、双精度型变量x，则表达式10+"b"+x*f值的类型为（ ）。

  A．int   B．float   C．double   D．不能确定

二、不定项选择题（每题 1 分，共 10 分，错选、漏选均不得分）

1. C语言中，对存储类型static而言，正确的方法为（　　　）。

  A. 作用于局部变量　　　　　B. 作用于全局变量

  C. 作用于数组　　　　　　　D. 作用于构造数据类型变量

  E. 作用于形式参数

2. C语言的函数定义中，如果函数的返回值为0～255之间的整数，则函数的返回类型可以定义为（　　　）。

  A. int　　　　　　　　　B. float　　　　　　　　C. char

  D. double　　　　　　　E. long

3. C语言的语句中除了控制语句外，还应包括（　　　）。

  A. 函数调用语句　　　　　B. 表达式语句　　　　　C. 空语句

  D. 复合语句　　　　　　　E. 输入输出语句

4. 在下列说法中，正确的是（　　　）。

  A. 和其他语言一样，C语言本身也提供了输入输出语句

  B. 在C语言中，赋值语句和赋值表达式不是两个等价的概念

  C. 语句x%=y+3;与x=x%y+3;的执行效果是一样的

  D. 在 "int a=3,b=3,c=3;" 中对变量的初始化不是在编译阶段完成的

  E. 语句x=a>b?a:b;与语句if(a>b)x=a;else x=b;的作用等价

5. 有定义 "struct A{int x;int y}a,*p=&a;"，则能表示成员变量x的有（　　　）。

  A. a.x　　　　　　　　B. (*p).x　　　　　　　C. p->x

  D. p.x　　　　　　　　E. a->x

6. 若有 "int a=10,b=100,t,*temp,*ptra=&a,*ptr=&b;"，则下列各语句组中，可实现a,b两个整型变量值互换的是（　　　）。

  A. t=a;a=b;b=t;　　　　　　　B. t=*ptra;*ptra=*ptrb;*ptrb=t;

  C. temp=ptra;ptra=ptrb;ptrb=temp;

  D. a=a+b;b=a-b;a=a-b;

  E. b=a;a=b;

7. 对于下列定义，正确的叙述是（　　　）。

```
union ss
{  int i;
   char c;
   float f;
}a,b;
```

  A. 变量a所占内存的长度等于成员f的长度

  B. 变量a的地址值和它的各成员地址值都是相同的

  C. 地址表达式&a、&a.i、&a.c、&a.f的值相同

  D. 变量a所占内存的长度等于各成员所占空间之和

  E. sizeof(union ss)的值为 4

8. 若有定义"char s[20]="Programming", *ps=s;"，则能够代表字符o的表达式是（　　）。

    A. ps+2　　　　　　　　　B. s[2]　　　　　　　　　C. ps[2]

    D. ps+=2,*ps　　　　　　E. *(ps+2)

9. 下列运算符的优先级相同且运算次序从左到右的是（　　）。

    A. ()、[]、->　　　　　　B. ++、--　　　　　　C. <、>=

    D. &&、||　　　　　　　　E. &、|、^

10. 以下（　　）属于算法的特点。

    A. 有穷性　　　　　　　　B. 确定性　　　　　　　C. 有效性

    D. 有零性和多个输入　　　E. 有一个或多个输出

三、判断分析题（如正确，选择√；如错误，选择×。每小题 1 分，共 10 分）

1. 若有定义"long int j,*p;"，则操作"j=(long int)p;"是合法操作。

2. C语言的编译系统对宏命令的处理是在程序连接时进行的。

3. 在C语言中，定义"int a=b=c=5;"是错误的，而"int a,b,c;a=b=c=5;"是正确的。

4. 两个char型数据相加，其结果为char型。

5. 用fseek函数可以使文件指针重新置于文件的开头。

6. C语言中，任意两个函数间不能嵌套定义，但可以互相调用。

7. return语句作为函数的出口，在某一个函数体内必须唯一。

8. 在C语言中，程序main(){int *ptr;*ptr=100;printf("%d",*ptr);}是正确的。

9. C语言与其他高级语言一样，对于所有的同级运算符均遵循左结合原则。

10. C语言在判断一个量是否为真时，以非0值代表"真"，以0值代表"假"。

四、填空题（每空 2 分，共 20 分）

1. 下列程序的功能是输入一个正整数，判断是否是素数，若为素数输出1，否则输出0。请填空完成程序。

```
#include <stdio.h>
void main()
{ int i,x,_____①_____;
  scanf("%",&x);
  for (i=2;i<=x/2;i++)
  if (____②____) {y=0;break;}
  printf("%d\n",y);
}
```

2. 下面程序的功能是统计从命令行上传递进来的第一个参数中出现的字母个数。请填空完成程序（注：参数个数从0开始记数）。

```
#include<stdio.h>
#include<ctype.h>
void main(int argc,____③____ argv[])
 {
  char *str;
  int count=0;
```

```
 if (argc<2)
    return;
 str=____④____;
 while(*str)
   if(isalpha(*str++))
       count++;
 printf("%d\n",count);
}
```

3．下面程序用于计算1+(1+2)+(1+2+3)+…+(1+2+3+…+10)。请完善程序。

```
#include<stdio.h>
void main()
{ int total,sum,m,n;
    ____⑤____;
 for (m=1;m<=10;m++)
 { sum=0;
   for(n=1;n<=m;n++) sum=sum+n;
      ____⑥____;
 }
 printf("total=%\n",total);
}
```

4．下面函数的功能是求一个正整数的各位数字之积。请填空。

```
int fun(int n)
{
    int s=____⑦____;
    while(n)
    {
        s=s*____⑧____;
        n=n/10;
    }
    return s;
}
```

5．下面程序的功能是从键盘输入一些字符，逐个把它们写到文件中去，直到输入一个"#"为止。请填空完成程序。

```
#include<stdio.h>
void main()
{ FILE  *fp;
  char ch,filename[13];
  scanf("%s",filename);
  if(____⑨____==NULL)
  { printf("cannot open file\n");
    return;
```

```
    }
    while ((ch=getchar())!= _____⑩_____ )
        fputc(ch,fp);
    fclose(fp);
}
```

五、阅读程序，写出运行结果（每小题 4 分，共 20 分）

1.

```
#include <stdio.h>
void main()
{ char *string[4]={"pascal","c","basic","fortran"},**ptr;
  int i;
  ptr=string;
  for (i=0;i<4;i++)
    puts(ptr[i]);
}
```

2.

```
#include<stdio.h>
#define MIN(x,y)  (x)<(y)?(x):(y)
#define ML(x,y)  x*y
void main()
{ int a,b,k,m;
  a=10;
  b=15;
  k=10*MIN(a,b);
  m=ML(a+b,a-b);
  printf("%d,%d",k,m);
}
```

3.

```
#include<stdio.h>
void incre()
{ static int y=0;
  y=y+1;   printf("%d\n",y);
}
void main()
{ incre();
  incre();
  incre();
}
```

4.

```
#include <stdio.h>
```

```
void main()
{ char mn[]="Goodbye";
  char *pc=&mn[7];
  while (--pc>=mn)
    putchar(*pc);
  putchar("\n");
}
```

5.

```
#include <stdio.h>
void main()
{
     int  a=100,x=10,y=20,ok1=5,ok2=0;
     if(x<y)
     if(y!=10)
         if(!ok1)
             a=1;
         else
             if(ok2)a=10;
     a=-1;
     printf("%d\n",a);
}
```

六、编写程序（每小题 10 分，共 20 分）

1. 函数mxmiav的原型为"double mxmiav(double a[], int n, double *max, doble *min);"，其功能是同时获取长度为n的实型数组a中的最大元素值，最小元素值和元素平均值。测试用主函数如下所示，编写该函数。

```
#include<stdio.h>
void main()
{
  double mxmiav(double a[],int n,double *max,double *min);
  double ac[10],maxc,minc,averc;
  int i;
  for(i=0;i<10;i++)
    scanf("%lf",&ac[i]);
  averc=mxmiav(ac,10,&maxc,&minc);
  printf("max=%lf,min=%lf,aver=%lf\n",maxc,minc,averc);
}
```

2. 编写程序实现以下功能：统计指定文本文件myfile.txt中英文字母的个数。

模拟试卷III

一、单项选择题（每小题 1 分，共 20 分）

1. 在执行语句"if(x=y=2>=x&&(x<5)) y*=x;"后，变量 x、y 的值应分别为（　　）。
   - A. X=2,Y=2
   - B. X=5,Y=2
   - C. X=5,Y=10
   - D. 执行时报错

2. 设有定义"int x, *p;"，使指针变量 p 指向变量 x 的语句是（　　）。
   - A. *p = & x;
   - B. p = & x ;
   - C. *p = x ;
   - D. p = * & x ;

3. 设有定义"char * s ="\t\'REACJ\\12345ss\'\n";"，那么 strlen(s)等于（　　）。
   - A. 15
   - B. 16
   - C. 17
   - D. 18

4. 在执行语句"if((x=y=2)>=x && (x=5))y*=x;"后，变量 x、y 的值应分别为（　　）。
   - A. 2、2
   - B. 5、2
   - C. 5、10
   - D. 执行时报错

5. 若 N 为整型变量，则 for(N=10;N=O;N--);循环里的循环体（　　）。
   - A. 无限循环
   - B. 执行10次
   - C. 执行一次
   - D. 一次也不执行

6. 下列程序段的输出结果是（　　）。

```
int x=1,y=1,z;
z=1|| ++x && y--;
printf("\n%d,%d,%d",x,y,z);
```

   - A. 1,1,1
   - B. 2,0,1
   - C. 2,1,1
   - D. 2,0,0

7. 执行下述语句后的结果是（　　）。

```
enum weekday{sun,mon=3,tue,wed,thu};
enum weekday day;
day=wed;
printf("%d\n",day);
```

   - A. 5
   - B. 6
   - C. 4
   - D. 编译时出错

8. 设有定义语句"struct{ int x; int y;} d[2] = {{1,3},{2,7}};"，则 "printf("%d\n", d[0].y/d[0].x*d[1].x); " 的输出结果是（　　）。
   - A. 0
   - B. 1
   - C. 3
   - D. 6

9. 已有定义"int (*p)( );"，则指针 p 可以（　　）。
   - A. 代表函数的返回值
   - B. 指向函数的入口地址
   - C. 表示函数的类型
   - D. 表示函数返回值的类型

10. 设有如下所示结构体类型定义，则下列说法错误的是（　　）。

```
struct stu
{  ing num;
   char name[20];
};
```

A．结构体变量的指针就是这个结构体变量所占内存单元的起始地址

B．经struct stu *p;定义后，指针p 可以指向任何类型的结构体变量

C．经struct stu ss,*p=&ss;定义后，p–>num+1等价于（p–>num)+1

D．经struct stu ss,*p=&ss;定义后，p–>num++等价于（* p).num++

11. 设有"int a=0,b=5,c=2;"，下列选择结构中可执行 x++语句的是（　　）。

    A．if(a)x++　　　　B．if(a=b)x++;　　　C．if(a=<b)x++;　　D．if(!(b−c))x++;

12. 在下列程序中，函数调用 f(8)后得到的值是（　　）。

```
int f(int n)
{
    if(n==1)return(1);
    else if(n==2)return(2);
    else return(f(n-1)+f(n-2));
}
```

    A．13　　　　　　　　B．21　　　　　　　　C．55　　　　　　　　D．34

13. 设有下列语句：

```
typedef struct
{ int n;
 char ch[8];
}Stt;
```

则下面叙述正确的是（　　）。

    A．Stt 是结构体变量　　　　　　　　B．Stt是结构类型名

    C．typedef Struct 是结构体类型　　　D．struct 是结构体类型名

14. 设有定义语句"char c1=92,c2=92;"，则以下表达式中值为零的是（　　）。

    A．c1^c2　　　　　B．c1&c2　　　　　C．～c2　　　　　D．c1|c2

15. 有两个字符数组a、b，则以下正确的输入语句是（　　）。

    A．gets(a,b);　　　　　　　　　　B．scanf("%s%s",a,b);

    C．scanf("%s%s",&a,&b);　　　　D．gets("a"),gets("b");

16. 设有变量定义"int x,y;"，则表达式（x=2,y=5,y−−,++x+y）的值是（　　）。

    A．5　　　　　　　　B．8　　　　　　　　C．6　　　　　　　　D．7

17. 数组定义为"int a[4][5];"，下列错误的引用是（　　）。

    A．*a　　　　　　　　　　　　　B．*(*(a+2)+3)

    C．&a[2][3]　　　　　　　　　　D．++a

18. x 和 y 代表整型数，以下表达式中不能正确表示数学关系|x−y|<10 的是（　　）。

    A．abs(x−y)<10　　　　　　　　B．x−y>−10&& x−y<10

    C．@(x−y)<−10||!(y−x)>10　　　D．(x−y)*(x−y)<100

19. 以下程序运行后，输出结果是（　　）。

```
#include<stdio.h>
# define PT 5.5
```

```
# define s(x) PT*x*x
void main()
{
    int a=1,b=2;
    printf("%4.1f\n",s(a+b));
}
```

      A．49.5　　　　　　B．9.5　　　　　　C．22.0　　　　　　D．45.0

20．假设有语句"double x,*y=&x,**z=&y;"，则与变量 x 等价的是（　　　）。

      A．z　　　　　　　B．*z　　　　　　　C．**z　　　　　　　D．&z

二、基本概念选择填空题（本大题后面有若干备选项，请选择合适的备选项并将其号码填入各小题的空白处，每空 2 分，共 10 分）

1．一个 C 源程序可以由_____函数构成，其中有且仅有_____主函数，C 程序执行总是从_____开始的。

2．在 16 位系统中，设有定义"float x,* p = &x;"，那么执行 p++;后指针 p 的值增加了_____字节。

3．在对一维数组进行初始化时，若提供了数组所有的初始化值_____省略对数组长度的指定。

备选项：

A．1 个　　　　　　B．4 个　　　　　　C．2 个　　　　　　D．若干个

E．主函数　　　　F．也不能　　　　G．就可以

三、程序填空题（每空 2 分，共 20 分）

1．函数 strjoin 的功能是实现字符串 s1 和 s2 的连接。请填空完善函数。

```
void strjoin(char *s1,char *s2)
{
    while(*s1)
        ____①____;
    while((*s1++=*s2++)!='\0')
        ____②____
}
```

2．下面程序的功能是求一维数组的各位元素之积。请填空。

```
#include <stdio.h>
float pro(float a[] ,int n)
{
    int i;
    float p=1;
    for(i=0; i<n;i++)
        p*=____③____;
    return p/n;
}
void main()
```

```
{
    int i;
    float b[10];
    for(i=0; i<10;i++)
        scanf("%f",&b[i] );
    printf("\n%5.2f\n", pro(____④____));
}
```

3. 下面程序的功能是将一个字符串 str 的内容颠倒过来。请填空。

```
main()
{ char str[]={"abcdefg"};
  char *p1,*p2,ch;
  p1=str;
  p2=str;
  while(*p2!='\0')p2++;
      ____⑤____ ;
  while(p1<p2)
  {ch=*p1;   *p1=*p2;   *p2=ch;
      ____⑥____ ;
   p2--;}
}
```

4. 下面程序的功能是输出数组 s 中最大元素的下标。请填空完善程序。

```
#include<stdio.h>
void main()
{
    int k,p;
    int s[]={1,-9,7,2,-10,3};
    for(p=0,k=p;p<6;p++)
        if(s[p]>s[k])
            ____⑦____
    printf("%d\n",k);
}
```

5. 下面程序的功能是从键盘输入一些字符，逐个把它们写到文件中去，直到输入一个 "#" 字符为止。请填空完善程序。

```
#include<stdio.h>
#include<stdlib.h>
void main()
{
    FILE *fp;
    char ch, filename[10];
    printf("Input filename:");
    scanf("%s",filename);
```

```
    if((fp=fopen(filename,"w"))==NULL)
    {
        printf("cannot open file\n");
        exit(0);
    }
    while((ch=getchar())!='#')
    {
        _____⑧_____
        putchar(ch);
    }
    fclose(fp);
}
```

6. 下面函数 f1 的功能是求 x 的 n 次方。请填空完善函数定义。

```
double f1(double x,int n)
{
    int i;
    double k;
    for(i=1,k=x;i<n;i++)
        _____⑨_____
    return k;
}
```

7. 下面函数 fun 的功能是求一个 3×4 矩阵中的最小元素。请填空完善函数定义。

```
int fun(int a[][4])
{
    int i,j,k,min;
    min=a[0][0];
    for(i=0;i<3;i++)
        for(j=0;j<4;j++)
            if(_____⑩_____)
                min=a[i][j];
    return min;
}
```

四、阅读程序题（每小题 5 分，共 30 分）

1. 下面程序的输出结果是（　　　）。

```
#include<stdio.h>
int m=13;
void main()
{
    int fun(int x,int y);
    int a=7,b=5;
    printf("%d\n",fun(a,b)/m);
```

```
}
int fun(int x,int y)
{
    int m=3;
    return x*y-m;
}
```

2．下面程序的输出结果是（　　）。

```
#include<stdio.h>
void main()
{
    int a[]={1,3,5},s=1,j,*p=a;
    for(j=0;j<3;j++)
        s*=*(p+j);
    printf("s=%d\n",s);
}
```

3．下面程序的输出结果是（　　）。

```
#include<stdio.h>
#include<string.h>
void main()
{
    char str[20]="xyz";
    char s1[]="abcd";
    char s2[]="ABCD";
    strcpy(str+1,strcat(s1+1, s2+1));
    puts(str);
}
```

4．下面程序的输出结果是（　　）。

```
#include<stdio.h>
void main()
{
    static int a[][3]={9,7,5,3,1,2,4,6,8};
    int i,j,s1=0,s2=0;
    for(i=0;i<3;i++)
        for(j=0;j<3;j++)
        {
            if(i==j)
                s1+=a[i][j];
            if(i+j==2)
                s2+=a[i][j];
        }
    printf("%d,%d\n",s1,s2);
}
```

5. 下面程序的输出结果是（　　）。

```c
#include<stdio.h>
void f1(int x,int y,int *sum)
{
    *sum=x+y;
    ++x,++y;
}
void main()
{
    int a=10,b=20,c=100;
    void(*f)(int x,int y,int *sum);
    f=f1;
    (*f)(a,b,&c);
    printf("%d,%d,%d\n",a,b,c);
}
```

6. 下面程序的输出结果是（　　）。

```c
#include<stdio.h>
void main()
{
    char a[]="123456789",*p;
    int i=0;
    p=a;
    while(*p)
    {
        if(i%2==0)
            *p='*';
        p++;
        i++;
    }
    puts(a);
}
```

五、编写程序（每小题 10 分，共 20 分）

1. 函数 reverse(s)的功能是将字符串 s 中的字符位置顺序颠倒过来（例如，字符串 abcdefg 中的字符位置顺序颠倒后变为 gfedcba）。编写该函数 reverse，并编写测试函数进行测试。

2. 编写程序实现以下功能：统计某一文本文件中数字字符的个数，要求被处理的文件名从命令行带入。

模拟试卷Ⅳ

一、单项选择题（每小题 1 分，共 20 分）

1. 在 C 程序的函数调用时，主调函数中的实参和被调函数中的形参（　　）。
　　A. 个数、次序必须相同，但数据类型可以不考虑
　　B. 个数、次序和对应参数的数据类型都应该相同
　　C. 个数、次序和数据类型均可以不相同
　　D. 对应参数数据类型应相同，但个数和次序可以不考虑

2. 如 a 为 int 型，则与表达式 a 等价的 C 语言关系表达式是（　　）。
　　A. a>0　　　　　　B. a!=0　　　　　　C. a==0　　　　　　D. a<0

3. 循环语句 for(a=0,b=0;(b!=45)||(a<5);a++);的循环次数是（　　）。
　　A. 4　　　　　　　B. 3　　　　　　　C. 5　　　　　　　D. 无数多次

4. 设有字符数组 a，则正确的输入语句是（　　）。
　　A. gets('a');　　　　　　　　　　　B. scanf("%c",a);
　　C. scanf("%s",a);　　　　　　　　　D. gets("a");

5. "enum color{red,green,yellow=5,white,black}" 定义了一个枚举类型。编译程序为值表中各标识符分配的枚举值依次为（　　）。
　　A. 1、2、3、4、5　　　　　　　　　　B. 0、1、5、2、3
　　C. 0、1、5、6、7　　　　　　　　　　D. 3、4、5、6、7

6. 运行完下列程序后，在屏幕上的内容是（　　）。

```
main ()
{ int a=0;
 a+=(a=12);
 printf ("%d\n",a);
}
```

　　A. 0　　　　　　　B. 6　　　　　　　C. 12　　　　　　　D. 24

7. 若 x,y 为实数类型的变量，要判断 x,y 相等，最好使用关系表达式（　　）。
　　A. x==y;　　　　　　　　　　　　　B. x−y==0;
　　C. fabs(x−y)<1e−8;　　　　　　　　 D. labs(x−y)<1e−8;

8. 若有以下的定义、说明和语句，则值为 101 的表达式是（　　）。

```
struct cw
{ int a;
  int *b;
}*p;
int x0[]={11,12},x1[]={31,32};
static struct cw x[2]={100,x0,300,x1};
p=x;
```

A. *p–>b   B. p–>a   C. ++(p–>a)   D. (p++)–>a

9. 以下程序的输出结果是（   ）。

```
int x=3,y=4;
void main( )
 { int x,y=5;
   x=y++;
   printf("%d",x);}
```

A. 3   B. 4   C. 5   D. 6

10. 在 C 语言中，函数默认的存储类型为（   ）。

A. auto   B. register   C. static   D. extern

11. 有定义"float x,*i_p=&x;"，假定变量 x 在内存中所占地址为 200～203，那么 i_p ++ 的值为（   ）。

A. 200   B. 204   C. 205   D. 203

12. 有定义"int a[10], n, *p1=a,*p2=&a[9];"，则正确的赋值语句为（   ）。

A. n=p2–p1;   B. n=p2*p1;   C. n=p2+p1;   D. n=p1/p2;

13. 调用 strlen("abcd\0ef\ng\0")的结果为（   ）。

A. 4   B. 5   C. 8   D. 10

14. 执行下面程序中输出语句后，a 的值是（   ）。

```
#include<stdio.h>
main( )
{
    int a;
    printf("%d\n",(a=3*5,a*4,a));
}
```

A. 65   B. 20   C. 15   D. 10

15. 若有定义"int x,y;"，下面合法的 if 语句是（   ）。

A. if(a==b)x++;   B. if(a=<b)x++;   C. if(a<>b)x++;   D. if(a=>b)x++;

16. 执行下面的程序后，a 的值是（   ）。

```
#include<stdio.h>
#define SQR(X)X*X
 main()
 {
    int  a=10,k=2,m=3;
    a/=SQR(m)/SQR(k);
    printf("%d \n",a);
 }
```

A. 10   B. 1   C. 5   D. 0

17. 若 t 为 double 类型，表达式(t=1,t+5,t)的值是（   ）。

A. 1   B. 6.0   C. 1.0   D. 6

18. 在 C 语言中，下面关于数组的描述正确的是（　　）。

    A. 数组的大小是固定的，但可以有不同类型的数组元素

    B. 数组的大小是可变的，但所有数组元素的类型必须相同

    C. 数组的大小是固定的，所有数组元素的类型必须相同

    D. 数组的大小是可变的，可以有不同的类型的数组元素

19. 下述程序的输出结果是（　　）。

```c
#include <stdio.h>
void main()
{
    int a,b,c=241;
    a=c/100%9;
    b=-1&&-1;
    printf("%d,%d\n",a,b);
}
```

    A. 2,0   B. 2,1   C. .6,1   D. 0,-1

20. 若有以下说明和语句，则下列引用方式不正确的是（　　）。

```c
struct worker
 {int no;
  char *name;
  }work,*p=&work;
```

    A. Work.no   B. (*p).no   C. p->no   D. work->no

二、基本概念选择填空题（本大题后面有若干备选项，请选择合适的备选项并将其号码填入各小题的空白处。每空 2 分，共 10 分）

1. 在 C 语言中，一个函数一般由两个部分组成，它们是函数说明部分和＿＿①＿＿。

2. 任何程序都可调用标准函数 exit()，当它被调用时，它＿＿②＿＿程序的执行。

3. 一个 C 语言程序在可以被执行之前，必须通过的 5 个处理程序是：编辑程序、预处理程序、编译程序、汇编程序和＿＿③＿＿。

4. 在 C 语言中没有固有的输入和输出语句，但是用 C 语言编写的程序可以用函数调用的形式来实现输入、输出，这些函数由＿＿④＿＿提供。

5. 函数 rewind 的作用是＿＿＿⑤＿＿＿。

备选项：

A. 主函数   B. 函数体   C. 函数首部

D. 使指针指向文件的开头   E. 终止   F. 用户自定义函数

G. 标准 I/O 库/系统   H. 连接程序   I. 判断文件指针是否指向文件末尾

三、程序填空题（每空 2 分，共 20 分）

1. 以下程序的功能是从键盘上输入一行字符，将其中的小写字母转换为大写字母。请填空。

```c
#include "stdio.h"
 main()
```

```
{char c;
 while ((c=____①____)!='\n')
if (c>='a'&&c<='z' )
{ c=c-32;
  printf("%c",c);}}
```

2．下列程序是从 c 盘根目录下的文本文件 **f1.txt** 中读取前 10 个字符，依次显示在屏幕上。如果文本文件中不足 10 个字符，则读完为止。

```
#include "stdio.h"
main()
{ FILE *fp;
  int i;
  char c;
  if(____②____= =NULL){printf("file can not open");exit(0);}
  for (i=0;i<10;i++)
   {if(feof(fp) ) break; c=fgetc(fp); putchar(c);}
  fclose(fp);
}
```

3．下面程序的功能是输出数组中的各字符串。请填空完成程序。

```
#include <stdio.h>
void main()
{ char *a[]={"abcd","12345","efghijk","67890"};
 char ____③____ ;
 int j=0;
 p=a;
 for(;j<4;j++)
 puts( ____④____ );
}
```

4．以下程序用于求取两个整数的最大公因子。

```
int mcf(int a, int b)
{ int temp;
  while(b)
  {
    temp = ____⑤____ ;
    a = b;
    b = temp;
  }
  return (a);
}
```

5．下面程序从键盘读入 50 个整数并求其中正整数之和。请填空完善程序。

```
#include<stdio.h>
void main()
```

```
{
    int i,a,sum;
    sum=____⑥____
    for(i=0;i<50;i++)
    {
        scanf("%d",&a);
        if(a<0)
            ____⑦____
        else
            sum=sum+a;
    }
    printf("sum=%d\n",sum);
}
```

6. 以下程序的功能是统计输入字符串中数字字符的个数。

```
#include<stdio.h>
void main()
{
    ____⑧____;
    int num=0;
    while((x=getchar())!=____⑨____)
    {
        if(x<'0'||x>'9')
            continue;
        ____⑩____;
    }
    printf("数字个数为：%d\n",num);
}
```

四、阅读程序题（每小题 5 分，共 30 分）

1. 下面程序的输出结果是（　　　）。

```
#include <stdio.h>
void main()
{
    void fun(int *k);
    int w=5;
    fun(&w);
}
void fun(int *k)
{
    (*k)++;
    printf("%d\n",*k++);
}
```

2. 下面程序的输出结果是（　　　）。

```
#include <stdio.h>
void main()
{  int find(int *a,int n);
   int x[5]={12,21,13,6,8};
   printf("%d\n",find(x,5));
}
int find(int *a,int n)
{int *p,*s;
 for(p=a,s=a;p-a<n;p++)
    if(*p>*s)
        s=p;
    return *s;

}
```

3. 下面程序的输出结果是（　　）。

```
#include<stdio.h>
int func(int,int);
main()
{
    int k=4,m=1,p;
    p=func(k,m);
    printf("%d,",p);
    p=func(k,m);
    printf("%d\n",p);
}
int func(int a,int b)
{
    static int m=1,n=2;
    n+=m+1;
    m=n+a+b;
    return(m);
}
```

4. 下面程序的输出结果是（　　）。

```
#include <stdio.h>
void main()
{ int a[10]={1,2,3,4,5,6,7,8,9,10};
  int k,s,i;
  float ave;
  for(k=s=i=0;i<10;i++)
  {
    if (a[i]%2!=0)
    continue;
    s+=a[i];
```

```
        k++;
    }
    if(k!=0)
    {
        ave=s/k;
        printf("%d,%f\n",k,ave);
    }
}
```

5. 在下列程序中，若输入为"I am a student!<CR>"，则输出结果是（　　）。

```
#include<stdio.h>
void main()
{
char s[40],c;
char *str=s;
int num=0,word=0;
    gets(str);
    while((c=*str++)!='\0')
    {
    if(c==' ')word=0;
    else if(word==0)
    {
        word=1;
            num++;
    }
    }
 printf("%d words\n",num);
}
```

6. 下列程序的输出结果是（　　）。

```
#include<stdio.h>
unsigned f(unsigned num)
{unsigned k=1;
  do
  {k*=num%10;
  num/=10;
  }while(num);
  return k;
 }
void main()
{int x=35,y=550;
printf("%d,%d",f(x),f(y));
}
```

五、编写程序（每小题 10 分，共 20 分）

1. 编写程序，删除一个字符串中的所有空格。要求：①在主函数输入字符串并输出删除所有空格后的字符串；②删除一个字符串中的所有空格功能用函数实现。例如，输入字符串"This is a string",则应输出"Thisisastring"。

2. 编程实现求两个正整数的最大公约数和最小公倍数的功能，要求用一个函数求最大公约数，另外一个函数求最小公倍数。

模拟试卷V

一、单项选择题（每小题 1 分，共 20 分）

1. 已知有下面代码段，则所列选项中叙述正确的是（　　）。

```
int t=0;
while(t=1)
   {…}
```

  A. 循环控制表达式不合法   B. 循环控制表达式的值为0

  C. 循环控制表达式的值为1   D. 以上说法都不对

2. 若变量已正确赋值，以下符合 C 语言语法的表达式是（　　）。

  A. a:=b+1;   B. a=b=c+2;   C. int 18.5%3;   D. a=a+7=c+b

3. C 语言中，要求参与运算的对象必须是整型的运算符是（　　）。

  A. %=   B. /   C. =   D. <=

4. 已知函数的调用形式 "fread(buffer,size,count,fp);"，其中 buffer 代表的是（　　）。

  A. 一个整型变量，代表要读入的数据项总数

  B. 一个文件指针，指向要读的文件

  C. 一个指针，指向要读入数据的存放地址

  D. 一个存储区，存放要读的数据项

5. C 语言表达式 sizeof('a'+10)执行结果的数据类型是（　　）。

  A. int   B. char   C. double   D. float

6. 有如下程序：

```
#include<stdio.h>
void main()
{
    int m,n,k;
    m=(n=4)+(k=10-7);
    printf("m=%d\n",m);
}
```

运行后 m 的值为（　　）。

  A. 4   B. 3   C. 7   D. 14

7. 下面程序的运行情况是（　　）。

```
#include<stdio.h>
void main()
{
    int x=3,y=0,z=0;
    if(x=y+z)
        printf("****");
```

```
    else
        printf("####\n");
}
```

  A．有语法错误，不能通过编译

  B．输出****

  C．可以通过编译，但不能通过连接，因而不能运行

  D．输出####

8．下面程序段执行后输出的结果是（ ）。

```
char s[4]="cba";
char *p=s;
printf("%c\n",*p+1);
```

  A．字符'c'；   B．字符'b'；   C．字符'a'； D．字符'd'；

9．若已经建好的链表结构如下，指针 p、q 分别指向图示结点（b 结点为插入 c 结点前的链表末尾），则不能将 q 所指结点插入到链表末尾的一组语句是（ ）。

  A．q→next = NULL; p = p→next; p→next = q;

  B．p = p→next; q→next = p→next; p→next = q;

  C．p = p→next; q→next = p; p→next = q;

  D．p = (*p).next; (*q).next = (*p).next; (*p).next = q;

10．下面程序运行后，a 的值是（ ① ），b 的值是（ ② ）。

```
#include<stdio.h>
main()
{ int a,b,k=4,m=6,*p1=&k,*p2=&m;
  a=p1==&m;
  b=(-*p1)/(*p2)+7;
    printf("a=%d\n",a);
  printf("b=%d\n",b);
}
```

  ① A．−1   B．1   C．0   D．4

  ② A．5   B．6   C．7   D．10

11．下列程序的执行结果是（ ）。

```
#include<stdio.h>
union ss
{
    short int i;
```

```
        char c[2];
    };
    void main()
    {
        union ss x;
        x.c[0]=10;
        x.c[1]=1;
        printf("%d",x.i);
    }
```

　　　A. 11　　　　　　　B. 266　　　　　C. 265　　　　　D. 138

12. 若 int i = 10，执行下列程序：

```
switch(i)
{
        case 9:i+=1;
        case 10:
        case 11:i-=1;
        default:i+=1;
}
```

则变量 i 的正确结果是（　　）。

　　　A. 10　　　　　　　B. 11　　　　　　C. 12　　　　　D. 9

13. 在下列选项中，不正确的赋值语句是（　　）。

　　　A. t/=5;　　　　　　　　　　　　　B. n1=(n2=(n3=0));

　　　C. k=i==j;　　　　　　　　　　　　D. a=b+c=1;

14. 下列程序段运行后，x 的值是（　　）。

```
#include<stdio.h>
int fun(int a)
{ int b=0;
  static int c=3;
  a=c++,b++;
  return a;
}
void main()
{
    int a=2,j,k;
    for(j=0;j<2;j++)
      k=fun(a++);
    printf("%d\n",k);
}
```

15. 设有以下宏定义：

```
#define N 3
```

```
#define Y(n) (N+1*n)
```

则执行语句"z=2 *(N*Y(5+1));"后，z 的值为（　　　）。

    A．30　　　　　　　B．72　　　　　　　C．48　　　　　　　D．54

16．在以下的四个运算符中，优先级最低的运算符是（　　　）。

    A．<=　　　　　　B．/　　　　　　　　C．!=　　　　　　　D．&&

17．当 C 语言源程序一行写不下时，可以（　　　）。

    A．用分号换行　　　　　　　　　　　B．用逗号换行

    C．用回车换行符换行　　　　　　　　D．用"\"换行

18．设有语句"int a=3,b=6,c; c=a^b<<2;"执行后 c 的二进制值是（　　　）。

    A．00011011　　B．00010100　　　C．00011100　　　D．00011000

19．在 C 语言中，以下叙述错误的是（　　　）。

    A．函数被调用时，系统才为形参分配内存

    B．实参和对应形参的数据类型必须一致

    C．实参可以是变量、常量或表达式

    D．形参可以是变量、常量或表达式

20．字符串常量"ab c\nt\012\xa1*2"在内存中所占的存储空间数是（　　　）。

    A．11　　　　　　B．13　　　　　　　C．15　　　　　　　D．18

二、基本概念选择填空题（本大题后面有若干备选项，请选择合适的备选项，并将其号码填入各小题的空白处。每空 2 分，共 10 分）

1．在 C 程序中引用标准库中的数学类函数时，需要在程序的预处理部分包含＿＿＿①＿＿＿头文件。

2．C 语言能处理的文件类型可以是文本文件和＿＿＿②＿＿＿。

3．下列语句定义共用体变量 a，则 a 占用＿＿＿③＿＿＿个字节。

```
union data { short int i;char c;double d;}a;
```

4．字符串常量和字符数组都占用一段＿＿＿④＿＿＿的存储单元。

5．宏定义中的宏名不能包含＿＿＿⑤＿＿＿。

备选项：

A．空格　　　　　　B．二进制文件　　　　　　C．数字

D．连续　　　　　　E．参数字符串　　　　　　F．命令行参数的个数

G．11　　　　　　　H．在其之前最近的未配对的 if　　I．8

J．在定义该函数时所指定的数据类型　　　　K．下划线

L．<math.h>

三、程序填空题（每空 2 分，共 20 分）

1．以下程序的功能是：从键盘上输入一个整数，将其插入到一个元素值按升序排列的整型数组中，插入后的数组元素值仍然保持按升序排列。请填空完成程序。

```
#include<stdio.h>
void main()
```

```
{
    int a[10]={2,5,8,10,13,15,17,35}
    int x,i,n=8;
    scanf("%d",&x);
    for(i=n-1;i>=0;i--)
        if(_____①_____)
            a[i+1]=a[i];
        else
            break;
            _____②_____ ;
    n++;
    for(i=0;i<n;i++)
        printf("%5d",a[i]);
    printf("\n");
}
```

2. 下面函数的功能是把两个整数指针所指的存储单元中的内容进行交换。请填空。

```
void exchange(int *x, int *y)
{
    int t;
    t=_____③_____;
    *y =*x;
    _____④_____=t;
}
```

3. 下述程序从终端输入一行字符串，存入字符数组，然后输出。请完善程序。

```
#include<stdio.h>
void main()
{
    char str[80],*sp;
    int n;
    for(n=0;n<80;n++)
    {
        str[n]=_____⑤_____;
        if(str[n]=='\n')break;
    }
    str[n]='\0';
    sp=str;
    while(*sp)putchar(_____⑥_____);
}
```

4. 以下函数的功能是比较两个字符串的大小，若相等返回值为 0，若不相等则返回第一个不相等字符之差。请填空。

```
#include<stdio.h>
```

```
int fun(char *s,char *t)
{
    while(*t++==*s++ && *t!='\0' && *s!='\0');
    return(____⑦____);
}
void main()
{
    char str1[80],str2[80];
    gets(str1);
    gets(str2);
    printf("%d\n",fun(str1,str2));
}
```

5. 计算数列 sum=n–n/2+n/3–n/4+⋯–n/100 之和。

```
#include<stdio.h>
void main()
 {
    float sum=0;
    int n,sign=1,i;
    printf("请输入整数 n：");
    scanf("%d",&n);
    for(i=1;i<=100;i++)
    {
        sum+=sign*n*1.0/i;
        ____⑧____;
    }
}
```

6. 下面程序的功能是输出如下图形。请填空。

```
    *
   ***
  *****
 *******
*********
```

```
# include<stdio.h>
void fun(char ch,int start,int num)
{
    int j, k;
    for(j=0; j<start; j++)
        printf (" ");
    for (k=0; k<____⑨____; k++)
        printf("%c",ch);
    printf("\n");
}
```

```
void main()
{
    int  i;
    for(i=0; i<5; i++)
        fun('*',10-i,____⑩____);
}
```

四、阅读程序题（每小题 5 分，共 30 分）

1. 给出下面程序的运行结果。

```
#include<stdio.h>
int f(int num,int run)
{
    static int fact,i;
    if(run==0)
    {
        fact=1;
        i=1;
    }
    fact*=i;
    if(++i<=num)
        f(num,1);
    return(fact);
}
void main()
{
    int i=0;
    printf("f=%d\n",f(3,0));
}
```

2. 给出下面程序的运行结果。

```
#include<stdio.h>
void main()
{
    int a,b;
    for(a=1,b=1;a<=100;a++)
    {
        if (b>=20) break;
        if(b%3==1)  b+=3;
        continue;
    }
    b-=5;
    printf("%d,%d\n",a,b);
}
```

3. 给出下列程序的运行结果。

```
#include<stdio.h>
void main()
{
    char ch[2][5]={"1234","5678"},*p[2];
    int j,k,s=0;
    for(k=0;k<2;k++)
        p[k]=ch[k];
    for(k=0;k<2;k++)
        for(j=0;p[k][j]>'\0'&&p[k][j]<='9';j+=2)
            s=10*s+p[k][j]-'0';
    printf("s=%d\n",s);
}
```

4. 在下列程序中，假设输入为"a4BZ!<CR>"，给出程序的运行结果。

```
#include<stdio.h>
void main()
{
    char ps[80],*str;
    char c;
    gets(ps);
    str=ps;
    while((c=*str)!='\0')
    {
        if((c>='a' && c<='z')|| (c>='A' && c<='Z'))
        {
            c=c+4;
            if(c>'Z' && c<='Z'+4||c>'z')c=c-26;
            *str=c;
        }
        str++;
    }
    printf("%s\n",ps);
}
```

5. 给出下列程序的运行结果。

```
#include<stdio.h>
void main()
{
    int n,r;
    n=234567;
    do
     {r=n%10;
     printf("%d",r);
     n/=10;
```

```
        } while(n);
    printf("\n");
    }
```

6. 给出下列程序的运行结果。

```
#include<stdio.h>
void main()
{
    void fun(int *x,int *y);
    int a[]={1,2,3,4},j,x=0;
    for(j=0;j<4;j++)
    {
        fun(a,&x);
        printf("%d",x);
    }
    printf("\n");
}
void fun(int *x,int *y)
{
    static int t=3;
    *y=x[t];
    t--;
}
```

五、编写程序（每小题 10 分，共 20 分）

1. 编程找出 1～100 之间的全部同构数。若一个数出现在它的平方数的右边，则称该数为同构数。如 5*5=2<u>5</u>，25*25=6<u>25</u>，5 和 25 均为同构数。

2. 编写一个函数 mynew，对自己定义的一个结构体类型开辟连续的存储空间，此函数应返回一个指针，指向开始的空间地址。

模拟试卷Ⅵ

一、单项选择题（每小题 1 分，共 20 分）

1．已知"int i;float f;"，下列正确的语句是（　　）。

  A．(int f)%i　　　 B．int(f)%i　　　 C．int(f%i)　　　 D．(int)f%i

2．下面程序段中，与 if(x%2)中的 x%2 所表示条件等价的是（　　）。

```
scanf("%d",&x);
if(x%2) x++;
```

  A．x%2==0　　　 B．x%2!=1　　　 C．x%2!=0　　　 D．x%2==1

3．执行下面的 C 语句序列后，变量 b 的值是（　　）。

```
int a,b,c; a=b=c=1; ++a||++b&&++c;
```

  A．错误　　　 B．0　　　 C．2　　　 D．1

4．设有 C 语句"int a[3][4];"，则每次移动过 a 数组一行元素的指针变量定义形式是（　　）。

  A．int *p;　　　 B．int **p;　　　 C．int (*p) [4];　　　 D．int *p[4];

5．设有整型变量 a、实型变量 f 和双精度型变量 x，则表达式 10+'b'+x*f 值的类型为（　　）。

  A．int　　　 B．float　　　 C．double　　　 D．不能确定

6．C 语言中规定，在函数的参数表中，用简单变量做实参时，它和对应形参之间的数据传递方式是（　　）。

  A．地址传递

  B．单向值传递

  C．由实参传给形参，再由形参传回给实参

  D．由用户指定传递方式

7．下面程序的输出是（　　）。

```
#include<stdio.h>
void main()
{
    int x=10,y=3;
    printf("%d\n",y=x/y);
}
```

  A．0　　　 B．1　　　 C．3　　　 D．不确定的值

8．执行下面的程序段后，B 的值为（　　）。

```
int x=35;
char z='A';
int B;
B=((x&15)&&(z<'a'));
```

　　　A. 0　　　　　　　　B. 1　　　　　　　　C. 2　　　　　　　　D. 3

9. 以下程序的输出结果为（　　　）。

```
#include<stdio.h>
void main()
{
    int i=0;
    for(;;)
        if(i++==5)break;
    printf("%d\n",i);
}
```

　　　A. 0　　　　　　　　B. 5　　　　　　　　C. 6　　　　　　　D. 前3个选项都错

10. 在 C 语言中，函数的隐含存储类别是（　　　）。

　　　A. auto　　　　　　B. static　　　　　　C. extern　　　　　　D. 无存储类别

11. 下面程序运行结果是（　　　）。

```
#include<stdio.h>
void fun(int a,int b,int c)
{
    a=456;b=567;c=678;
}
void main()
{
    int x=10,y=20,z=30;
    fun(x,y,z);
    printf("%d,%d,%d\n",z,y,x);
}
```

　　　A. 30，20，10　　　　　　　　　　B. 10，20，30
　　　C. 456，567，678　　　　　　　　　D. 678，567，456

12. 已知"int x = 1, y = 2, z =0;"，则执行"z=x>y?(10+x,10–x):(20+y,20–y)"后，z 的
值为（　　　）。

　　　A. 11　　　　　　　B. 9　　　　　　　C. 18　　　　　　　D. 22

13. 下面程序的运行结果是（　　　）。

```
#include<stdio.h>
void num()
{ extern int x,y;
  int a=15,b=10;
  x=a-b;   y=a+b;
}
int x,y;
void main()
{ int a=7,b=5;
```

```
    x=a+b;  y=a-b;
    num();
    printf("%d,%d\n",x,y);
}
```

  A. 12,2   B. 不确定   C. 5,25   D. 1,12

14. 以下程序的输出结果是（   ）。

```
#include<stdio.h>
int x=3,y=4;
void main()
{
    int x=0;
    x+=y++;
    printf("%d",x);
}
```

  A. 3   B. 4   C. 5   D. 6

15. 下面程序的运行结果是（   ）。

```
#include<stdio.h>
main()
{
    int w=5;
    fun(w);
    printf("\n");
}
fun(int k)
{
    if(k>0)fun(k-1);
    printf("%d",k);
}
```

  A. 54321   B. 012345   C. 12345   D. 543210

16. 有定义 "int x,y=10,*p=&y;"，则能使得 x 的值也等于 10 的语句是（   ）。

  A. x=p;   B. x=&p;   C. x=&y;   D. x=*p;

17. 有定义 "int a[5][4], (*p)[4]=a;"，则*(*(p+2)+3)等于（   ）。

  A. a[2][0]   B. a[2][1]   C. a[2][2]   D. a[2][3]

18. 有定义 "char* s="\t\"Name\\Address\"";"，那么 strlen(s)等于（   ）。

  A. 15   B. 16   C. 17   D. 18

19. 若有宏定义如下：

```
#define   X    5
#define   Y    X+1
#define   Z    Y*X/2
```

则执行以下 printf 语句后，输出结果是（　　　）。

```
int a;a=Y;
printf("%d\n",Z);
printf("%d\n",--a);
```

　　A. 7　　　　　　　B. 12　　　　　　　C. 12　　　　　　　D. 7
　　　　6　　　　　　　　　6　　　　　　　　　5　　　　　　　　　5

20. 设有 C 语句"struct T{ int n; double x; }d,*p;"，若要使 p 指向结构体变量中的成员 n，正确的赋值语句是（　　　）。

　　A. p=&d.n　　　　　　　　　　B. *p=d.n
　　C. p=(struct T *)&d.n　　　　　　D. p=(struct T *)d.n

二、基本概念选择填空题（本大题后面有若干备选项，请选择合适的备选项并将其号码填入各小题的空白处。每空 2 分，共 10 分）

1. C 语言源程序由预处理命令和函数组成，无论有多少个函数，只能有一个主函数，其函数名是＿＿＿①＿＿＿。

2. 表达式 x*=x+b 等价于表达式＿＿＿②＿＿＿。

3. 在 C 语言中＿＿＿③＿＿＿语句是一条限定转移语句，其语句功能为提前结束本次循环体的执行过程而直接进入下一次循环。

4. 结构体数据类型仍然是一类变量的抽象形式，系统不会为数据类型分配存储空间。要使用结构体类型数据，必须要＿＿＿④＿＿＿。

5. 调用 feof 来判断文件是否结束，如果已经读到结束则其返回值是＿＿＿⑤＿＿＿。

备选项：
A. void　　　　　　B. x=x*x+b　　　　　　C. continue
D. x=x*(x+b)　　　　E. break　　　　　　　F. 定义结构体成员
G. 定义结构体类型变量　　　　　　　　　　H. 定义联合体类型变量
I. 0　　　　　　　　J. 非 0　　　　　　　　K. main　　　　　　L. goto

三、程序填空题（每空 2 分，共 20 分）

1. 下列程序的功能是：统计输入的字符串中小写字母的个数。

```
#include<stdio.h>
main()
{
  char c;
  int num=0;
  while((c=getchar())!=＿＿＿①＿＿＿)
  { if(c<'a'||c>'z') continue;
    ＿＿②＿＿
  }
  printf("%d\n",num);
}
```

2. 下面程序的运行结果是（　　　）。

```
#include<stdio.h>
int max(int x,int y)
{   int z;
    z=(x>y)?x:y;
    return(z);
}
void main()
{   int a=1,b=2,c;
    c=max(a,b);
    printf("max is %d\n",c);
}
```

  A. 2   B. 1   C. max is 2   D. max is 1

3. 下面程序用于计算 1+（1+2）+（1+2+3）+…+（1+2+3+…+10）。请完善程序。

```
#include<stdio.h>
void main()
{
    int total,sum,m,n;
    total=0;
    for(m=1;m<=10;m++)
    {
        sum=0;
        for(n=1;____⑤____;n++) sum=sum+n;
        ____⑥____;
    }
    printf("total=%d\n",total);
}
```

4. 函数 fun 的功能是判断一个 3 位整数的个位数字和百位数字之和是否等于其十位上的数字，是则返回"yes!"，否则返回"no!"，请填空完成函数。

```
#include<stdio.h>
____⑦____ fun(int n)
{
    int g,s,b;
    g=n%10;
    s=n/10%10;
    b=n/100;
    if((g+b)==s)
        return "yes";
    else
        return ____⑧____ ;
}
void main()
```

```
    int n;
    scanf("%d",&n);
    printf("%s\n",fun(n));
}
```

5. 下面程序的功能是打印出整数 1~1000 中满足条件：个位数字的立方等于其本身的所有数，请填空完成程序。

```
#include<stdio.h>
void main()
{   int i,g;
    for(i=1;i<1000;i++)
    {
        g=____⑨____;
        if(____⑩____)
            printf("%4d",i);
    }
    printf("\n");
}
```

四、阅读程序题（每小题 5 分，共 30 分）

1. 下列程序的运行结果是（　　　）。

```
#include<stdio.h>
void main()
{
    void add();
    int i;
    for(i=0;i<3;i++)add();
}
void add()
{
    static int x=0;
    x++;
    printf ("%d ",x);
}
```

2. 以下程序的输出结果为（　　　）。

```
#include<stdio.h>
void main()
{
    int a,b,c,x;
    a=b=c=0;
    x=35;
    if(!a) x--;
    else if(b);
```

```
        if(c)
            x=3;
        else
            x=4;
        printf("%d\n",x);
}
```

3．以下程序的输出结果为（　　　）。

```
#include<stdio.h>
void main()
{
    int i, j, row, colum, max;
    int a[3][4] = {1,2,3,4,9,8,7,6,-10,10,-5,2};
    max = a[0][0];
    for( i=0;i<=2;i++)
        for(j=0;j<=3;j++)
            if(a[i][j]>max)
            {
                max = a[i][j];
                row = i;
                colum = j;
            }
    printf( "max=%d,row=%d,colum=%d\n", max, row, colum );
}
```

4．下面程序的执行结果是（　　　）。

```
#include<stdio.h>
#define Min(x,y)  (x)<(y)?(x):(y)
void main()
{
    int a=1,b=2,c=3,d=4,t;
    t=Min(a+b,c+d)*1000;
    printf("t=%d\n",t);
}
```

5．以下程序的运行结果是（　　　）。

```
#include<stdio.h>
void fun(int x)
{
    putchar('0'+x%10);
    if(x/10)fun(x/10);
}
void main()
{
```

```
    int m=1234;
    fun(m);
    putchar('\n');
}
```

6. 下面程序的运行结果是（   ）。

```
#include<stdio.h>
void main()
{   int  a[6],i;
    for(i=1;i<6;i++)
    {a[i]=9*(i-2+4*(i>3))%5;
     printf("%2d",a[i]);
    }
}
```

五、编写程序（每小题 10 分，共 20 分）

1. 编写程序实现以下功能：一个正整数与 3 的和是 5 的倍数，与 3 的差是 6 的倍数，求出符合此条件的最小正整数。

2. 编制函数，在字符串数组中查找与另一字符串相等的字符串，函数返回值为该字符串的地址或 NULL（当查找不到时）。

模拟试卷Ⅶ

一、单项选择题（每小题 1 分，共 20 分）

1. 对于基类型相同的两个指针变量之间，不可进行的运算是（　　）。

    A. ==　　　　　　　　B. =　　　　　　　　C. +　　　　　　　　D. −

2. 设有定义 "char *s="\'\t123\\6bcde\"\n";"，那么 strlen(s) 等于（　　）。

    A. 15　　　　　　　　B. 16　　　　　　　　C. 13　　　　　　　　D. 14

3. 若有 "int k=5; float x=1.2;"，则表达式 (int)(x+k) 的值是（　　）。

    A. 5　　　　　　　　B. 6.2　　　　　　　C. 7　　　　　　　　D. 6

4. 假设有 "int x=11;"，则表达式 (x++ * 1/3) 的值是（　　）。

    A. 3　　　　　　　　B. 12　　　　　　　　C. 11　　　　　　　　D. 0

5. 在执行语句 "if((x=y=3)>=x&&(x=8)) y*=x;" 后，变量 x、y 的值应分别为（　　）。

    A. 3、3　　　　　　　　　　　　　　　　B. 8、3

    C. 8、10　　　　　　　　　　　　　　　D. 执行时报错

6. 如果有 "#define f(x,y) x+y" 及 "int a=2,b=3;"，则执行 printf("%d",f(a,b)*f(a,b)) 后输出的值为（　　）。

    A. 36　　　　　　　　B. 25　　　　　　　　C. 11　　　　　　　　D. 13

7. 设有定义 "int x,*p;"，能使指针变量 p 指向变量 x 的语句是（　　）。

    A. *p=&x;　　　　　　　　　　　　　　B. p=&x;

    C. *p=x;　　　　　　　　　　　　　　D. p=*&x;

8. 若程序中需要表示关系 x≥y≥z，应使用 C 语言表达式为（　　）。

    A. (x>=y)&&(y>=z)　　　　　　　　　B. (x>=y)AND(y>=z)

    C. (x>=y>=z)　　　　　　　　　　　　D. (x>=y)&(y>=z)

9. 有程序如下：

```
#include<stdio.h>
void main()
{
    int x,n;
    for(n=10,x=0;n=0;x++,n--);
    printf("%d\n",x);
}
```

程序执行后输出为（　　）。

    A. 程序无限循环无输出　　　　　　　B. 10

    C. 1　　　　　　　　　　　　　　　　D. 0

10. 下列程序的输出结果是（　　）。

```
#include<stdio.h>
void main()
```

```
{
    int x=1,y=1,z;
    z=1||++x && y--;
    printf("\n%d,%d,%d",x,y,z);
}
```

　　A. 1，1，1　　　　B. 2，0，1　　　　C. 2，1，1　　　D. 2，0，0

11. 执行以下程序输出的结果是（　　　）。

```
#include<stdio.h>
void main()
{
    enum weekday {sun,mon=3,tue,wed,thu};
    enum wddkday day;
    day=wed;
    printf("%d\n",day);
}
```

　　A. 5　　　　　　B. 6　　　　　　　C. 4　　　　　　　D. 编译时出错

12. 有如下程序：

```
#include<stdio.h>
void main()
{
    int a;
    printf("%d\n",(a=2*5,a*8,a+5));
}
```

执行后输出为（　　　）。

　　A. 65　　　　　B. 20　　　　　　C. 15　　　　　　D. 10

13. 有如下程序：

```
#include<stdio.h>
void main()
{
    struct {int x;
            int y;
            }d[2]={{1,3},{2,7}};
    printf("%d\n",d[0].y/d[0].x*d[1].x);
}
```

执行后输出为（　　　）。

　　A. 0　　　　　　B. 1　　　　　　　C. 3　　　　　　　D. 6

14. 在下列程序运行后，输出的值是（　　　）。

```
#include<stdio.h>
int fun(int n)
```

```
{
    if(n==1)
            return(1);
    else if(n==2)
            return(2);
    else
            return(fun(n-1)+fun(n-2));
}
void main()
{
    printf("%d\n",fun(4));
}
```

    A. 1   B. 2   C. 3   D. 5

15. 有如下程序：

```
#include<stdio.h>
void main()
{
    union
    {
        short x;
        char ch[2];
    }uuu;
    uuu.x=100;
    uuu.ch[0]='a',uuu.ch[1]=0;
    printf("%x\n",uuu.x);
}
```

运行后输出为（　　）。

    A. 100   B. 97   C. 61   D. 0

16. 设"int a=0,b=5,c=2,x=0;"，选择可执行 x++ 的语句是（　　）。

    A. if(a) x++   B. if(a=b) x++;

    C. if(a>=b) x++;   D. if(!(b-c)) x++;

17. 设有下列语句：

```
typedef struct
{ int n;
  char ch[8];
}Stt;
```

则下面叙述正确的是（　　）。

    A. Stt是结构体变量名   B. Stt是结构类型名

    C. typedef struct是结构体类型   D. struct是结构体类型名

18. 以下程序的输出结果是（　　）。

```
void main()
{   int a=5,*p1,**p2;
    p1=&a,p2=&p1;
    (*p1)++;
    printf("%d\n",**p2);
}
```

  A. 5   B. 4   C. 6   D. 不确定

19. 设有定义 "int x=2;", 则下列表达式中等于 1 的是（　　）。

  A. x&x   B. ~x|x   C. x^x   D. x>>1

20. 若 fp 是指向某文件的指针，且已读到该文件的末尾，则 C 标准函数 feof(fp)的返回值是（　　）。

  A. –1   B. 1   C. 0   D. NULL

二、基本概念选择填空题（本大题后面有若干备选项，请选择合适的备选项并将其号码填入各小题的空白处。每空 2 分，共 10 分）

1. 表达式 y/=x+a 等价于表达式＿＿①＿＿。

2. 在执行 while 循环时，其循环体＿＿②＿＿。

3. 二维数组中，各数组元素的存放顺序是＿＿③＿＿。

4. 在对文件进行操作的过程中，若要求文件的位置回到文件的开头，应当调用的函数是＿＿④＿＿函数。

5. 分号是 C 语句之间的＿＿⑤＿＿，不是语句的一部分是字节。

备选项：

A. 按列存放   B. y=y/x+a   C. 5 和 2

D. y=1/(x+a)   E. 输入函数   F. 有可能一次都不被执行

G. rewind   H. 按行存放   J. y=y/(x+a)

K. 至少要被执行一次 L. fseek   M. 分隔符

三、程序填空题（每空 2 分，共 20 分）

1. 以下程序是计算数组 a 中偶数的个数和平均值。请填空完成。

```
#include<stdio.h>
void main ()
{
    int a[10]={3,23,18,27,5,26,39,10,11,54},j,k=0,s=0;
    float  ave;
    for (j=0;j<10;j++)
        if(   ①   )
        {   s+=a[j];
            k++;
        }
    if(k!=0)
    {   ave=   ②   ;
        printf("%d,%f\n",k,ave);
    }
```

```
}
```

2. 以下程序的功能是将字符串 b 连接到字符串 a 的后面。请填空完成。

```
#include<stdio.h>
#include<string.h>
void main( )
{ char a[20]="I am ",b[]="a student.";
  int i,j;
  i=strlen(a);
  for(j___③___;b[j]!='\0';j++)
    a[i+j]=___④___;
  a[i+j]=___⑤___;
  puts(a);
}
```

3. 以下程序的功能是求出 100 以内的整数中最大的可被 17 整除的数并输出。请填空完成。

```
#include<stdio.h>
int main()
{
    int i;
    for(___⑥___;i--)
    {
        if(___⑦___)break;
    }
    printf("%d\n",i);
    return 0;
}
```

4. 请填空完成以下程序，用冒泡法来对一维数组进行排序（升序）。

```
#include<stdio.h>
void main()
{   void sort(int a[],int n);
    int i,a[9]={2,6,18,4,23,5,19,8,27};
    sort(___⑧___);
    for(i=0;i<9;i++)
        printf("%3d",a[i]);
    printf("\n");
}
void sort(int a[],int n)
{   int i,j,t;
    for(i=0;i<___⑨___;i++)
        for(j=0;j<n-i-1;j++)
            if(a[j]>___⑩___)
```

```
            t=a[j],a[j]=a[j+1],a[j+1]=t;
}
```

四、阅读程序题（每小题 5 分，共 30 分）

1. 仔细阅读下面程序，给出程序执行后的输出结果。

```c
#include<stdio.h>
void main()
{   int x=-9;
    x+=x-=x*x;
    printf("x=%d\n",x);
}
```

2. 仔细阅读下面程序，给出程序执行后的输出结果。

```c
#include<stdio.h>
void main()
{
    void swap(int x,int *y);
    int a=258,b=321;
    printf("%d,%d\n",a,b);
    swap(a,&b);
    printf("%d,%d\n",a,b);
}
void swap(int x,int *y)
{
    int t;
    t=x;
    x=*y;
    *y=t;
}
```

3. 仔细阅读下面程序，给出程序执行后的输出结果。

```c
#include<stdio.h>
#include<string.h>
void main()
{
    void fac(char *w,int n);
    char p[]="abcdefg";
    fac(p,strlen(p));
    puts(p);
}
void fac(char *w,int n)
{
    char t,*s1,*s2;
    s1=w;
```

```
        s2=w+n-1;
        while(s1<s2)
        {   t=*s1;
            *s1++=*s2;
            *s2--=t;
        }
}
```

4. 仔细阅读下面程序，给出程序执行后的输出结果。

```
#include<stdio.h>
int a,b,c,d;
void main()
{
    void p(int a,int b);
    a=b=c=d;
    printf("%3d %3d %3d %3d\n",a,b,c,d);
    p(a,b);
    printf("%3d %3d %3d %3d\n",a,b,c,d);
}
void p(int a,int b)
{
    static int c;
    a++,b++;
    c-=10,d+=5;
    if(a<2)
        p(a,b);
    printf("%3d %3d %3d %3d\n",a,b,c,d);
}
```

5. 仔细阅读下面程序，给出程序执行后的输出结果。

```
#include<stdio.h>
void main()
{
    int a[3][2]={1,2,3,4,5,6},*p[3],i;
    for(i=0;i<3;i++)
        p[i]=a[i];
    for(i=0;i<3;i++)
        printf("%d ",*(p[i]+1));
    putchar('\n');
}
```

6. 仔细阅读下面程序，给出程序执行后的输出结果。

```
#include<stdio.h>
main()
```

```
        {
            int fact(int n);
            printf("FACT(5):%d\n",fact(5));
            printf("FACT(1):%d\n",fact(1));
            fact(-5);
        }
        int fact(int n)
        {
            if(n<0)  {printf("FACT(<0):error!\n");return -1;}
            else if(n==1||n==0)  return(1);
            else return(n*fact(n-1));
        }
```

五、编写程序（每小题 10 分，共 20 分）

1. 编写程序，求出[1,10000]中所有各位数字的立方和等于 1099 的整数。

2. 编写一个函数 char *cut(char *s, int m, int n)，实现从字符串 s 中的第 m 个位置开始，截出含有 n 个字符的子串，函数返回所截字符串的首地址，并编写一个主函数验证所写函数的功能。

模拟试卷VIII

一、单项选择题（每小题 1 分，共 20 分）

1. 一个 C 程序的执行是从（　　）。

 A．本程序的 main 函数开始，到 main 函数结束

 B．本程序文件的第一个函数开始，到本程序文件的最后一个函数结束

 C．本程序的 main 函数开始，到本程序文件的最后一个函数结束

 D．本程序文件的第一个函数开始，到本程序 main 函数结束

2. 以下错误的转义字符是（　　）。

 A．'\\'　　　　　　　 B．'\"'　　　　　　 C．'\81'　　　　　　 D．'\0'

3. 以下有关宏替换的叙述不正确的是（　　）。

 A．宏替换不占用运行时间　　　　　 B．宏名无类型

 C．宏替换只是字符串替换　　　　　 D．宏替换是在运行时进行的

4. 以下正确的说法是（　　）。

 A．定义函数时，形参的类型说明可以放在函数体内

 B．return 语句后面不能为表达式

 C．如果 return 后表达式的类型与函数的类型不一致，以定义函数时的函数类型为准

 D．如果形参与实参的类型不一致，以实参类型为准

5. 在位运算中，操作数每左移一位，其结果相当于（　　）。

 A．操作数乘以 2　　　　　　　　　 B．操作数除以 2

 C．操作数除以 4　　　　　　　　　 D．操作数乘以 4

6. 数字字符 '0' 的 ASCII 值为 48，若有以下程序：

```c
#include<stdio.h>
void main()
{
    char a='1',b='3';
    printf("%c,",b++);
    printf("%d\n",b-a);
}
```

程序运行后的输出结果是（　　）。

 A．2,52　　　　　 B．51,2　　　　　 C．52,2　　　　　 D．2,51

7. 有以下程序：

```c
#include<stdio.h>
void main()
{
    int m=12,n=34;
```

```
        printf("%d%d",m++,++n);
        printf("%d%d\n",n++,++m);
}
```

程序运行后的输出结果是（　　）。

　　A. 12353514　　　　B. 12353513　　　　C. 12343514　　　　D. 12343513

8. 已有定义 "int k = 2; int *ptr1, *ptr2;"，且 ptr1 和 ptr2 均已指向变量 k，下面不能正确执行的赋值语句是（　　）。

　　A. k = *ptr1 + * ptr2;　　　　　　　B. ptr2 = k;

　　C. ptr1 = ptr2;　　　　　　　　　　D. k = * ptr1 * (*ptr2);

9. 若有定义 "int i=2,a[10],*p=&a[i];"，则与 *p++ 等价的是（　　）。

　　A. a[i++]　　　　B. a[i]++　　　　C. a[i]　　　　D. a[++i]

10. 有定义 "int a=3,b=4,c=5;"，执行完表达式 a++>--b&&b++>c--&&++c 后，a、b、c 的值分别为（　　）。

　　A. 3 4 5　　　　B. 4 3 5　　　　C. 4 4 4　　　　D. 4 4 5

11. 已知 "int x = 1, y = 2, z =0;"，则执行 "z = x > y ? 10:20" 后，z 的值为（　　）。

　　A. 10　　　　B. 20　　　　C. 1　　　　D. 2

12. 若已定义 x 和 y 为 double 类型，则表达式 x=2, y=x+10/4 的值是（　　）。

　　A. 2　　　　B. 4　　　　C. 4.0　　　　D. 4.5

13. 有定义语句 "int b;char c[10];"，则正确的输入语句是（　　）。

　　A. scanf("%d%s",&b,&c);　　　　　B. scanf("%d%s",&b, c);

　　C. scanf("%d%s",b,c);　　　　　　D. scanf("%d%s",b,&c);

14. 在一个源程序文件中定义的全局变量，其作用域为（　　）。

　　A. 定义所处的整个源程序文件　　　B. 从定义处开始到本源程序文件结束

　　C. 整个主函数　　　　　　　　　　D. 所处C程序的所有源程序文件中

15. 以下能对一维数组 a 进行正确初始化的语句是（　　）。

　　A. int a[10]={0,0,0,0,0};　　　　　B. int a[10]={} ;

　　C. int a[ ] = {0} ;　　　　　　　　D. int a[10]={10*1} ;

16. 有以下程序：

```
#include<stdio.h>
void main()
{
    int m,n,p;
    scanf("m=%dn=%dp=%d",&m, &n, &p);
    printf("%d%d%d\n",m,n,p);
}
```

若想从键盘上输入数据，使变量 m 中的值为 123，n 中的值为 456，p 中的值为 789，则正确的输入是（　　）。

　　A. m=123n=456p=789　　　　　　　B. m=123 n=456 p=789

　　C. m=123,n=456,p=789　　　　　　D. 123 456 789

17. 已知 E 的 ASCII 码是 69，则执行以下语句的结果是（   ）。

```
printf("%c",'E'-'8'+'5');
```

      A．66   B．A   C．B   D．E

18. 判断字符串 a 是否大于 b，应当使用（   ）。

      A．if (a>b)   B．if (strcmp(a,b))

      C．if (strcmp(b,a)>0)   D．if (strcmp(a,b)>0)

19. 设有定义"int m=1,n=-1;"，则执行语句"printf("%d\n",(m--&++n));"后的输出结果是（   ）。

      A．-1   B．0   C．1   D．2

20. 有以下程序：

```
#include<stdio.h>
void main()
{
    int a,b,d=25;
    a=d/10%9;
    b=a&&(-1);
    printf("%d,%d\n",a,b);
}
```

程序运行后的输出结果是（   ）。

      A．6，1   B．2，1   C．6，0   D．2，0

二、基本概念选择填空题（本大题后面有若干备选项，请选择合适的备选项并将其号码填入各小题的空白处。每空 2 分，共 10 分）

1. 函数 main(int argc,char *argv[])中 argc 表示的是____①____。

2. 在 C 语言中，没有字符串变量，只有字符变量，字符串都存储在以____②____为结束符的字符数组中。

3. 一个函数调用语句为"fun((e1,e2,e3),(e4,e5),e6);"，其实参个数为____③____。

4. 为了避免嵌套的 if-else 语句的二义性，C 语言规定 else 总是与____④____组成配对关系。

5. 当程序打开一个文件时，系统就要在内存中建立一个与该文件对应的____⑤____结构体变量，存储该文件的有关信息。

备选项：

A．空格   B．'\0'   C．'\n'

D．在其之前未配对的 if   E．参数字符串   F．命令行参数的个数

G．6   H．在其之前最近的未配对的 if   I．3

J．FILE   K．EOF   L．命令行参数的字符数

三、程序填空题（每空 2 分，共 20 分）

1. 以下程序的功能是：从键盘上输入若干个学生的成绩，计算并输出平均成绩。请填空。

```
#include<stdio.h>
void main()
{
    float sum=0.0,ave,a;
    int n=0;
    printf("Enter mark\n");
    scanf("%f",&a);
    while(a>=0.0)
    {
        sum=sum+a;
            ①    ;
        scanf("%f",&a);
    }
    ave=sum/n;
    printf("ave=%f\n",ave);
}
```

2. 下面程序的功能是将一个字符串 str 的内容逆序输出。请填空。

```
#include<stdio.h>
void main()
{
    char str[]={"LANGUIGE"};
    char *p1,*p2,ch;
    p1=str;
    p2=str;
    while(*p2!='\0')p2++;
        ②    ;
    while(p1<p2)
    {
        ch=*p1;*p1=*p2;*p2=ch;
            ③    ;
        p2--;
    }
    puts(str);
}
```

3. 以下程序中，fun 函数的功能是求给定二维数组每行元素中的最大值。请填空。

```
#include<stdio.h>
void main()
{
    int fac(int,int,int(*)[4]);
    int a[3][4]={{12,41,36,28},{19,33,15,27},{3,27,19,1}},i;
    for(i=0;i<3;i++)
        printf("%4d",fac(    ④    ));
    printf("\n");
```

```
}
int fac(int m,int n,int a[][4])
{
    int j,k;
    k=a[m][0];
    for(j=0;j<n;j++)if(___⑤___)
        k=a[m][j];
    return k;
}
```

4．下面的程序是用来在数组 sz 中查找用户在键盘动态输入的数据 x，若数组 sz 中存在 x，则程序输出数组中第一个等于 x 的数组元素的下标，否则输出–1。请填空。

```
#include<stdio.h>
int sz[10]={123,234,54,23,45,333,789,87,59,297},x;
int abc(int t[],int key,int n)
{
    int k;
    for(k=0;k<n;k++)
        if(t[k]==key)___⑥___;
    if(___⑦___)k=-1;
    return k;
}
void main()
{
    scanf("%d",&x);
    printf("x_location:%d\n",abc(sz,x,10));
}
```

5．下列函数 insert 实现在一维数组 mar 中插入一个元素 x，且要求将该元素插入到下标为 i 位置，数组原有下标为 i 及以后的元素都将向后移动一个元素的位置（i≥0）。如果 i 大于等于元素的个数，则 x 插到数组的末尾。原有的元素个数存放在指针 n 所指向的变量中，插入后元素个数加 1。主函数验证该函数的功能。请填空。

```
#include<stdio.h>
void insert(int mar[],int *n,int x,int i);
void main()
{
    int a[20]={1,2,3,4,5,6,7};
    int k=15;
    int n=7,*p=&n;
    insert(a,p,k,14);
    for(k=0;k<*p;k++)printf("%d ",a[k]);
    putchar('\n');
    printf("%d\n",n);
}
```

```
void insert(int mar[],int *n,int x,int i)
{
    int j;
    if(____⑧____)
    for(j=*n-1; j>=i; ____⑨____)
        ____⑩____=mar[j];
    else
        i=*n;
    mar[i]=x;
    (*n)++;
}
```

四、阅读程序题（每小题 5 分，共 30 分）

1. 下面程序的运行结果是（　　　）。

```
#include<stdio.h>
void main()
{
  struct date
  {int year,month,day;}today;
  printf("%d\n",sizeof(today));
}
```

2. 下面程序的运行结果是（　　　）。

```
#include<stdio.h>
main()
{
    int a[]={2,4,6,8,10},b[4]={1,3,5,7},*p=a,*q=b;
    p+=3;
    q++;
    *p=(*q)%3+5;
    *(++q)=*(p--)-3;
    printf("%d ",*(p+1));
    printf("%d\n", q[0]);
}
```

3. 运行下列程序时输入–7531，则输出结果是（　　　）。

```
#include<stdio.h>
void printopp(long int n)
{
    int i=0;
    if(n==0)return;
    else
        while(n)
        {
```

```
            if(n>0||i==0)
                printf("%1d", n%10);
            else
                printf("%1d",-n%10);
            i++;
            n/=10;
        }
}
void main()
{
    long int n;
    scanf("%ld",&n);
    printopp(n);
    printf("\n");
}
```

4. 下面程序的运行结果是（　　　）。

```
#include<stdio.h>
#define N    3
#define  Y(n)  ((N+1)*n)
main()
{
  int m;
  m=2*(N+Y(5));
  printf("%d",m);
}
```

5. 以下程序的运行结果为（　　　）。

```
#include<stdio.h>
void main()
{
    long fun(int n);
    printf("%ld\n",fun(4));
}
long fun(int n)
{
    long s;
    if(n==1||n==2)
        s=2;
    else
        s=n+fun(n-1);
    return s;
}
```

6. 以下程序的运行结果为（　　　）。

```
#include<stdio.h>
sub(int x,int y,int *z)
{*z=y-x;}
main()
{ int a,b,c;
    sub(10,5,&a);
    sub(7,a,&b);
    sub(a,b,&c);
    printf("%4d,%4d,%4d\n",a,b,c);
}
```

    A. 5，2，3   B. –5，–12，–7

    C. –5，–12，–17   D. 5，–2，–7

五、编写程序（每小题 10 分，共 20 分）

1. 编写程序，求数列 $\dfrac{2}{1}-\dfrac{3}{2}+\dfrac{5}{3}-\dfrac{8}{5}+\dfrac{13}{8}-\dfrac{21}{13}\cdots$ 的前 20 项之和。

2. 函数 bbc 的原型为"long bbc(int k);"，函数利用静态变量实现。连续以 1、2、3… n 为参数调用该函数后，函数最后返回 n!。要求编制该函数并用相应的主函数进行测试。

参 考 文 献

[1] 刘玲. C 语言程序设计及应用教程. 重庆：重庆大学出版社，2006

[2] 杨路明. C 语言程序设计教程. 北京：北京邮电大学出版社，2005

[3] 吕凤翥. C++语言程序设计. 北京：清华大学出版社，2003

[4] 郑阿奇等. Visual C++教程. 北京：清华大学出版社，2005

[5] 马建红等. Visual C++程序设计与软件技术基础. 北京：中国水利水电出版社，2002

[6] 谭浩强. C 程序设计. 北京：清华大学出版社，2005

[7] 殷人昆等. 数据结构（用面向对象方法与 C++描述）. 北京：清华大学出版社，1999

[8] 钱能. C++程序设计教程. 第 2 版. 北京：清华大学出版社，2005

[9] 龙昭华等. 程序设计基础——C 语言. 重庆：重庆大学出版社，2004

[10] 廖雷. C 语言程序设计. 北京：高等教育出版社，2000

[11] Brian W.Kernighan, Dennis M.Ritchie.The C Programming Language (Second Edition). Prentice-Hall International, Inc. 1988

参考文献

[1] ... 2004.

[2] ... 2007.

[3] ... 1995.

[4] ... 2005.

[5] ... 2005.

[6] ... 1996.

[7] ... 2008.

[8] ... 2006.

[9] ... 2007.

[10] Smith N, and Martin T and Matthof, The Good Grammar (Second Edition) Prentice Hall International Inc, 1994.